古典詩歌研究彙刊

第一輯

龔鵬程 主編

第 15 冊

秦觀詞的回流與拓展

張珮娟 著

國家圖書館出版品預行編目資料

秦觀詞的回流與拓展／張珮娟 著 — 初版 — 台北縣永和市：
花木蘭文化出版社，2007〔民 96〕

目 2+190 面；17×24 公分（古典詩歌研究彙刊 第一輯；第 15 冊）

ISBN-13：978-986-7128-92-8（全套：精裝）
ISBN-13：978-986-7128-86-7（精裝）
1.（宋）秦觀 – 作品評論

852.4515　　　　　　　　　　　　　　　　　　96003203

ISBN - 9867128867

9 789867 128867

古典詩歌研究彙刊
第一輯　第十五冊　　　　　ISBN：978-986-7128-86-7

秦觀詞的回流與拓展

作　　者　張珮娟
主　　編　龔鵬程
出　　版　花木蘭文化出版社
發 行 所　花木蘭文化出版社
發 行 人　高小娟
聯絡地址　台北縣永和市中正路五九五號七樓之三
　　　　　電話：02-2923-1455／傳真：02-2923-1452
電子信箱　sut81518@ms59.hinet.net
初　　版　2007 年 3 月
定　　價　第一輯 20 冊（精裝）新台幣 28,000 元

秦觀詞的回流與拓展

張珮娟 著

作者簡介

張珮娟，1977 年生，台灣師大國文研究所畢業，現任教於國立鳳山高中。

提　　要

　　本論文以「秦觀詞的回流與拓展」為主題，乃欲透過承創的觀點探究秦觀詞在詞史上的正確地位；並經由外緣背景、內在因素，以及秦觀詞題材內容、藝術技巧、風格等因素的分析探究，將本論文劃分為七章討論之：

　　第一章：緒論。包括研究動機與研究方法，說明對於資料的安排處理、內容的撰述程序，以及對研究的態度和方法、步驟。第二章：背景綜述。為掌握承創的關鍵，故勢不能讓時代背景與文學潮流孤立於外。本章先對北宋的政治、社會，以及學術環境作一通盤敘述，以求對文學的趨勢有大致完整的了解；然後再對詞體的起源以及流變過程，作一縱向性的探討，讓秦觀詞的承創意義於此彰顯。最後，以秦觀的生平與創作分期的聯繫為另一條關鍵線索，其中所呈顯的階段性特色，將有助於承、創詞風的論述。第三章：題材內容的承繼與拓展。本章首先由詞風承繼與拓展的部分出發，據徐培均校注本《淮海居士長短句》所載詞作為主，酌參以唐圭璋《全宋詞》以及包根弟《淮海居士長短句箋釋》，仔細剖析秦觀詞承創的風貌；依「承繼」與「拓展」二條主線為論，並於末節析論秦觀詞在題材內容的承創上，佔據怎麼樣的地位和貢獻。第四章：藝術技巧的承繼與拓展。本章以藝術技巧的承繼與拓展為重點，探述秦觀詞在藝術形式方面的承繼與拓新的情況；在不違傳統的背景下，就秦觀詞青出於藍的嶄新表現，剖析其成就所在。第五章：詞風的回流與拓展。本章重在探討秦觀詞風的回流與拓展情形，作為一位維護本色詞有功的天才詞人，秦觀如何在師友倡導詞之「詩化」的聲浪中，堅守婉約詞風的堡壘，並在抒情之外，拓展出言志寄慨的天地，乃為本章所欲釐清的內容。第六章：秦觀詞的歷史意義。秦觀詞風的回流與拓展，促成了對詞之本質的重新認定，賦予詞原來醇正婉約的風貌，也帶出一片緣情言志的天地。對於秦觀詞的歷史定位，歷來論者極少給予相當肯定的說解，本章即從秦觀的「以詞言志」、對「本色的堅持」、身為「格律詞的先導」，以及「對婉約詞的影響」四點而發，指出秦觀如何開出一片婉約詞的新境界，並影響後世詞家諸如周邦彥、李清照等人。而秦觀這種受到正反兩面批評的本色之作，究竟應如何看待、釐清，亦皆須由承創的觀點加以尋繹考察，此即本章所欲一探究竟者。第七章：結論。綜述秦觀詞關於承創回溯的現象，並對其成就作一檢討與總結。秦觀發揚並固守著詞婉約含蓄的美感，從悲哀中開拓出一種意境，柔媚而蘊藉，所以被後人譽為「詞心」；而且善以高妙的形式技巧，以及情韻兼勝、淺淡而雅等特殊風格為詞，在形式與內容上都有引人入勝之處。雖有詞作不豐和詞情滋傷等缺憾，不過瑕不掩瑜，其詞筆之細，才情之高皆非尋常作家可及，甚至深遠地影響了後代詞風，現今研究詞學者，洵不應等閒視之。

目錄

宋・李伯時《西園雅集圖》（元）趙孟頫，轉攝自林語堂著
《蘇東坡傳》一九四八年英文版。左撥阮者道士陳碧虛，右
對坐傾聽者秦少游。

第一章 緒 論

第一節　研究動機

　　在悠久燦盛的中國文學中，詞學的成果極爲炫目，從眾多的詞作、詞論當中，不難令人想見詞學這一片猶如繁花競艷的浩瀚、盛美。而當筆者開始爲碩士論文進行準備與規劃，由於喜愛宋詞之浪漫幽微，遂以之爲論文範疇，冀以心之所繫從事研究，在興趣與責任的雙重驅使下，能讓成果儘早誕生。其中，題目由「宋詞中桃花的意象」、「姜夔研究」，到最後以秦觀詞風作爲研究對象，可說一波三折，反芻良久；經過深思審慮，終以「秦觀詞風的回流與拓展」作爲底定的題材。

　　從接觸詞學開始，一些琅琅上口的作品如「西城楊柳弄春柔」、「兩情若是久長時，又豈在朝朝暮暮」……，這些詞句一字一句都深深的叩應心扉，莫名地，給予心靈深處的神經最細微的觸動；殆及接觸秦觀詞，吟哦體會〈浣溪沙〉中「自在飛花輕似夢，無邊絲雨細如愁」，以及〈滿庭芳〉裡「斜陽外，寒鴉數點，流水繞孤村」的空靈微茫，益覺秦觀詞具有淒清而渺遠的動人力量，似輕非輕，若有似無，運用淒婉的筆調，出以自然之情，閱讀之後，更加令人難以釋卷。

　　而在秦觀約八十闋的詞作之中，數量雖少，內涵卻如空谷幽蘭，

芳香四溢，尤其他的一生經歷主導著其詞情發展，可說是一位以生命實踐文學風格的詞家；雖不免失之於氣格柔弱，但自有其引人入勝、感人至深之處。

秦觀乃北宋中期以後的文人，一般以為，詞體萌芽於中晚唐，滋衍於五代，至宋代已經是體制恢張，燦盛勃興；而到秦觀之世，詞學更已發展了兩百年的歷史。大體說來，淮海詞的數量不豐洵為其缺憾，不過秦觀的創作態度與堅持卻值得令人深思。在秦觀為詞的同時，較其年長十餘歲的一代高才蘇軾，早已在詞的領域之內開拓出一片脫離綺羅香澤、務求高遠博大的新境界，可說詞的發展已經產生了一種本質上的改變——蘇軾對於詞之本質形成了一種有力的改革與挑戰。

然而秦觀並未追隨這位亦師亦友的文學大家腳步，寧可作一些引起蘇軾之譏責、接近柳永俚俗柔靡詞風的作品——此舉造成了對詞之本質重新加以認定的意義，將蘇軾的「詩人之詞」又拉回到「詞人之詞」這一條路徑來。〔註1〕所以說，秦觀承繼著花間、尊前之遺韻，步上晏殊、歐陽脩、柳永等人的婉約道路；就其風格而言，是在詞史上發展出一股回流的現象，值得仔細地研究。

再就深層的意境來說，雖然秦觀承襲花間傳統，不過卻發展出一種個人所獨具的特色與成就——那就是在抒情的傷春怨別之外，添加言志感懷，將一己的人生際遇與學養胸襟都逐漸融入詞中。其實此點已由蘇軾發起強烈巨大的先聲，只是不同於蘇軾的以詩為詞，秦觀仍固守詞之本色，以詞為詞。劉熙載《藝概‧詞概》曾說：「秦少游詞得《花間》、《尊前》遺韻，卻能自出清新。」說的正是秦觀以最本色婉約的「詞」去「言志」的道理。

綜合來說，秦觀詞最大的成就，乃在未隨蘇軾，反而遠祖溫、韋，保留了詞之源於艷歌的一種女性化柔婉特質，然而又不是一成不變的

〔註1〕參葉嘉瑩：《唐宋詞名家論集‧論秦觀詞》（台北：桂冠圖書股份有限公司，民國91年2月），頁201～206。

回歸，而是在回流中掌握了更精確醇正的詞之本質，同時也對詞的本質產生了拓新作用。凡此種種，都是在探究秦觀詞時不可輕忽之處。

只是，翻閱歷代詞史、文學演變史，卻未對這些現象提出詳盡說明，甚至每每論及秦觀，總是以隻言片語交代過去，若能偶有所論，也不過是著重其詞作的風格描述；此對秦觀在詞史上的承繼與拓新之功，未免有忽視之嫌。有鑑於此，本文希冀能還原秦觀在詞學發展上的正確地位，並全面地對其回流、拓展等現象，進行詞史意義的考述，讓秦觀能在歷來詞情淒婉的評論外，展現更多元的思想內涵與美學特質。

第二節　研究方法

發展的定義，不只表現在文體的演變趨勢上，它同樣存在於一位作家真誠的創作歷程中；而任何文學線索的考察，都離不開作品本身。緣於此，本文即著眼於秦觀詞的歷史發展意義，並分由承、創兩條線索加以探究。茲將所採用的研究方法與步驟略述於下：

一、為掌握承創的關鍵，故勢不能讓時代背景與文學潮流孤立於外。本文先對北宋的政治、社會，以及學術環境作一通盤敘述，以求對文學的趨勢有大致完整的了解；然後再對詞體的起源以及流變過程，作一縱向性的探討，讓秦觀詞的承創意義於此彰顯。最後，以秦觀的生平與創作分期的聯繫為另一條關鍵線索，其中所呈顯的階段性特色，將有助於承、創詞風的論述。以上，綜合為「背景綜述」一章。

二、掌握背景之後，便將秦觀詞分為「承繼與回流」和「拓展」兩方面，並據徐培均校注本《淮海居士長短句》所載詞作為主，酌參以唐圭璋《全宋詞》以及包根弟《淮海居士長短句箋釋》，仔細剖析秦觀詞承創的風貌。第三章首先由題材內容的承繼與回流出發，依「承繼」與「拓展」二條主線為論，並於末節析論秦觀詞在題材內容的承創上，佔據怎麼樣的地位和貢獻。

　　三、第四章則以「藝術技巧的承繼與拓展」為重點，探述秦觀詞在藝術形式方面的承繼與拓新的情況；在不違傳統的背景下，就秦觀詞青出於藍的嶄新表現，剖析其成就所在。

　　四、第五章則為探討秦觀詞風的回流與拓展情形，作為一位維護本色詞有功的天才詞人，秦觀如何在師友倡導詞之「詩化」的聲浪中，堅守婉約詞風的堡壘，並在抒情之外，拓展出言志寄慨的天地，乃為本章所欲著重的討論的方向。

　　五、秦觀詞風的回流與拓展，促成了詞之本質的重新認定，賦予詞原來醇正婉約的風貌，在緣情的軀殼之中，注入言志的感懷。對於秦觀詞的歷史定位，歷來論者極少給予相當肯定的說解，而秦觀之後，餘波蕩漾的流風卻無法遏止地流傳到各地，其對音律的要求、對婉約的堅持，對寫作技巧的提昇……都帶給後世極為深遠的影響，諸如周邦彥、李清照等人，無不受其詞風浸染。而秦觀這種受到正反兩面批評的本色之作，究竟應如何看待、釐清，皆須由承創的觀點加以尋繹考察，此即「秦觀詞的歷史意義」一章所欲一探究竟者。

　　在全文架構確立之後，對於詞風、題材，以及藝術技巧如何定名的問題，以下嘗試作一從寬的認定與劃分。

　　分類，向來是文章論述中極難準確言說的一項重點，尤其秦觀並非像蘇軾一樣，有明確的豪放、婉約風格分野，故從事秦觀的詞風分類實際上有其難度。本文嘗試依照詞史嬗變的痕跡予以認定，凡承繼花間、晏殊、歐陽脩、柳永一路婉約之風者，歸為傳統一類；而排除在傷春怨別、閨情離愁之外的，便歸屬為秦觀拓展的一面，當然，此中也包括了那些大量寓慨身世的情詞，以及羈旅感懷的作品。再者，若是從北宋以來便已興盛的民間樂曲獲得沾溉者，亦歸為傳統詞風的一類；而風格明顯地與婉約不同，表現為閒適、游仙、懷古的作品，則劃分為拓展的一路。另外，在藝術技巧與風格特色的分類上，亦按照是否延續花間、柳永一派的風格，區分為繼承與拓新二者，然後再探述秦觀詞於承創之間，所延續的舊詞風，以及所帶領的新風

潮，並且，略論其如何傳諸久遠地影響到宋代以後的詞家，還有這些餘波呈現怎麼樣的境況。

　　關於秦觀詞的歷史定位或許容易論定，然而，如何判斷傳統與創新的歸屬問題，畢竟不是一件輕鬆的工作。尤其文學上的分類往往存在著義界不夠周延，或難以客觀標準的危機；加上牽涉到抽象的「風格」問題，以及文學批評的類型，更是令人難以下筆。因此本文盡量就不同的風格呈現，給予適當的批評位置，並以內容與形式的雙重考量為依據，希望能夠在橫的面向，以及縱的發展下，落實秦觀詞在詞史上明確而中肯的意義。

第二章　背景綜述

第一節　時代趨勢

一、開國氣象

　　西元九六〇年，宋太祖趙匡胤在陳橋驛兵變中取得政權，繼而鎮壓後周作亂的將領，平定後蜀、南唐、南漢、吳越、北漢各國；十九年後太宗弭平境內北漢餘勢，宋室基業完成統一，唐末五代以來紛亂的局面終於宣告落幕。

　　為了防止中晚唐以來藩鎮割據、尾大不掉的政治局面的重演，宋太祖在奪取後周政權即就採用宰相趙普的建議，勸將領們「不如多積金、市田宅以遺子孫，歌兒舞女以終天年」〔註1〕，解除了禁兵統帥石守信等人的兵權，而改由皇帝親任禁軍統領，中央權柄集於一人之身。此舉雖有力地消粖了國內的軍事割據之患，卻也不可避免地造成了邊防的虛弱，為宋代政局埋下諸多影響。

　　北宋初期各種中央集權制度的建立，主要是為了鞏固王朝的統治，維護封建統治階級的既得利益，但客觀上也使當時人民有比較

〔註1〕元・脫脫等撰：《宋史・石守信列傳》（台北：鼎文書局新校本，民國
　　　　64年），第十一冊，頁8810。

安定的環境來從事農業、手工業的生產，從而促進社會經濟的繁榮，並有利於文化的繼續發展。宋室在培養和選拔文士方面繼承了前代學校、科舉的制度，於京師設有國子學、太學，培養一般官僚的候補人才，此外還有律學、算學、書學、畫學、醫學等培養專門人才的學校；而且「學而優則仕」，科舉取士遍及全國，士子進士登科，即能高官厚祿，不僅造成一個「猗歟盛哉」的文人政府，也使得兩宋學術極度發達。

宋代重文輕武的政策對讀書人極為優禮，而士人也多能以天下為己任，從內心對國家社會產生莊嚴的責任感，煥發出一種精神自覺，意識到個人與整個歷史、國家命脈相承相契的使命〔註2〕。他們多半出身民間，苦學有成，不但在北宋政壇綻放異彩，而且隱然成為時代精神；其中，范仲淹〈岳陽樓記〉標舉「先天下之憂而憂，後天下之樂而樂」的闡述最堪為表率。

范仲淹（989～1052年）本人即是一種北宋士大夫的典型，他幼年失怙，出身寒微，曾在佛寺中「斷齏畫粥」三年，但能奮發自勵，於真宗年間登進士第。范仲淹工於詩詞散文，所作的文章富於政治內容，文辭秀美，氣度豁達；在武功方面，他不畏權勢，德威遠播，嘗守陝邊，遏阻西夏有功，羌人稱之為「龍圖老子」。更於仁宗慶曆朝，主持一場革新圖強的變法運動，雖未能一舉廓清政局，但其氣節懷抱，已成為天下士子之歸趨。范氏又能提攜後進，宋代知名學者如胡瑗、張載、李覯，以及歐陽脩等人，都曾蒙受拔擢，前後相銜，影響北宋至為深遠。勞思光先生曾經指出：

> 知識份子自宋初即表現莊嚴之責任感，蓋一方面政治上有諫權，可因皇室之包容而發揮力量，另一方面在社會上亦為群眾希望所寄；自前言者，知識份子乃敢於對時代問題負責

〔註 2〕錢穆先生稱之為「士大夫自覺」，參氏著《國史大綱》（台北：台灣商務印書館，民國 69 年），下冊，第三十二章「士大夫的自覺與政治革新運動」，頁 415～434。

　　任；自後者言，知識份子既爲眾望所寄，亦樂於負責任。此
　　種責任乃宋代知識份子之心態之主要特色。〔註3〕

其實這種承擔不僅表現在政治事功上，也落實於學術、文化各方面
——進爲人臣，退爲學問之師，知識份子的命運，遂與整個時代息
息相關。

　　宋代士大夫入朝能任輔弼之材，退居則多有道德文章以傳世，
不論是德性義理之學，或文章詩詞之作，士大夫往往能領導一代風
尙。〔註4〕太宗朝的王禹偁、眞宗時的宰相寇準，以及仁宗時顯赫的
晏殊、范仲淹、歐陽脩等名臣，多不失爲文人學者本色。

　　士大夫社會地位既尊，待遇亦頗爲優渥，如宋子京夜夜擁妓豪
飲，物質生活不可不謂閒逸優越。就連政事上表現爲「剛峻簡率」〔註
5〕的名相晏殊，在平常燕居時，也成爲一位「喜賓客，未嘗一日不宴
飲……必以歌樂相佐，談笑雜出」〔註6〕的風流詞客。在執政者的默
許下，宋初館閣風氣大抵如此，官宦之家必定蓄有歌伎謳歌娛客，即
連官府間的往來酬酢，席上也須有官伎佐歡勸酒。而朝野習尙如此，
自然也與國家清平、社會繁榮有關。

　　其時，從宮廷到民間，因長期安定富庶，乃漸趨奢華。張擇端
於徽宗宣和二年（1120 年）完成的「清明上河圖」，時值北宋之末，
仍可見都城汴京春和景明、富裕繁榮的景象，則生活之安逸豪奢亦不
難想見。加上青樓畫閣林立，達官名流、文人詞客放浪享樂，狎妓酣

〔註3〕勞思光：《中國哲學史》（香港：香港中文大學崇基學院，西元 1980
　　　年），第三卷上，第二章「宋明儒學總說」，頁79～82。
〔註4〕北宋革新詩文的呼聲極盛，在西崑體瀰漫文壇之時，石介、柳開、王
　　　禹偁、范仲淹等人奮起抵抗流俗，到了歐陽脩主盟文壇，發起了一場
　　　聲勢浩大的詩文革新運動。梅堯臣、蘇舜卿爲其羽翼，王安石、蘇軾
　　　兄弟則爲其後勁，前仆後繼，波瀾壯闊。此部份可參方智范等主編《中
　　　國詞學批評史》（北京：中國社會科學出版社，1994 年 7 月），頁35。
〔註5〕《五朝名臣言行錄》第六卷第三編，頁5，收錄於《四庫叢刊正編》
　　　（台北：台灣商務印書館，民國 68 年臺一版）第十五冊，頁 114。
〔註6〕宋・葉夢得《避暑錄話》卷上，收錄於王雲五編《叢書集成初編》（上
　　　海：商務印書館，民國 28 年初版），第四二四冊，頁 35。

飲，耽於偎紅倚翠的生活，在這樣的社會環境裡，各種提供市民娛樂的民間文藝，像滑稽劇、傀儡戲、皮影戲、說話、鼓子詞……等，也都迅速滋長起來。詞體便在這樣的背景下，孳衍於五代，日益發展茁壯，終於在兩宋綻放燦盛出的光芒。

二、變革先聲

　　儘管北宋曾維持百年干戈不興的太平歲月，但強敵環伺，外患始終不曾稍去。步上政治舞台的士大夫們，由於一種時代精神的共識，在政治與文學上，相繼掀起了改革風潮：慶曆、熙寧年間的兩次變法，政治上雖未能力挽狂瀾，但同時間的詩文革新運動，卻獲得了普遍的迴響；此外，新儒學的建立，也使兩宋學術成爲繼先秦之後的另一高峰。這些新精神的種子，彼此激盪、啓迪，因而又擴大了革新的成果，漸次推廣到不同的領域中。

　　北宋中葉的社會環境看似富庶承平，事實上僅爲表象，各種危機與難題，悄然地日益擴大，以天下爲己任的士子們莫不深以爲憂。

　　首先是內政問題。宋初政制，原就有些矯枉過正的偏頗之處，如中央集權太甚，使地方相對貧弱；而宋代兼顧防邊與防叛，每遇飢荒只得徵募大量的兵力。但這些士兵缺乏訓練，水準相當低落，形成「冗兵」問題，軍費除了薪水開支外，還有恩賜、雜賜及慰問金等，以致軍費佔去財政開支的十之七八。另一方面，朝廷設置大批閒職禮遇原後周官員，且採行「恩蔭」制度，凡達官顯貴、其子孫及異姓親屬門客皆可任官；再加上三年一次的科舉，每次錄取達百人，高出唐代許多。這些「冗官」人數眾多，且薪俸優厚，行政費用動輒萬金。

　　軍費、行政費用，以及對外邦的貢銀和用以祭祀天地的「郊費」，數目都相當可觀，宋室財政已瀕臨破產的邊緣，朝廷只有向百姓加徵稅金一途。而自宋初以來，大地主兼併農民土地之事不曾間斷，農民收入微薄，卻要負擔大筆的稅金，使得人民苦不堪言。國家猶如一部調度失當又耗損過度的機體，在寅吃卯糧、入不敷出的窘況中，終要

陷入難以爲繼的困局，隨時都有癱瘓之虞。

其次，外患也是宋室始終揮之不去的陰霾。北方強敵契丹在太宗兩次討伐無功之後，眞宗景德元年乃大舉南侵，宋室辱簽「澶淵之盟」，每年必須輸遼大宗絹銀，才能勉強保持邊境和平。而西北的羌夏族侵邊日亟，宋室無力弭平，只得年年厚奉幣帛無數，以略求和；殆及更強悍的女眞族自漠北揮戈南下，宋室終究逃不過南遷的命運。

而朝廷自太宗對遼軍事行動失利之後，不論內政外交，都有轉趨保守的傾向。眞宗朝時，君臣多奉行「無事治天下」原則，所謂「祖宗之法具在，務行故事，愼所變改」〔註7〕。然而仁宗年間，一群科舉出身的有志之士入朝與政，他們眼見國家外患頻仍，內部積弱，紛紛發出改革呼聲，前仆後繼，鼓蕩爲一股不可遏抑的風潮，爲北宋政局帶來新機。

第一次變革發生在仁宗慶曆年間（1043年），以范仲淹、韓琦、富弼等人爲首的「慶曆新政」。仁宗之世，值遼夏交侵，國內財政日漸困窘，仁宗頗有「欲更天下弊事」的醒覺，乃任命范仲淹爲參知政事，與韓、富共同提出改革方案。隔年，范仲淹上「十事疏」，相當獲仁宗的賞識，內容包括明黜陟、抑僥倖、精貢舉、擇官長、均公田、厚農桑、修武備、減徭役、推恩信、重命令等十項綱要，頗有建樹。但當時朝廷籠罩著龐大的守舊勢力，許多達官政要不願喪失現有利益，欲安於現狀，即使這些改革十分溫和，仍舊激起反對聲浪，加之仁宗態度游移不定，使得范仲淹在許多政策都未能實行前，便遭受中傷而被貶，新政一概廢除。

慶曆新政失敗後，社會危機更爲嚴重，變法已勢在必行。有鑑於此，王安石於西元一〇五八年向仁宗上萬言書，主張變法，提倡「富國強兵」之策，可惜仁宗並未採納。直至西元一〇六八年，年輕的神宗皇帝即位，對日趨式微的國勢苦思改革之道，遂拔擢王安石爲宰

〔註7〕《宋史‧王旦列傳》，同註1，第十二冊，頁9545。

相，命其主持變法。

新法旨在「理財整軍，富國強兵」，核心內容爲「去疾苦、抑兼併、便趨農」，頗有振起之勢；不過卻因王安石爲人執拗，剛愎自用，重立法、輕人事，爲貪污官史所乘，又遭保守人士歐陽脩、司馬光、蘇東坡等人的反對，只得引用小人呂惠卿之輩，協助新法的推行。最後變法失敗，反而引起黨爭，王安石也在熙寧九年黯然下臺。范、王兩人革新政治的抱負，雖然相繼落空，但他們爲宋代士大夫樹立的精神典範，仍留給後人無限的追思景仰。

外王既不可得，宋代知識份子只好將救國職志逐漸轉爲內聖。因普受傳統文化薰陶，文人面對晚唐以來的窳敗學風，不免也興起改革之心，乃於學術思想上發起一內省的、自覺性的要求。中國的儒、釋、道哲學經過了多個朝代的激盪融會後，在宋朝終於迸出亮麗的火花，那就是理學。

理學又稱「道學」或「新儒學」，強調「存天理，滅人欲」，對人與人之間的相互關係作了深入的研究，並提出了一系列重要的道德規範和修養方法，構成了一整套具有嚴密思辨結構的唯心主義思想體系。在精神上，要求上契先秦的孔孟之教，尊崇六經，高唱華夷之防，力掃思想弊端。理學家們立說的要旨和治學的歸趨容或有別，但用心皆未脫離現世，此爲宋儒共同的時代課題，亦是他們責無旁貸的歷史承擔。此時期人材輩出，北宋時著名代表人物有周敦頤、邵雍、張載、程顥、程頤等，稱爲「北宋五子」。由理學家創建的這一種新精神、新學風，在兩宋達到極高的成就，而其初期所致力的思想啓迪，對北宋的詩文革命更是居功厥偉。

北宋初年社會安定，太宗、眞宗都曾獎賞能作詩賦的文士，君臣時常唱和，一時間文風粲然。眞宗景德二年到大中祥符元年（1005～1008 年）間，楊億、劉筠、錢惟演等館閣之臣在私閣奉詔修撰《冊府元龜》；他們接觸了大量書籍，並研讀了前人作品中的「芳潤」，餘暇時相互酬唱，馳騁文辭，共得詩二百五十首。楊億取傳統中崑崙山

之丘，群玉之山，西山母之所居爲策府之意，編集成《西崑酬唱集》，後人遂稱之爲西崑體。

西崑體詩歌標舉「二雅」，歌詠昇平。其內容主要爲吟詠前代帝王和官廷故事，標榜詩文學習李商隱，拾取了李詩中典雅精麗的特質，以及委婉深密的形式技巧，卻缺乏眞切充實的生活感受。由於是疊相唱和之作，大多採五、七言近體，在辭藻華麗、聲律和諧、對仗工穩等方面頗用工夫，並運用巧妙隱僻的典故，初步顯露出以學問爲詩的傾向。歐陽修曾說「楊劉風采，聳動天下」(《六一詩話》)，足見西崑體勢力之盛。

這類詩文一旦傳頌，風行一時，一般文士無不刻意模仿，蔚然成風。西崑體延續數十年而不衰，勢力可謂雄厚；其間雖然也有些古文家倡言反對，但是積重難返，而且人微言輕，不足與西崑派對抗。當時文士石介、柳開、孫復、穆修、尹洙等，雖鼓吹古文運動，主張文道合一，提出「明道」、「致用」、「尊韓（愈）」、「重散體」、「反西崑」五點，用意甚善，但在創作上，成績不大，因此未能扭轉風氣。直至歐陽脩出，才發揚了韓柳功業，一掃「西崑體」作風，使宋代散文在理論與創作上同時並進，獲得巨大的成就。

歐陽脩（1007～1072 年）四歲失怙，力學有成，是宋代散文革新運動的卓越領導者，也是北宋博學傑出的散文家；由於憂國憂民，剛正直言，經歷數度宦海升沉，歷盡艱辛，但是創作卻「窮則愈工」。他取法韓愈文從字順的精神〔註8〕，極力反對浮靡雕琢、怪僻晦澀的時文，提倡簡而有法、流暢自然的風格，作品內涵深廣，形式多樣，語言精緻，且富有音樂性和情韻美。許多名篇，如〈醉翁亭記〉、〈秋聲賦〉等，歷久不衰，千古傳揚。

〔註8〕《宋史·歐陽脩傳》載：「宋興且百年，而文章體裁，猶仍五季餘習。鏤刻駢偶，渢忍弗振，士因陋守舊，論卑氣弱。蘇舜元、舜欽、柳開、穆修輩，咸有意作而張之，而力不足。脩游隨，得唐韓愈遺稿於廢書麓中，讀而心慕焉。苦志探賾，至忘寢食，必欲並轡絕馳而追與之並。」同註1，第十三冊，頁 10375。

　　歐陽脩又能擢用賢才，獎掖後進，與朋輩尹洙、梅堯臣等倡寫古文古詩，所以在他周圍形成一個有力的集團，爲詩文革新運動奠定了基礎。仁宗嘉祐二年，因見一般士子爲文專事雕琢，一味求深務奇的積習已深，便決心藉取士的機會樹立新標準，凡屬雕刻詭異之作，一概摒黜。雖然一時「驚怒怨謗」者多有，但五、六年後文風丕變，足見歐陽脩的努力已獲迴響。尤其曾鞏、王安石、三蘇等人，繼承了這項以復古爲號召的文學革新運動，擺脫漢魏以來辭賦家習氣，唐代韓愈致力的古文運動，終於在此開花結果。西崑勢力既受打擊，一種樸實、簡鍊、流暢的散文遂代之興起，宋詩也建立了迴異於晚唐纖巧氣息的清新風貌。

　　綜觀十一世紀的北宋趨勢，朝政之弊積重難返，在承平的外貌下，難掩內憂外患的雙重困境。然而宋代的文人新貴們，同時能在政治和文學的舞台上出色演出；他們大多基於一種內在的自覺，肩負時代賦予的使命，推動革新，成爲開創風氣的先驅者。他們所煥發的光彩，以及致力的改革，爲知識份子樹立了新典範，而在文學上的革新風氣，更具有不凡的意義。

第二節　詞的階段

　　爲了標示秦觀詞在整個詞史演進中的正確地位，便不能不從詞的源流尋起，本節茲就「發生歷程」〔註9〕著眼，循著時代，觀察具體的演變軌跡。作家與作品是當然的里程，但因限於篇幅，僅能就詞體發展的輪廓，作一簡要的勾勒；文中將特別強調在各段歷程中，不同作家所樹立、改變或增進者。

〔註 9〕「發生歷程」（Genetic Process）一詞，係指以功能發展爲中心的一種歷史考察法。就文學史的觀點而言，乃是在發展的全程中，測定各個詞人及其作品所居的地位；所得的結論是「理論的」，而非「欣賞的」。此說參勞思光〈宋詞之流派與歌唱〉，刊《文學世界》第六卷第四期，1962 年 12 月，頁 10～24。

　　「詞」是沿承樂府詩和唐人近體詩之後，新興的歌唱文體；當時的新樂，可說集合了南北漢胡多種音樂之大成〔註10〕。王灼《碧雞漫志》卷一即載：「蓋隋以來，今之所謂曲子者漸興，至唐稍盛。」這些曲調有的是新製而成，有的則爲歷來所流傳，因爲悅耳動聽，所以逐漸在民間流傳開來，其中有胡夷之歌，亦有里巷之曲，後來文人擬仿而另翻新調，自己譜曲，自行塡詞，成爲一種風尙。詞於是有了自己的發展道路：在中唐萌芽，五代滋衍，再經過兩宋二三百年千餘位作家的化育，達臻成熟，餘波蕩漾直到了清末。詞在中國韻文史上，從此擁有了獨立的生命，以及千年不朽的文學地位。

一、唐代民間詞與文人詞

　　甘肅發現的敦煌文庫中，敦煌曲子詞是很重要的一部份，這也是最早的唐代民間詞，共有一百六十多闋，包括了令詞、中調、慢調，大多作於唐玄宗時代，直到晚唐五代。今天所見最早的詞集《雲謠集》，其間或曾經文人編選、潤色，但詞中眞率樸拙的民間風味仍極濃厚，作者大多是無名氏。其中較多的題材反映了婦女的不幸命運和思想感情，如〈望江南〉：

　　　　莫攀我，攀我太心偏。我是曲江臨池柳，這人折了那人攀。
　　　　恩愛一時間。〔註11〕

又如：

　　　　天上月，遙望似一團銀。夜久更闌風漸緊，爲奴吹散月邊
　　　　雲，照見負心人。

〔註10〕唐代新樂的情況，南宋沈括在《夢溪筆談》卷五中有段記載：「自唐天寶十三載，始詔法曲與胡部合奏；自此樂奏全失古法，以先王之樂爲雅樂，前世新樂爲清樂，合胡部者爲宴樂。」詞的音樂與唐代的「宴樂」關係密切，但已不僅僅是胡部音樂而已。此部份論述參葉嘉瑩〈論詞之起源〉，收入氏著《唐宋詞名家論集》（台北：桂冠圖書股份有限公司，2002年2月），頁3～9。
〔註11〕本文凡引用唐、五代詞處，皆見於張璋、黃畬編：《全唐五代詞》（台北：文史哲出版社，民國75年），下並同，不復贅述。

前詞以伎女口吻傾吐怨尤，後者則抒寫女子濃烈的感情，表達何等率眞！

　　敦煌曲子詞的題材相當廣泛，除去抒寫男女愛情之外，反映的社會面向十分廣闊，特別是對商業城市的生活面貌，反映得更爲鮮明。而妓女的痛苦和願望，商人的生活，歌妓的戀情，旅客的流浪，乃至戰爭的苦痛，征人離婦的哀愁，淪陷邊區人民的愛國思想，黃巢起義的事跡……，一幀幀鮮活的唐代社會圖卷都眞實地呈現眼前，富有深刻的社會意義。在寫作技巧上，採用直截或複沓的手法，披露作者心中的情思，口語使用既自然又生動，形成了一種清新爽朗的民間文藝特色，也是它在淹沒千餘年後，今日讀來仍舊洋溢無窮生命力的關鍵所在。自然，另外也有些作品在藝術上是較粗糙的。

　　就形式而言，《雲謠集》中已可見到長短句式、雙闋分片、押韻變化，以及除調名外另加題目（如〈鳳歸雲〉四闋中，第一、二闋皆標「閨怨」二字以名其主題）等情形，另外，長達百字以上的慢詞（如〈傾杯樂〉十二闋）也已出現。﹝註12﹞以上幾點對於後來詞體的發展，無疑地提供了十分重要的基礎。

　　唐中葉之後，在民間詞的影響下，開始有文人嘗試小令的創作，如張志和、白居易、劉禹錫等，他們多半出自遊戲餘墨，並非專力填製，所以創作數量不多，但抒寫的題材卻極爲自由。如張志和的〈漁歌子〉便描寫了隱士簡澹悠閒的生活：

　　　西塞山前白鷺飛，桃花流水鱖魚肥。青箬笠，綠簑衣，斜風細雨不須歸。

此以自然界的境物展現隱居況味，筆墨入化，超然塵外。而白居易的〈憶江南〉一詞將內心的感情融於寫景句中，下筆含蓄而有情：

　　　江南好，風景舊曾諳。日出江花紅勝火，春來江水綠如藍。

﹝註12﹞參見吳炎塗：〈市井歌謠及其轉型──宋詞〉，收入《中國文化新論‧文學篇二‧意象的流變》（台北：聯經出版事業公司，民國71年），頁323～327。

　　能不憶江南？

此闋言淺意深，在平凡的語意中，開拓了一片風光秀麗的遼闊視界，表現出一種清新明朗的格調。不論從風格或作法上看來，這些小詞和唐代近體詩的區別不大，也沒有十分顯明的特性，文人們似乎仍在嘗試階段，一方面因涉足新的領域，不免向民間文學學步；另一方面又以其本身具有的嫻熟技巧，將寫詩的訓練帶入小令詞中，因此，在文字鍛鍊上，比起敦煌詞要精工而含蓄多了。

　　大體來說，文人詞保存著民間詞清新樸素的特色，題材也較廣；然而中唐詞作品很少，用辭不多，其實尚未脫去詩的形式，有限的詞調大多同於絕句式，或稍加變化而已，不管從形式或數量上看來，創作成績仍嫌薄弱〔註13〕，可視作由詩到詞的一段過渡時期。

二、晚唐五代的花間詞

　　這一時期的發展特徵是：一、開始有專力創作詞的作家出現；二、詞的內容、情調幾乎全由它的功能所決定；三、晚唐詩風流於輕綺鮮豔一路，對此際詞風的趨向具有相當影響；四、五代的西蜀由於偏安一隅，故得以延續晚唐詞風，完成十八家作品結集——《花間集》，其鮮明的總體風格，幾為後代詞家論詞及習作的必備範本，自此籠罩千百年詞壇而不衰。〔註14〕

　　晚唐五代時期，文人填詞的風氣更為普遍。五代蜀人趙崇祚編有《花間集》，收集這一時期的詩客曲子詞五百闋，共十八家。其中選溫庭筠的詞數量最多，共收錄十八調六十六闋，列在詞集之首，後人稱之為花間鼻祖。溫庭筠是第一位大量填詞，並以詞名家的文人；他精通音律，能逐弦吹之音，為側艷之詞。相傳他的幾闋〈菩薩蠻〉就是供宮女們唱給唐宣宗聽的；由於這種特殊用途，溫詞大多描寫婦

〔註13〕參鄭騫：〈溫庭筠、韋莊與詞的創造〉，收入氏著《景午叢編》（台北：台灣中華書局，民國61年6月），上冊，頁103。

〔註14〕此四點見郭美美：《東坡在詞風上的承繼與創新》（台北：文津出版社，民國79年12月），頁19。

女的容貌、服飾和情態，字面艷麗精密、情調輕柔婉約，形成了典型的詞體風格。而由溫庭筠首開風氣，不僅推動了五代士大夫填詞的習尚，稍後在西蜀一地形成的「花間」集團，也幾乎都向他學步，儼然成為花間一派的開山始祖。

溫詞的風格以穠麗綿密為主，多用比興，以景寓情，加上韋莊詞疏淡明秀，時寓身世之感，以及李珣的質樸自然，多狀寫南國風光、水鄉情調，可謂鼎足而三。溫詞乍看似乎堆垛晦澀，仔細玩味便覺情摯韻遠，餘味曲包。於寫景、述事中含蘊著主人公深沉的感情，和李煜詞的多用賦體、直抒胸臆不同；這一藝術特點，對宋代詞人周邦彥、吳文英等影響深長。誠如《栩莊漫記》評溫庭筠所云「鏤金錯采，縟麗擅長而意在閨帷」〔註15〕；花間詞多為歌筵酒席間應歌所填，色澤艷麗，且多閨閣脂粉氣息，故精美而乏個性，便成為其共同特色。

另一位與溫庭筠並稱，也是晚唐入蜀的花間派重要作家——韋莊（826～910 年），他的詞風較之溫庭筠，就顯得疏淡奔放多了。韋莊為詞史中豪放派之祖，主要原因在於創作風格上，韋莊雖然不脫深情款語，但是卻能在溫庭筠那種濃麗婉約中，自出淡雅疏散的韻味，使人品讀之後，不會覺得濃膩不堪。譬如他所作的〈女冠子〉：

> 四月十七，正是去年今日，別君時。忍淚佯低面，含羞半
> 斂眉。不知魂已斷，空有夢相隨。除卻天邊月，沒人知。

諸如此類的詞作，在白描的辭句中，自然出現一種清新的情懷，可以明顯地看出和溫庭筠的穠麗風格是不同的，這是兩人在寫作風格上的差異〔註16〕。但就詞的基本情調而言，溫韋實則同為代表唐末入五代，奠立花間派詞風的兩大作家。

由詞的決定風格，也是五代詞發展中一個重要的標記，歐陽炯

〔註15〕參李冰若：《花間集評注》卷一引，收錄於楊家駱主編《宋紹興本花間集附校注》（台北：鼎文書局，民國 63 年初版）「附錄」，頁 1～10。

〔註16〕溫韋詞風的不同，王國維《人間詞話》各用兩人的詞作中一句來象徵：「畫屏金鷓鴣，飛卿語也，其詞品似之；弦上黃鶯語，端己語也，其詞品亦似之。」

（896～971 年）曾爲《花間集》作序云：

> 則有綺筵公子，繡幌佳人，遞葉葉之花箋，文抽麗錦；舉
> 纖纖之玉指，拍按香檀。不無清絕之詞，用助嬌嬈之態。
> 自南朝之宮體，扇北里之娼風。

這段話清晰地描述了詞的應用場合，以及作爲歌女演唱的功能，因此，學者稱這一階段的詞爲「歌辭之詞」〔註17〕，其內容多不離美女、閒情和綺怨，相對於詩溫柔敦厚的傳統，可說盡去倫理教化意味，完全就音樂娛樂的需求去發展。一般說來，「歌辭之詞」雖不免有淺俗淫靡之弊，但其佳者，往往也具有一種詩所不能及的深情與遠韻；再就抒情效果言，詞在體式上也較詩更勝一籌。

不過，五代時期北方戰禍頻仍，政權更迭，民不聊生，文學藝術的發展並不快速；相對來說，南方的局勢卻較爲和平，於是經濟重心和文化重心便自然地聯袂南遷。劍門關外的天府之國，揚子江畔的魚米之鄉，這萬里長江的上下兩端，天險堪恃，地利可依，正是戰亂時代最理想的割據之處；在這兩塊綠洲上立足的前、後蜀和南唐，理所當然地成了當時經濟、文化最發達的國度〔註18〕，在這特定的歷史條件下先後崛起。

前蜀主王衍、後蜀主孟昶皆知音能詞，《花間集》保存了多數西蜀的作家與作品，而在題材和語言風格上，此際詞壇大多渲染著綺麗唯美的南方風情，似與南朝民歌和文人宮體詩遙相輝映〔註19〕，皆以軟媚綺艷一路相承。至於江左的南唐一脈，則由中主李璟（916～961年）和後主李煜（937～978 年）倡於上，才情與溫、韋鼎足而三的馮延巳（903～960 年）則入爲宰輔，君臣唱和，遂使詞體這一彈奏

〔註17〕見葉嘉瑩：〈從中國詞學之傳統看詞之特質〉，收入葉氏著《中國詞學的現代觀》（台北：大安出版社，民國 77 年 12 月），頁 5～19。

〔註18〕參唐圭璋等著：《唐宋詞鑑賞辭典・序言（一）》（上海：上海辭書出版社，1988 年 8 月），頁 1～12。

〔註19〕溫韋雖爲北人，但溫曾轉徙於湖北、襄陽一帶；韋更是長久淹流南方，此由名作〈菩薩蠻〉之一所云「遊人只合江南老」可證。另外十四位作家，或隸籍西蜀，或仕於前後蜀，故〈花間集〉堪稱爲蜀地作品總集。

演唱的藝術形式在南唐獲得了發展。

南唐詞派所產生的社會環境以及早期作品的題材和內容，與西蜀詞派大致相同，但該派形成之日，已是國祚衰微、風雨飄搖之時，後周以及代周繼起的宋，虎視眈眈，陳兵境上，這樣嚴重的形勢，不容許南唐的君臣們仿效西蜀貴族忘形地陶醉在「尋花柳」、「金杯酒」〔註20〕之類的歡快小夜曲裡；因此，在李璟詞裡可以看到「菡萏香消翠葉殘，西風愁起綠波間」（〈攤破浣溪沙〉）沉鬱情懷，在馮延巳詞裡則感受到「樓上春山寒四面」（〈鵲踏枝〉）那樣的蕭索冷澀。南唐詞與西蜀詞在風格上的區別，就在於前者比後者多一層心理上的陰影，從而詞筆也就較爲淒清，不同於後者的綺艷。南唐詞在詞中加進了生命感與時代感，這一層深入，使詞體逐漸成爲可以表現生命感受的文學體裁；如馮延巳詞，外表雖仍不出閨閣庭園、傷春怨別，但吐實之間，已較溫、韋豐厚，其名作〈鵲踏枝〉數闋，雖寫悲苦，卻表現一種纏綿執著的深情，評者往往以「沉鬱頓挫」稱賞〔註21〕。北宋晏殊、歐陽脩都曾受他影響，王國維稱其詞「雖不失五代風格，而堂廡特大」（《人間詞話》），馮延巳的《陽春集》清新秀美，含蓄情深，不僅開北宋風氣，更在傳承上表現了不凡意義。

中主詞如今流傳不多，而以〈攤破浣溪沙〉（「菡萏香銷」）一闋盛傳於世，宋代王安石即曾推爲南唐詞中的代表作；此闋詞中藉深秋之景描寫遲暮情懷，透露了不知如何收拾的國仇家恨，尤具豐沛的感發力量。後主是一代天才詞家，其作品地位，誠如王國維所說：「詞至李後主而眼界始大，感慨遂深，遂變伶工之詞而爲士大夫之詞。」（《人間詞話》）從唐季到五代，詞的功能一直不離行歌侑酒，僅爲「娛賓而遣興」（《陽春集·序》）的席間工具，辭氣口吻總是不脫兒女私

〔註20〕前蜀主王衍〈醉妝詞〉：「者邊走，那邊走，只是尋花柳。那邊走，者邊走，莫厭金杯酒。」

〔註21〕如陳廷焯《白雨齋詞話》卷一評馮正中詞：「極沉鬱之致，窮頓挫之妙，纏綿忠厚，與溫、韋相伯仲也。」見唐圭璋編：《詞話叢編》（台北：新文豐出版社，民國77年2月台一版，下並同），第四冊，頁3780。

情。但後主作品以清麗精煉的語言，表達複雜的思想感情，使詞成為抒情言志的新體；尤其亡國之後，以血淚為素描，寄聲情為天籟，寫的全是自己生命的悲歡際遇，直率地吐露人生悲慨，使讀者盪氣迴腸，黯然掩卷。後主詞的壯闊氣象，往往具有包舉宇宙人生的力量﹝註22﹞，如〈破陣子〉「四十年來家國，三千里地山河」、〈虞美人〉「春花秋月何時了，往事知多少」、〈浪淘沙〉「想得玉樓瑤殿影，空照秦淮」……都道盡了千古人世的無常之痛，深沉的時代遭遇，更兼興亡之慨。

後主擺脫了伶工謳歌的傳統束縛，洗盡脂粉，直攄胸臆，使詞的天地陡然寬闊起來，這才是真正的「士大夫」之詞。可惜後主在意境方面的開拓，畢竟得力於個人天份及其特殊際遇為多，當代風氣並未能因之而轉移；因此，就承啟意義而言，後主地位實不及馮延巳。西元九七五年，金陵城破，後主投降，南唐國祚乃告終止；不過，都城金陵的陷落，雖象徵著國家政治命運的完結，卻也標誌著南唐詞文學價值的昇華，影響此後宋初詞壇達百年之久。

三、宋初的士大夫詞

經過隋、唐、五代近四百年間，許多民間作者和文人作者的共同努力，詞業已由發源時僅可濫觴的一泓清淺，演為初具波瀾、力能浮舟的溶溶流川。據張璋、黃畬所編《全唐五代詞》﹝註23﹞，僅得一百七十餘家，二千五百餘闋；而《全宋詞》及《全宋詞補輯》所收，卻多達一千四百三十餘家，二萬零八百餘闋（含殘篇），足可見兩宋詞壇之薈萃繁華。宋初時期，太宗能自製新聲，真、仁、神三主也都通曉音律，朝廷樂制乃粲然大備，而舊曲新聲的因革，也使得歌詞體製來源不虞匱乏。又因北宋社會昇平，在上有君主喜好提倡，下有士

﹝註22﹞參葉嘉瑩〈從《人間詞話》看溫韋馮李四家詞的風格──兼論晚唐五代詞在意境方面的拓展〉一文論李後主部分。同註10，頁97～120。
﹝註23﹞張璋、黃畬編：《全唐五代詞》（台北：文史哲出版社，民國75年）。

流顯要雅集競製的影響下，風行草偃，兩宋詞壇更爲蓬勃繁衍。

　　但貴族詞藝術高峰的出現，還要算是開國後第三代君主仁宗統治時期，其代表人物是晏殊、歐陽脩。他們都官至宰輔大臣，詞作側重於反映士大夫階層閑適自得的生活，以及流連光景、感傷時序的情懷，所用詞調仍以唐、五代、宋初文人駕輕就熟的小令爲主；詞風近似南唐馮延巳，辭筆清麗，氣度閑雅，言情纏綿而不僄薄，達意明白而不發露，藝術造詣可謂極高。然而因襲的成份較重，尚未能擺脫南唐的影響。劉攽《中山詩話》便記載：「晏元獻喜馮延巳歌詞，其所自作，亦不減延巳。」劉熙載《藝概》也指出：「馮延巳詞，晏同叔得其俊，歐陽永叔得其深。」雖說三家詞有其淵源相近處，但晏、歐畢竟不失其獨特的面貌。晏殊最擅長捕捉剎那的靈思感觸，構思新鮮婉美的意境，呈現出他個人雍容和婉的性情本色；葉嘉瑩先生稱其詞有「思致融情」、「情中有思」的特色〔註24〕，〈浣溪沙〉中「無可奈何花落去，似曾相識燕歸來」兩句，把「落花」的無情與「歸燕」的「回歸」有情作對比〔註25〕，無可奈何中給人以希望的慰藉，筆鋒一轉，情思交融，堪稱佳構，迄今仍時時耳口相傳。另外如〈踏莎行〉：

　　　　小徑紅稀，芳郊綠遍，高台樹色陰陰見。春風不解禁楊花，
　　　　濛濛亂撲行人面。翠葉藏鶯，珠簾隔燕，爐香靜逐游絲轉。
　　　　一場愁夢酒醒時，斜陽卻照深深院。〔註26〕

篇旨是寫晚春的景象觸惹起春愁，在室外盈天漫地的春色中，映照著

〔註24〕參〈大晏詞的欣賞〉及〈論晏殊詞〉二文。前者收入氏著《迦陵談詞》（台北：純文學出版社，民國59年），頁145～163；後文收入《唐宋詞名家論集》，同註10，頁138～147。

〔註25〕自變者的角度觀之，「花落去」是一去不返了，即使明年再開花，也不是去年由此落下的枝上朵；但自其不變者的角度而觀，則「燕歸來」卻有可能是去年由此飛去的老相識。說明宇宙人生事物有一去不返，也有永恆的回歸。

〔註26〕本文所引關於宋詞部分，除秦觀詞尚參考徐培均《淮海居士長短句》外，餘皆見唐圭璋編《全宋詞》（台北：明倫書局，民國59年）。下並同，不復贅述。

爐煙裊升的室內，突顯出空靈縹緲的心境，顯示傷春的惆悵；在婉約的感興中，確有耐人尋味的雋永思致。

　　歐陽脩的《六一詞》大體上也呈現婉約和雅的特色，他的詞風融匯花間與南唐，而尤近於馮延巳。晚年退隱潁州西湖（今安徽省阜陽縣北），所作十三闋〈采桑子〉，描繪大自然令人沉醉的秀麗景色，最是讓人神馳，其中三闋云：

> 輕舟短棹西湖好，綠水逶迤，芳草長堤。隱隱笙歌處處隨。
> 無風水面琉璃滑，不覺船移。微動漣漪，驚起沙禽掠岸飛。
>
> 春深雨過西湖好，百卉爭妍，蝶亂蜂喧。晴日催花暖欲然。
> 蘭橈畫舸悠悠去，疑是神仙。返照波間，水闊風高揚管絃。
>
> 群芳過後西湖好，狼籍殘紅，飛絮濛濛。垂柳欄干盡日風。
> 笙歌散盡游人去，始覺春空。垂下簾櫳，雙燕歸來細雨中。

各篇句首連用「西湖好」做起筆，前二闋寫游湖泛舟，所見「無風水面琉璃滑，不覺船移」、「蘭橈畫舸悠悠去，疑是神仙」的悠然閒適；後篇寫在家中觀賞暮春殘紅飛絮、垂柳欄干的美景，令人讀來也覺得神遊而醉眠了。不論是流連風光或相思別情之作，歐陽脩都表現極為深摯熱烈的情感，像是〈玉樓春〉所云「人生自是有情癡，此恨不關風與月」、「直須看盡洛城花，始共春風容易別」皆可證。歐詞抒情真摯，描述自然，善於想像，對於自然界的事物，能感會到新生命的玄秘，又兼具著五代南唐的幽婉華艷，和他領導宗經明道的古文運動、改革西崑體華麗的詩風，迥然不同。羅泌在〈近體樂府跋〉便指出「公性至剛，與物有情」，論者以為是歐陽脩嚴肅的外衣之下，內在所流露的真性情〔註27〕；歌詞即中有不少描寫縱酒行樂的作品，表現一種曠放的豪興。如〈浪淘沙〉云「好伎好歌喉。不醉難休。勸君滿滿酌金甌。縱使花時常病酒，也是風流。」〈浣溪沙〉云「浮世歌歡真易

〔註27〕劉大杰以為歐陽脩也是個風流自賞、放達率真的人：「歐陽脩的私生活，並不是乾枯無味的……像歐陽脩這種完全是詩人氣質的人，寫有幾首艷詞，正好是他一點私人生活的顯露，原是非常可愛的。」參《中國文學發展史》（香港：三聯出版社，2001年）第十八章，頁616。

失，宦途離合信難期。尊前莫惜醉如泥。」等皆屬之。值得留意的是：
賞玩與深情，悲慨與豪興，往往都是一體的兩面，讀《六一詞》時當
作如是觀。

在意境、風格方面，歐詞兼具豪宕之氣與沉著之致，對於稍後
的蘇軾、秦觀二家頗有影響，馮煦在《蒿庵論詞》中便提出「疏雋開
子瞻，深婉開少游」的這層關係，洵為有見之論。

要言之，晏歐兩家在詞體進展上，由於社會習尚與傳統的局限，
對於花間、南唐的詞風，仍以蹈襲居多，未能另闢蹊徑。但二公既能
掌握詞體「要眇宜修」的特質〔註28〕，在藝術鍛鍊上，也有提昇的成
績；又往往能於小詞中注入一己的性情襟抱，使詞體在展現婉約感興
的抒情特質時，別具一種幽微的含蘊，足以反映作者心靈性格之一
面；這種變化，確是南唐以來，士大夫詞在內蘊上極可注意的進展，
即使仍多席上應酬遊戲之作，卻不能概以「艷情」視之。

另外，晏殊的幼子晏幾道也擅長小令，與乃父並稱為「二晏」。
晚年家境中落，由貴公子而降為寒士，親身經歷了「華屋山丘」的人
世滄桑，故其詞沉痛，勝於乃父。論時代，他已入北宋後期；論流派，
則仍是晏、歐的變調和嗣響。小晏以後，專學唐、五代令曲且以此名
家的詞人，在宋代才算是絕跡了。

自云為「續南部諸賢餘緒」（〈小山詞自序〉）的晏幾道，在創作
上能自成一家，其詞內容仍不外「敘其所懷」與「感物之情」，與花
間多所類似；但在句法變化上，頗能運以詩人之筆，黃庭堅在序《小
山詞》時即道：「清壯頓挫，能動搖人心。」寫作態度力求新穎、不
肯作空，對詞的創作技巧而言，無疑也是一種新的改良。

綜觀這一階段的詞，在描寫內容與主要功能上，大抵未有顯著
的突破；但士大夫一脈相承的努力，使小令詞逐漸走上「雅化」之路，

〔註28〕王國維《人間詞話》刪稿有云：「詞之為體，要眇宜修。能言詩之所
　　　　不能言，而不能盡言詩之所能言；詩之境闊，詞之言長。」見唐圭璋
　　　　《詞話叢編》，第五冊，頁 4258。

也能以抒寫生命之感來籠罩男女之情，成爲詞體發展的正軌，這一線索值得重視。

四、柳永對詞的拓展

當晏歐等人還沿用小令舊曲，努力使「歌辭之詞」趨向雅化時，社會上流行的音樂已經發生了很大的變化。清人宋翔鳳《樂府餘論》云：

> 宋仁宗朝，中原息兵，汴京繁富，歌臺舞席，競賭新聲。
> 〔註29〕

這種新起音樂在當時民間非常流行，出現了「是處樓臺，朱門院落，弦管新聲騰沸」（柳永〈長壽樂〉）、「萬家競奏新聲」（柳永〈木蘭花慢〉）的局面；不過這種流行的新聲並未引起上層文人的注意。由於仕途失意，柳永多出入於市井里巷，混跡於秦樓楚館、舞榭歌場，對當時流行的新聲非常熟悉，加上他精通音律，才華超群，「教坊樂工每得新腔，必求（柳）永爲詞，始行於世」（葉夢得《避暑錄話》卷下）。於是，詞在柳永的手中，開始出現了新的傾向。

柳永採用民間新興的曲調作詞，大量寫作篇幅較長的慢詞，擴展了詞的體制，改變了宋初以來以小令爲主的單一格局。柳詞擅長抒寫個人的羈旅行役之愁，並以同情的態度表現市井下層妓女的生活和感情，還以讚美和認同的口吻描寫都市生活的繁榮景象，不僅表現了柳永個人的感情，同時也融入了市人的生活趣味，體現出鮮明的時代特徵，把詞的領域從士大夫文人的小庭深院、酒宴歌席引向了水天空闊的茫茫旅途和人聲鼎沸的市井都會，大幅拓展了詞的表現領域。

與體制和內容的擴展相聯繫，柳詞在藝術表現上則發展了鋪敘的手法，層層鋪展，盡情渲染。慢詞既然提供了足夠的活動空間，所以在結構安排上如何轉折、如何連貫，均可極盡佈局之巧；另外，如採韻腳遠隔的辦法，也使得節奏更富變化。這些技巧，都使柳詞達到

〔註29〕引見唐圭璋編《詞話叢編》，第三冊，頁 2498。

了「音律諧婉」、「形容曲盡」（陳振孫《直齋書錄解題》卷二十一）、「鋪敘展衍，備足無餘」（李之儀〈跋吳思道小詞〉）的境地。風會所趨，慢詞自此成為北宋後起詞家的創作中心，秦觀、賀鑄、周邦彥等人也無一不受到柳詞影響。柳永轉移風氣之功，洵不可沒。

再者，柳詞語言明白淺近，不避俚言俗語，部分詞還體現出口語化的特色，具有「細密而妥溜，明白而家常」（劉熙載《藝概》）的精神，於雅詞之外又發展了俗詞的一體。柳永也是第一位將主觀寫實手法帶入詞中的作家，揚棄了傳統的含蓄典雅，不管敘事、寫景全用直筆行文，每每寫得酣暢淋漓；比如前人寫男女之情，總是代言之筆居多，柳永卻轉作半為自白的「體己」之詞，完全以自己的聲口說話〔註30〕，而詞中描繪登山臨水、望遠興懷的一類作品，其淒清高曠處，不僅唐末五代以來作家罕能望其項背，就連蘇軾也不禁讚賞〈八聲甘州〉中「霜風淒緊，關河冷落，殘照當樓」數語，果真達到「於詩句不減唐人高處」（趙令時〈侯鯖錄〉）。

一般論者咸以為：在詞史發展上，首能拓開體制，功在形式的是柳永；而能指出向上一路，提昇其內容的乃是蘇軾。這樣的評論大致不違事實〔註31〕。城市經濟的繁榮、新聲競起以及民間文學的影響，使投身其中的柳永，成了慢詞最有力的推動者。據統計，柳永現存詞中，共使用一百四十九種詞牌（同一調名下若有不同譜式，仍視為相異詞調），小令僅有二十七種，其餘都是慢詞，最長的詞調是兩百一十二字的〈戚氏〉。這些詞牌中，共計一百一十五種為柳永所創用，或異於當時習用的詞牌〔註32〕，足見柳永倡導慢詞之功。

晚唐之際，同樣兼備文學與音樂才華，也是「士行塵雜」的溫

〔註30〕參何敬群：〈宋詞概說〉，刊《文學世界》第六卷第四期，頁 1～11。
〔註31〕如鄭騫對二人開創之功皆予肯定，以為應居於同等地位。其說參〈溫庭筠、韋莊與詞的創造〉一文，收入氏著《景午叢編》，同註 13，上冊，頁 119～127。
〔註32〕參劉若愚著、王貴苓譯：《北宋六大詞家》（台北：幼獅文化事業公司，民國 75 年），第二章「情感寫實與風格創新——柳永」，頁 52～95。

庭筠，首先將俗曲帶入士大夫階層，成爲「詩客曲子詞」，遂開五代之盛；而到了北宋柳永之手，卻將詞還原爲「里巷之曲」，詞的精神面目隨之一變；在詞體的演變升降上，兩人實同爲開創風氣之先的人物〔註33〕。而慢詞空間遼闊，也使得創作格局、氣度得以開拓，如柳詞在內容上，除了紀錄他個人冶遊生涯外，更充分反映都會生活，將北宋承平氣象一一形諸筆端，時人范鎮便對其描寫錢塘風光的名作〈望海潮〉「東海形勝」論道：「仁宗四十二年太平，鎮在翰苑十餘載，不能出一語詠歌，乃於耆卿詞見之。」（《方輿勝覽》卷十一）若非慢詞的篇幅，柳詞如何能任意馳騁？

　　自然，柳永對詞的開展仍有不足之處。首先是柳詞終究不脫綺羅香澤，纏綿有餘而超曠不足〔註34〕，他直率明朗、鋪排直敘的作風，無法達到婉約詞含蓄優雅、隱曲暗示的要求，透顯出「無韻」而「俗」的風味，難免引人詬病。李之儀在稱賞柳詞「形容盛明，千載如逢當日」（〈跋吳思道小詞〉）的特色時，也指出「韻終不勝」的缺憾；劉熙載《藝概》更以爲詞中沾染的市井之氣，易使人感覺「風期未上」。然而，歌辭寫作的目的，本爲大眾傳唱，雜入俗語俚詞，在高明作家的生花妙筆下，更能化幽深爲淺易，引起共鳴；對於柳詞的「俗」，應釋爲「通俗」，而非「庸俗」，正因柳永以口語入詞，方使得詞風更能曲折委婉而出於自然。

　　綜上所述，柳詞的違離士大夫傳統，以及部分「閨帷淫媟之語」（毛子晉跋語），固然招致後人不少鄙薄〔註35〕；但他打破詞的狹小

〔註33〕參薛礪若：《宋詞通論》（台北：台灣開明書店，民國71年四月台8版），第三編第一章「柳永時期的意義與五大詞派的並起」引言，頁104～109。

〔註34〕參吳炎塗〈柳永的詞情與生命〉，刊《鵝湖》月刊二卷第十一期，民國66年5月，頁22～33。

〔註35〕如李清照評其「詞語塵下」（見胡仔《苕溪漁隱叢話》後集卷三十三引），王灼說他「淺近卑俗……聲態可憎」（《碧雞漫志》卷二），張炎也以柳詞「爲風月所使」，而失雅正之音（《詞源》卷下）。

格局，在慢詞的創製上質量俱重，將羈旅行役的題材同兒女風情的抒發結合起來，在蒼茫博大的背景下表達刻骨銘心的相思之苦和身世之感，氣勢沉雄，情景交煉，突破了花間尊前的瑣碎與逼仄，創立了為蘇軾等人最為傾倒的唐人高處。〔註36〕就這點意義而言，柳永在詞史上的地位已可不朽。

五、蘇軾對詞的革新

　　蘇軾身處在經濟繁榮的昇平盛世，仕途的境遇卻因反對王安石新法而沉浮不定，經常是憂患失意；然而他為人清廉端正，胸懷開闊，氣度寬弘，對所遭逢的困逆，能以安然的心情對待，形成豪爽明朗的性格，曠放自足的人生觀。這種心思情性，表現在他的詞作中，展現豪放不羈的風格，開創出和柳永完全不同的格調。

　　詞至北宋中期之後，漸能反映士大夫生活、精神之一端，到了東坡手中，尤能無忌地發揮。蘇軾視詞為獨立文學之一體，抒情之外，更納入了言志的功能；遂使詞體漸離原始的娛樂角色，在書寫空間與精神內涵上，同時有了長足的拓展。而蘇軾的革新，乃致力於題材的拓展、意境的更新，為傳統的「婉約詞」指出向上一路；不僅突破花間抒情的狹隘格局，修正了柳永部分引人詬病的卑靡風格，更或多或少地啟發了北宋秦觀、周邦彥，南宋姜夔等人的創作方向。

　　基於傑出的文藝天賦，蘇軾視詞為小道，隨意之所至，以詩賦、經典入詞，並用散文句法寫作，「不喜裁剪以就聲律」（宋陸游《老學庵筆記》），不甚重視詞的音樂目的，不受曲調格律的束縛，誠可謂橫逸傑出。東坡詞懷古傷今，論史談玄，抒愛國之志，敘師友之誼，寫田園風物，記遨遊情態……真正做到了「無意不可入，無事不可言」（《藝概·詞曲概》）；或表現為平岡千騎、錦帽貂裘、挽弓射虎時的激昂慷慨，或表現為煙雨一蓑、芒鞋竹杖、吟嘯徐行時的開朗曠達，或表現為大江酹月、故國神遊、緬懷英傑時的沉鬱悲涼，或表現為長

〔註36〕曾大興：《柳永和他的詞》，（廣東：中山大學出版社，1990年），頁17。

路思茶、荒村叩荊、試問野人時的隨和平易……表現了「行於所當行，常止於所不可不止」（蘇軾《答謝民師書》）的自在流暢，成爲「豪放派」當之無愧的奠基者。

由柳永到蘇軾，北宋詞風出現二度轉變：柳永詞平易通俗，拓展了慢詞體制，轉變了晚唐五代以來的詞風；蘇軾更加擴展了詞境內涵，將人生哲理、際遇感慨、議論思想帶入詞中，以詞言志、以詩爲詞，致使緣情的詞文學，從此步入正統文學之林。此創新詞風之舉，引發了後世的流派之議，蘇軾由傳統跨足到新領域，乃是體現個人創作的整體性，而又間接推動了新類型的產生。

蘇軾的衝擊波，亦從北宋晚期詞當中得到了不同的反響。即以他的嫡派學生爲例，大致可分四類。一是晁補之，他稱贊蘇詞「橫放傑出，自是曲子中縛不住者」（吳曾《能改齋漫錄》），所作亦頗學蘇。二是黃庭堅，雖對蘇的革新未置可否，卻在暗中仿效著。三是陳師道，他批評蘇詞「雖極天下之工，要非本色」（《後山詩話》），落筆時也不以乃師爲法。四是秦觀，出於對先生的尊敬，他不便就蘇詞的有乖音律加以指摘，遂只顧埋頭走自己的「婉約」之路。諸人之中，若論藝術造詣，則以秦觀爲最。他的特色是只以中音輕唱，只以淺墨淡抹，而詞的旋律間自有一種沉重的詠嘆，詞的畫面上自有一種深層的暈染，宋蔡伯世言：「蘇東坡辭勝乎情，柳耆卿情勝乎辭，辭情兼稱者，唯秦少游而已。」（乾道二年高郵孫兢《竹坡詞序》）伯世之言，實爲推許至極。秦觀詞既達到了「雖不識字人，亦知是天生好言語」（《能改齋漫錄》記晁補之語）的俗賞，也贏得了文化修養較高的士大夫們的眾口交響。他在政治上屢經挫折，遠謫南荒，而性格軟弱，不像有著相同遭際的蘇軾、黃庭堅那樣倔強，故其晚年之作多絕望語，格調也由哀婉而入淒厲。古往今來，社會心理一般都同情弱者，同情不幸者，秦觀以及一些類似的悲劇型作家，如前期的李煜、晏幾道，南宋的李清照，其作品之所以偏得人憐，這未嘗不是一個重要的因素。

當詞的發展因蘇軾的出現而揚起一陣詩化高峰時，作為蘇門四學士之一的秦觀並未追隨蘇軾的腳步，仍舊停留在花間詞閨情春怨的傳統中，堅持著詞之本色，固守著「以詞為詞」、「以詞言志」的道路；而關於這股婉約詞的逆流與回溯，就有待秦觀的拓展之功了。

第三節　秦觀生平與創作

在綜觀整個時代趨勢，以及詞的分期概述後，這一節將就另一條重要的背景資料——即秦觀生平與創作之間相關性作一考察。首先，本文將以秦觀的仕途生涯作為一條發展性線索，並以秦觀各期詞風作一概括性的介紹；最後，略探秦觀文學生命的特質，以及人格與文格的統一，而歸論於秦觀詞上。

一、仕途生涯

宋代社會以文人士大夫為重心，主導文化的發展，造成文化昌明，而且人才輩出。這批士大夫新貴，在某個程度上往往兼能立德、立功與立言，放眼史上各朝，確是罕有其匹。

關於秦觀的生平，除了《宋史》本傳以外，就個人寓目所及，尚有以下資料可供參考：

1. 〈重編淮海先生年譜〉秦瀛
2. 〈重編淮海先生年譜節要〉王敬之
3. 〈淮海先生年譜簡編〉龍榆生
4. 〈秦少游先生年譜〉王初蓉
5. 〈秦少游年譜〉王保珍
6. 〈秦觀年譜〉徐培均
7. 〈秦觀年譜攷〉〔註37〕後藤淳一

〈重編淮海先生年譜〉蓋為明萬曆十年，秦觀十八世孫淇創立，清

〔註37〕此文刊於《中國詩文論叢》第十二至十四集，未完，後亦未續載，不知何故。

初，二十世孫鏞加以校輯，二十八世孫瀛又於嘉慶二年續補而成。
是譜附載於《錫山秦氏宗譜》，甚爲罕見；而王敬之重刊本《淮海集》
所附〈重編淮海先生年譜節要〉乃據此譜而作節要本，《四部備要》
復收錄之，以其較易取得，故最常爲學者稱引。龍榆生〈淮海先生
年譜簡編〉〔註38〕即取王氏節要本再加刪汰而成，而王初蓉〈秦少
游先生年譜〉則收於《中華學苑》第二期，王保珍〈秦少游年譜〉
可見其《秦少游研究》，徐培均〈秦觀年譜〉則見其《淮海居士長
短句》一書所附錄。此外，又有秦觀三十世孫子卿，搜羅各地秦氏
譜牒，如《高沙秦氏支譜》、《毘陵秦氏宗譜》等十餘種，《錫山秦氏
宗譜》亦在其內，擇要影印，附加校注，編成《秦少游家譜學術資
料選輯校注》一書，極富參考價值。秦子卿又作有《秦淮海年譜考
定箋證》一書，惜未見。以下即以秦瀛〈重編淮海先生年譜〉爲主，
參酌眾說，考述秦少游之生平事蹟與仕宦生涯。

　　仁宗皇佑元年己丑（1049 年），秦觀生於江西省九江縣，事實上
少游祖籍本在江南一帶〔註39〕，他在杭逗留時即曾作詩云「鄉國秋行
暮，房櫳日已暝」（《淮海集》卷七，〈宿參寥房〉），稱江南爲「鄉國」。
秦觀先世曾任武將，享有私門列戟的尊榮，其後家道中衰，徙居揚州，
爲高郵縣武寧鄉左廂里人，潛德不仕。至其祖父承議公，爲當代名士，
曾官於南康，仕至承議郎，卒於元豐五年；其父元化公，至和中游太
學，師事胡瑗，惜未及入仕即早逝，卒於嘉祐八年，時秦觀年僅十五。
按其祖父及父親二人名諱俱無考，母戚氏，卒年不詳，疑或後於秦觀，
享年七十以上〔註40〕。觀早年喪父，與其母舐犢情深，出遊則念親思

〔註38〕收錄於龍榆生《蘇門四學士詞校注》（台北：世界書局，民國 71 年）。
〔註39〕秦觀〈送少章弟赴仁和主簿〉一詩云：「我宗本江南，爲將門列戟。
　　　　中葉徙淮海，不仕但潛德。先祖實起家，先君始縫掖。譯郎爲名士，
　　　　余亦忝詞客。」見《淮海集》卷四。
〔註40〕《淮海集》卷三十一〈祭洞庭文〉云：「紹聖三年十月己亥朔，十一
　　　　日丁卯……老母戚氏，年逾七十，久抱末疾。……願加哀憐老母。」
　　　　按此文作於紹聖三年（西元 1096 年），時秦母七十有餘，後四年秦觀

歸，並爲養親而勉力求仕。秦家素不富，有屋數間，薄田百畝，聚族老幼四十口〔註41〕，田園之入，殆不足以給親老朝夕之養。秦觀因而三度應舉求仕，然而入仕之後，職卑祿薄，經濟仍未獲得改善，偶得友人餽贈，即持以事親，更有日餐蔬飯而獨以肉糜奉母的記載。紹聖年間，秦觀坐黨籍，削職流徙於外，途經洞庭，特爲家人祝禱，更請諸神於久病老母多加哀憐，孝心極爲感人。

秦觀自幼聰敏過人，博學強記，讀書寓目輒能誦，暗疏之亦不甚失，但不喜勤讀。〔註42〕其性格豪儁不羈，好大見奇，讀兵家書，乃與意和，年二十四作〈郭子儀單騎見虜賦〉，謳歌這位唐朝大將在重兵包圍下，匹馬卻敵的英勇善謀：

> 事方急則宜有異謀，軍既孤則難拘常法。……所以撤衛四環，去兵兩夾，雖鋒無鏌邪之說，而勢有泰山之虞。(《淮海集》卷一)

秦觀亦有志於建功疆場，流聲不朽，取「太虛」爲字，用以寄寓其高遠的志向。〔註43〕然而北宋對於邊患問題，一味採取姑息養奸的策略，且朝廷用人重文輕武，科舉方爲文人求取功名的最佳途徑，秦觀雖然才學兼備，胸懷大志，卻不肯從流習文，遲至三十，始以衣食之需強出應舉。

元豐元年（1078年），秦觀年屆而立，至徐謁見蘇軾，又訪蘇轍於應天，秋試不幸落第，友人參寥等致詩安慰，秦觀答云：

> 且折花枝醉復醒，人間時節易崢嶸。屠龍肯自羞無用，畫

辛，其間不聞其母凶訊，意其當卒於秦觀之後。

〔註41〕《淮海集》卷三十〈與蘇公先生簡〉其三：「敝廬數間，足以庇風雨，薄田百畝，雖不能盡充饘粥絲麻，若無橫事，亦可給十七。」其四：「老幼夏間多疾病，更遇歲饑，聚族四十口。」

〔註42〕參後集卷六〈精騎集序〉。

〔註43〕陳師道〈秦少游字序〉：「秦子曰：『往吾少時，如杜牧之強志盛氣……顧今二虜有可勝之勢，願校至計，以行天誅，回幽夏之故墟，弔唐晉之遺人，流聲無窮，爲計不朽，豈不偉哉！於是字以太虛，以導吾志。』」見《後山集》卷十一。

虎從人笑不成。(《淮海集》卷四〈次韻參寥三首〉其三)

怨憤落寞的心情詩中顯然可見，原本狂放自負的秦觀至是一挫，因還家閉戶讀書，深居簡出，惟參寥、錢節、徐子思兄弟等時相造訪。

元豐二年，將如越省親，會蘇軾自徐徙知湖州，因與參寥同乘蘇軾官船南下。過無錫，游惠山，至吳興，泊西觀音院，遍遊諸寺，並分韻賦詩，唱和甚夥。元豐四年，秦觀年三十三，是歲自春以來，人事紛擾，叔父定自會稽得替，便道取疾，令侍祖父還高郵，又安厝亡嬬於揚州，趁多舉葬。入夏又爲諸弟輩學時文應舉；老幼夏間多疾病，更遇歲饑，頗爲食不足所苦。秋，應解試見，冬遂西行赴京師，以應明年春試。次年春，在京應禮部試，罷歸，遂如黃州，候蘇軾於官舍。又過廬山，南游玉笥而歸。秦觀曾罹牢獄之災，集中有〈對淮南詔獄〉詩二首，有「樊雉思秋野，韝鷹望暮雲。念歸忘食事，日減臂環分」(《淮海集》卷七)之句。詩題之「淮南」，當係淮南東路提點刑獄司之簡稱。某年秋，不曉所犯何罪，竟遭皇帝特旨詔捕，拘禁於淮南東路提刑司獄中，《益公題跋》收有秦觀〈銀杏帖〉一篇，其云：

> 觀自去歲入京，遭此追捕，親老骨肉，亦不敢留鄉里。治生之具，緣此蕩盡。今雖得生還，而仰事俯育之計，蕭然不給。……家叔已赴濱州渤海知縣，祖父在彼幸安，但地遠難得書耳。

所指疑即此事。此事原因不明，年月未詳，窺諸詩意及帖中所言，似在元豐四年暮秋，故繫於此。〔註44〕

科場上接連失利，秦觀因而頗自懲艾，發憤苦讀，並編經、傳、子、史之文選輯，題爲《精騎集》，以補善忘之失。又有《逆旅集》，

〔註44〕自〈銀杏帖〉所云「觀自去歲入京」及「今雖得生還」推斷此帖作於元豐五年，時叔父定以赴官濱州，而祖父還在世或尚未接到訃文，秦觀當在四年進京應舉時被捕下獄，後典賣田地繳錢贖罪，以致「仰事撫育之計，蕭然不給」。又卷二十八〈謝及第啓〉云：「方賢書之上獻，俄吏議之旁連。竊鈇致疑，事非在我，世鮮其人。尚賴平反，卒蒙昭雪。」疑亦指蒙詔獄事。此亦可參郭乃屏：《秦觀淮南詔獄疑案》(台北：文景出版社，民國82年12月)。

蓋閑居期間，書記所聞，既盈編軸，因次爲若干卷，題曰「逆旅」。
元豐七年，八月十九日，秦觀與蘇軾、許遵等會於金山，詩文唱答，
次日辭歸。十一月中旬，蘇軾至高郵與觀會晤，後於淮上飲別。是年
冬，將赴京師，索文稿於囊中，得數百篇，由兒輩協助編成《淮海閒
居集》；元豐八年，三度應舉終於得中，時秦觀已三十七歲。

　　秦觀登焦蹈榜進士第，除定海主簿，尋調蔡州教授，因返里奉
母赴蔡州任。至是，始正式步入仕途。然而，幾經世事歷練，秦觀已
不若往日充滿豪情壯想，而欲謙沖自守，退以存身，以馬少游爲榜樣，
遂改字「少游」。秦觀入仕之時適逢北宋黨派交爭，日益激烈，即便
已存謙退之念，卻仍身不由己的捲入了這場政治漩渦。自元豐八年考
中進士至紹聖元年被放出京爲止，其間經歷了整個元祐時期，在此
八、九年中，秦觀始終在詭譎多變的宦海中顛頓沉浮。

　　元祐二年四月（1087年），詔復制科，蘇軾、鮮于侁共以方正賢
良薦於朝，以備著述之科。〔註45〕次年，自汝南被召至京師，應試賢
良方正能直言極諫科，進所業策論五十篇，爲言者所齮齕，不得與試，
乃引疾歸蔡州。秦觀經此打擊，心中甚爲抑鬱不平，與失意邊將高永
亨相從於城東古寺，酒酣悲歌，聲震林木，無視於旁人異樣眼光，以
抒落寞不得志之慨。

　　秦觀在蔡，生活清苦，更以久不召用，滿腹牢騷。至元祐五年
四十二歲時復被召入京，策試於學士院，五月除太學博士，此乃得於
右相范純仁之薦舉。然除官未幾，右諫議大夫朱光庭上章劾其「素號
薄徒，惡行非一」〔註46〕，因罷命，六月詔爲秘書省校對黃本書籍。
元祐年間新黨盡去，舊黨雲集於朝，專以忠厚不擾爲治，國家暫得清

〔註45〕《宋史・哲宗本紀》：「元祐二年四月丁未，復制科。」按熙寧七年詔
　　　　罷賢良方正等科，至是始復。秦觀受鮮于侁之薦，作書謝云：「昨蒙
　　　　左右不以觀之不肖，猥賜論薦，以備著述之科。」（卷三十七〈與鮮
　　　　于博士書〉）秦觀亦受蘇軾之薦，見《宋史》本傳：「元祐初，軾以賢
　　　　良方正薦于朝。」
〔註46〕見《續資治通鑑長編》卷四百四十二哲宗元祐五年五月庚寅條。

平。惟舊黨內部又分作幾大派別，彼此攻訐不已：時有洛黨，以程頤
爲首，朱光庭、賈易爲其羽翼；蜀黨領袖即蘇軾，呂陶等人爲其羽翼。
兩黨互相爭鬧，另有朔黨劉摯、梁燾、劉安世等，始終幫助洛黨夾擊
蜀黨。秦觀因與蘇軾過從甚密，被目爲同黨，屢遭非毀排擠。朱光庭
先前於元祐元年底，即曾密疏指摘蘇軾所撰館職策題譏諷先上，爲臣
不忠，至此又攻擊秦觀，後蘇轍上章劾其「不學無術，妒賢害能」，
並爲秦觀申冤：

> 光庭亦自知人品凡下，專務讒疾勝己……秦觀以文學知
> 名，朝廷擢爲太常博士，而光庭加以暗昧之過，欲遂廢棄。
> 朝廷知其誣罔，獎用二人，有加於舊。〔註47〕

元祐時期，舊黨內部紛爭屢起，而羅織罪名、予以尖刻的人身攻擊又
是黨人最常使用的傾軋手段，故前次秦觀應制遭人誣陷之事，或亦與
洛蜀黨爭有關，乃因黨派紛擾而遭惡言謗傷；秦觀下獄一案，實則正
如蘇軾所言「了無事實」〔註48〕耳。

秦觀任秘書省校對黃本書籍之後，心情爲之一暢，生活亦較以
往優閒安適，校書之暇，時或與同僚玄談漫語。六年七月，以趙君錫
之薦，遷爲正字。既而賈易詆以不檢之罪，同日趙君錫竟上章「今始
知其薄於行，願寢前薦，罷觀新命」云云，賈趙二人交相彈劾，秦觀
亦自請辭免。

秦觀捲入黨爭，無可擺脫，元祐八年御史黃慶基、董敦逸於三
至五月間連上七狀彈劾蘇氏兄弟，謂川人太甚，又劾其指斥先帝，招
權植黨，並及秦觀。五月辛卯，黃董二人坐言尚書右丞蘇轍、禮部尚
書蘇軾不當，皆罷御史，出爲判官，後改爲知軍差遣，一場政治風波
於焉暫告平息。是年秦觀得授左宣德郎，六月復爲正字，七月又以宰
相呂大防之薦，由秘書省正字兼國院編修官，參修神宗皇帝正史。八
月十二日，始供史職，詔賜硯墨紙筆及器幣，甚得恩寵。此乃秦觀一

〔註47〕見《續資治通鑑長編》卷四百五十四哲宗元祐六年正月丙戌條。
〔註48〕見《續資治通鑑長編》卷四百十五哲宗元祐三年十月己丑條。

生最爲順遂風光時期，數月之間，升擢連連；詎料京華得意未幾，太皇太后高氏於九月初三崩逝，哲宗親政，新黨李清臣等相繼還朝，並任用章惇爲相，以翟思、劉拯爲臺諫，國政爲之大變，對舊黨的猛烈攻擊亦隨之展開，凡元祐時期活躍於朝者，無論洛黨、蜀黨，同以爲「元祐黨」，一一貶黜，秦觀的士大夫生涯宣告終止。

　　紹聖元年（1094 年）三月，秦觀坐黨籍，改館閣校勘，出爲杭州通判，時年四十六。行至汴上，作一絕云：

　　　　俯仰觚稜十載間，扁舟江海得身閑。平生孤負僧床睡，準
　　　　擬如今處處還。（《淮海後集》卷二〈赴杭倅至汴上作〉）

自元豐八年考中進士以迄本年，宦海升沉，計約十載；如今貶官出京，秦觀心中自然感慨萬千。然而眞正的厄運這時才正開始，閏四月，以監察御史劉拯劾其影附蘇軾，增損實錄，落館閣校勘，監處州茶、鹽、酒稅；七月，又以監察御史周秩讒其罪重罰輕，責降左宣義郎，依舊處州監當。秦觀在處州，以學佛自遣，生活尚稱自得。

　　紹聖三年春，以不職罷，削職再貶郴州。此次貶謫原因，《宋史》本傳謂「使者承風望指，後伺過失，既而無所得，則以謁告寫佛書爲罪。」閒居時撰寫佛書竟遭謁告貶黜，則宋代小人姦黨之惡劣行徑可想而知。另據《揮麈餘話》所記，尚有兩浙運使胡宗哲羅織罪名，劾其敗壞場務〔註49〕。此去湖南，由於路遠途艱，盡室老幼，俱留不行。既寓浙西，方令子湛謀侍南來，歲暮抵郴州；旋又於次年二月，奉詔編管橫州，元符元年（1098 年）二月，再移雷州。時秦觀年五十整，宋不殺大臣，大臣負罪，貶謫嶺外是最重的懲治，與處極刑無異，因作挽詞曰：「家鄉在萬里，妻子天一涯。孤魂不敢歸，惴惴猶在茲。……奇禍一朝作，飄零至於斯」（《淮海集》卷四十〈自作挽詞〉）。這一段長達七年的流徙歲月，所貶之地愈來愈遠，秦觀心情亦愈來愈悽惶；

〔註49〕〈留別平闍黎〉詩跋云：「紹聖元年，觀自國史編修官蒙恩除館閣校
　　　　勘，通判杭州，道貶處州，管庫三年，以不職罷。」另可參《宋史·
　　　　秦觀本傳》、王明清《揮麈餘話》卷二。

以詞作來說，此期數量並不多，或因身爲罪臣，沒有創作自由，且貶所不斷更變，即使有所創作，也容易亡佚所致。

　　元符三年（1100 年）春正月，哲宗崩，皇弟端王佶即位，是即徽宗，向太后臨朝，局勢因之一變。二月，詔授英州別駕。時朝廷下詔敘復元祐臣僚，遷臣多得內徙；四月，皇長子生，大赦天下，詔移衡州，蘇軾得移廉之命後，急治裝啓程，作書與秦觀約於徐聞相見。六月，二人會於海康，秦觀出示自作挽詞，蘇軾撫其背云：「某嘗憂少游未盡其理，今復何言？」遂相與嘯詠而別。未幾，被命復宣德郎，放還，遂以七月啓行而歸。時值炎天，秦觀冒暑趕程，過容，留多日，飲酒賦詩，尚如平常，容守遣般家二卒送歸衡州。至藤，傷暑困臥，八月十二日，出游光華亭，索水欲飲，水至，笑視之而卒。先前秦觀嘗於夢中作〈好事近〉詞，結云：「醉臥古藤陰下，了不知南北。」至是卒於藤州，人皆以爲詞讖。

　　秦觀既逝，藤守徐疇甚照管其喪，並遣人即報范沖。范氏昆仲時在梧州，忽聞噩耗，匆匆而至。逮蘇軾聞訊趕至藤州，范載喪去已久矣！秦觀謝世後凡三十年，始蒙卹贈〔註50〕；紹興年間，秦湛任常州通判，因遷其柩，與妻徐氏合葬於無錫惠山。今惠山二茅峰下其墓仍在，碑題作「秦龍圖墓」。

二、詞風分期

　　中國的文人幾乎都曾向著同一條道路苦苦奮鬥過，那就是在政治上建功立業、一清天下的仕宦之途；然而現實回報於他們的，卻是更多的政局困頓、仕途顛簸，以及悲涼的命運，此乃與文人們不願淪爲官僚的附屬和方正孤絕的性格有關。放眼歷史，政壇上充斥的多爲圓滑世故、同流合污之徒，由於個人的心性與抱負使然，士人不肯向

〔註50〕王明清《揮麈餘話》前錄卷三：「建炎末，贈黃魯直、秦少游及晁無咎、張文潛俱爲直龍圖閣。」戴溪〈重修淮海先生祠堂記〉云：「墓故有停，刻建炎四年追贈龍圖閣敕。」

命運低頭，甚至起身與政治現實相對抗；在理想與現實的衝突下，中國古代作家所看重的，是一種獨立人格與時代良心。心靈的矛盾交織在其生命當中，形成牢不可破的網羅，但他們卻將悲苦與淒涼融入在創作裡，注入血淚，使作品成爲心靈的獨白、生命的外化，連帶地無形中完成人格與文格的統一。

　　劉若愚根據亞伯拉姆斯在《鏡與燈》一書中提出的理論，將藝術創作以四個要素來概括，這四個要素分別是宇宙、作家、作品、讀者；他認爲所有的藝術創作，並非僅是作家的創作過程和讀者的審美經驗，而是包括創作之前的情形和審美經過之後的情形，這就必須延伸到上述四要素之間的關係。在第一階段，宇宙影響作家，作家反應宇宙，由於這種反應，才進入第二階段，作家創造作品。而所謂的宇宙，其實就是我們所生活的這個社會，社會中的任一變動，都會影響到作者及其創作；對敏感的秦觀來說，仕途的不幸與命運的困蹇不啻是種巨大的打擊，激盪其心發而爲詞，遂成爲生平遭遇的一個縮影。宋人視詞爲小道，然詞之爲體，句法參差，音韻協調，適合抒發曲折幽隱的感情，使創作者不拘於言道，而能自由地表達心中的眞摯情感；以秦觀的詞作與人生經歷相互佐證觀之，洵可窺其全貌。

　　南宋初年的呂本中於《呂氏童蒙特訓》云：「少游過嶺後詩，嚴重高古，與舊作不同。」〔註51〕對秦觀的創作始有大致分期。呂氏以元符元年（1098 年）秦觀自郴州編管橫州爲分界，說明此後詩風產生極大的變化，雖是就詩而言，然秦觀詞亦有前後風格的轉變，參照其生活歷程與詞作來看，應有明顯的差異；故本節將秦觀詞風定爲三期，是以實際創作情況爲劃分依據。

　　第一期爲元豐八年（1085 年）登進士第之前的作品；第二期則爲元祐爲官以後，時間由元豐八年至紹聖元年（1094 年）爲止；而從紹聖元年坐黨籍至元符三年（1100 年）赦還止，雖爲時不如前二

〔註51〕見宋・魏慶之《詩人玉屑》（台北：台灣商務印書館，民國 57 年 6 月台一版）卷十八引，頁 323。

期爲長，然秦觀於心境上卻有另一層轉折，故獨立一期析論之。

　　尤須注意者，做爲「詞人之詞」的一位作家，秦觀的詞風卻有其一貫的特色，那就是一種敏銳柔婉的感受。認眞說來，秦觀詞必須分爲兩類視之，一是早期纖細幽微的作品，一是經過政治挫傷後，所作寄慨身世的詞。〔註52〕即因經歷了沉重的政治打擊，秦觀的婉約詞在後期有著心境上的轉折，那就是在柔婉之中表現淒涼無奈的意緒，拓展出一片吐露心志的境界，並由早期的「淒婉」轉變爲晚年的「淒厲」之風〔註53〕。

（一）未仕冶遊時期

　　第一期爲元豐八年登進士第之前，秦觀在此期往往自稱爲「江海客」〔註54〕，有兩次落第的經驗，雖面對著應考與現實的壓力，但是猶有企圖重振之心；整體來說，秦觀此時的心境仍是積極美好的。

　　在「長與諸豪載酒游」〔註55〕的漫游歲月裡，秦觀的確過了一段逸興遄飛的生活。首先，是於熙寧九年（1076年）與孫覺、參寥子出高郵城，至歷陽之惠濟院往訪漳南老人〔註56〕，同遊湯泉；後獨與參寥入烏江，邀烏江令閻求仁謁項羽祠，得詩三十首。元豐二年（1079年），東坡自徐州徙湖州，途經高郵，秦觀遂順乘東坡便船南下，欲赴會稽（即越州）探望祖父承議公與叔父秦定。過無錫，

〔註52〕參葉嘉瑩：《唐宋詞十七講‧第九講秦觀（上）》（台北：桂冠圖書股份有限公司，2000年2月二版），頁372。

〔註53〕王國維《人間詞話》（香港：中華書局，1961年）云：「少遊詞境最爲淒婉，至『可堪孤館閉春寒，杜鵑聲裡斜陽暮』則變而淒厲矣。」

〔註54〕如「予亦江海人，名宦偶邊迫。」（〈贈寫法師翊之〉，《淮海集》卷五）、「繆挾江海志，恥爲升斗謀。」（〈春日雜興十首〉其二，《淮海集》卷三）此期有詞〈望海潮〉云：「最好金龜換酒，相與醉滄州。」這是秦觀一生最嚮往的生活，此時沒有仕宦的牽絆，優遊自得，得到不少滿足。

〔註55〕〈雪上感懷〉，《淮海集》後集卷四。

〔註56〕歷陽即今之安徽省和縣，有湯泉、龍洞山、項羽祠等景，風景極爲秀麗；秦觀於熙寧十年追敘此次登臨之美，作〈遊湯泉記〉，記之甚詳。

遊惠山，與東坡、參寥子作和唐人詩。後又會於松江，至吳興，停泊於西觀音院，同遊諸寺風光。別東坡之後，至德清道中作詩，與參寥同至越州。七月，東坡因烏臺詩案下詔獄，秦觀渡江至吳興詢問詳情。後復過杭，欲往會稽，先遊龍井，謁辨才法師於潮音堂，並作〈龍井記〉和〈龍井題名記〉〔註 57〕。及至會稽，東遊鑑湖、謁禹廟、憩蓬萊閣，與郡守程公闢相得甚歡，作〈會稽唱和詩序〉，錄寶林禪院事實并作〈滿庭芳恩〉詞（「會稽懷古」）〔註 58〕；葉夢得《避暑錄話》曾記蘇軾於四學士中最善少游，然猶以氣格爲病，常戲云：「山抹微雲秦學士，露花倒影柳屯田」，秦觀因此有「山抹微雲君」之稱。

　　另外，此期秦觀亦曾三度至京城開封應舉，分別是元豐元年（1078 年）、五年和八年；前二次應試皆不中，迨及元豐八年方榮登焦蹈榜進士第。徐培均注本所附年譜中，以〈畫堂春〉、〈長相思〉二闋爲落第時所作〔註 59〕，詞中表現了憔悴失意的窘境：才子連試不第，此恨誰知？不過，既有恨意，可見秦觀還是充滿著企圖心的，並未因此而一蹶不振。其實，於元豐元年秦觀曾作〈掩關銘〉，自云「退居高位，杜門卻掃，以詩書自娛。」〔註 60〕元豐五年則作〈精集序〉曰：「比數年來，頗發憤自懲艾，悔前所爲；而聰明衰耗，殆不如曩時十一二。」〔註 61〕可見秦觀縱使寫作、遊樂，仍擺脫不掉功名不就的憂傷；此時年歲已屆不惑，卻一無所成，秦觀心中的消沉無奈與不

〔註57〕龍井舊名「龍泓」，相傳有龍居此，因以名之。約於西湖以西，錢塘江之北，離約十里。辨才法師元淨自天竺謝講事退休來此，築亭其處，以書邀少游及參寥入山共遊，〈龍井記〉和〈龍井題名記〉俱見《淮海集》卷十七。

〔註58〕《藝苑雌黃》：「程公闢守會稽，少游客焉。館之蓬萊閣……，因賦長短句，所謂『多少蓬萊舊事，空回首，煙靄紛紛』也。」據此，知此闋〈滿庭芳〉爲此一時期作品。

〔註59〕〈畫堂春〉、〈長相思〉二闋義旨詳析容於下部分「題材內容」時說明。

〔註60〕《淮海集》卷三十三。

〔註61〕《淮海集》後集卷六。

遇之感實爲厚重而深沉。

秦觀平生喜好老莊哲學，嚮往獨立自由的精神境界，早期豪放慷慨的生活，某種程度上即體現了這種精神；而盤旋在理想的「江海志」與現實的「升斗謀」間，這樣的矛盾事實上也籠罩著秦觀的一生。〔註62〕也因此，無論得志或失意，秦觀的詞作，總帶著一股淡淡的落寞與憂鬱，特別容易勾惹讀者的心緒。綜觀秦觀此時期的詞作，體現了兩種較爲突出的心境：一是登山臨水，尋常雅聚或酒席酬唱的疏宕情致；一是反映落第，閉門卻掃，失意感慨的愁緒。

總之，江南的風土人文，提供了絕佳的塡詞環境，而與東坡、參寥等人的交游唱和，更增加了創作機會。雖有些許的仕途失意，因爲受過傳統文化的薰染，故猶有士大夫再起之志，所以才能有〈滿庭芳〉（紅蓼花繁）那樣「清風皓月，相與忘形」般心境悠閒的作品。

（二）元祐爲官時期

此期由元豐八年（1085 年）登進士第開始，至紹聖元年（1094年）坐黨籍爲止。元豐八年三月神宗駕崩，哲宗繼位，高太后垂簾聽政，黜斥新黨，復起用舊臣。秦觀登第後，遂授定海（今浙江鎮海縣）主簿，時年已三十七，後調徙蔡州（今河南汝南）教授。

蔡州，在今河南省汝南縣，地處淮水支流汝水之上，爲中國歷史文化名城，風景秀麗，交通便利，通訊快捷。秦觀在這段時間裡作了不少狎妓詞，美人佳景，醇酒歌謠，如詩如畫，美不勝收，故所作如〈水龍吟〉、〈南歌子〉等，都具有極美的情韻。

元祐二年（1087 年），秦觀仍於蔡州任；四月詔復制科，蘇軾、鮮于侁以賢良方正薦於朝，未見徵召，夏因腸疾仍歸汝南任學官。元祐三年，被召至京師以應制科，時朋黨之議起〔註63〕，秦觀被視爲蜀

〔註62〕參楊秀慧：《秦少游詞研究》（中山大學中國文學研究所碩士論文，民國88年6月），第三章第一節，頁43。

〔註63〕明代薛應旂《宋元通鑑》卷四一載：「元祐元年冬，程頤、蘇軾交惡，其黨互相攻訐。」（景印岫廬現藏罕傳善本叢刊，台北：台灣商務印

黨，遭受排擠，復被「誣以過惡」，幸得右相范純仁保全，其胸中鬱然之情可於〈次韻答張文潛病中見寄〉詩中窺得一斑：「三年汝水濱，孤懷誰與言？末路非所望，聯鑣金馬門。」（《淮海集》卷二）秦觀此時的厭官之意，於詩文中更能明顯看出，再如其〈答曾存之〉詩所云：

> 環堵蕭然汝水隈，孤懷迴迴向誰開？青春不覺書邊過，白髮無端鏡上來。祭竈請鄰聊復爾，賣刀買犢豈難哉？故人休說封侯事，歸釣江天有舊臺。（《淮海集》卷九）

徐培均注本將此詩繫為元祐三年，秦觀自京師引疾歸蔡州時。此時，他的心中甚為鬱悒不平，青春不覺已逝，白髮無端旁生，而仕途不遇的孤懷又能向誰傾吐？從「故人休說封侯事」一句，實可見秦觀對政治的灰心。另外，他於〈高無悔跋尾〉云：

> 元祐三年，余為蔡學官，被詔至京師，以疾歸。無悔亦以失邊帥意徙內地，鈐轄此郡兵馬。相從於城東古寺，日飲無何，絕口不掛時事。余酒酣悲歌，聲振林木。（《淮海集》卷三十四）

文中「絕口不掛時事」、「酒酣悲歌，聲振林木」，亦見其心冷意悲。元祐四年，范純仁再薦，自蔡州入京，應試制科，進策論五十篇，除太學博士，校正秘書省書籍。元祐六年七月，秦觀遷秘書省正宗；八月，因賈易詆毀「不檢」罷正字〔註64〕，仍校黃本書籍。

觀此期十年，秦觀前五年大約都在蔡州，僅其中數月至京師應制，後四年皆在京師開封；短短數年間，宦海起伏變化極大。在這段仕途變換中，秦觀不乏升遷的喜悅，但更多的是朋黨的打擊；故整體

書館，民國 62 年）。宋之黨爭，另可參馮琦原：《宋史記事本末》（台北：台灣商務印書館，民 45 年），卷四三「元祐更化」及卷四五「雒蜀黨議」。所謂黨派之爭，洛黨以程頤為首，朱光庭、賈易為輔；蜀黨以蘇軾為首，呂陶等為輔；朔黨以劉摯為首，輔者尤眾。

〔註64〕參《續資治通鑑長編》卷四六三：「賈易又上章論秦觀王適事云：『臣近因秦觀除正字，言其不可污辱文館。』又趙君錫言：『臣前薦秦觀以其有文學，今始知其薄於行，願寢前薦罷觀。』」此即為賈易等黨人對蘇軾、秦觀的彈劾案。

而言，對官場的倦怠之意，爲本期最突出的心境，恆有詞文見之。另外，此時秦觀亦爲歌樓酒館塡了不少詞，主題仍以愛情居多，然可貴處在不失詞格，其餘則尙有少數歡宴遊賞之作。

（三）貶謫南荒 —— 遇赦北歸時期

本期從紹聖元年（1094 年）坐黨籍至元符三年（1100 年）赦還爲止，共計約七年時間；但是從此開始的貶謫南荒生活，卻對秦觀晚年造成極大的影響。期間詞作數量，以往來地方任上或奔波旅次間較爲豐富；不過長達七年的流徙歲月，作品不易保存，就詞作總量而言，仍稱不上多數。雖然本期遺留下來的作品不多，但無論在抒情的深度和藝術技巧上，較之前二時期均未遜色，甚至遠遠超過前兩階段，該是最值得留意的成就。

元祐年間，秦觀幾度在京師與地方轉徙，十年京華來去，心境早已不復年少的熱切積極，甚至萌生退隱之思，一心只求安定；無難命運作梗，秦觀始終不能自主的仕宦生涯，又開啓了另一段曲折。

元祐九年（1094 年）哲宗親政，改元「紹聖」，詞人的腳步尙未站穩，一場風暴又悄悄掩至，此去七年，是秦觀備受迫害、遠謫南荒的歲月。隨著宣仁太后的崩逝，哲宗即位，在一批新黨小人章惇、蔡京的讒言下，對元祐大臣的報復行動隨即展開，舊黨再度失勢而遭到打擊。《秦譜》紹聖元年云：

> 春三月，……執政呂大防、范純仁、蘇轍、范祖禹皆罷。
> 先生坐黨籍，改館閣校，出爲杭州通判。

蘇門師友皆遭貶黜，東坡貶惠州安置，蘇轍逐筠州，黃庭堅謫黔州，張文潛徙宣州，晁無咎左遷監信州酒稅。秦觀三月出任杭州通判途中，又因御史劉拯誣告他重修《神宗實錄》時任意纂改，誹謗先王，於是再貶處州（今浙江省麗水縣），任監酒稅的微職。〔註65〕在處州，

〔註65〕清、畢沅《續資治通鑑》卷八三載：「紹聖元年閏四月貶通判杭州，秦觀監處州茶、鹽、酒稅，以劉拯言其影附蘇軾，增損實錄也。」《淮

爲消愁解悶，秦觀常至佛寺與僧人談禪，抄寫佛經，然旋即因此獲罪。《宋史》本傳云：

> 使者承風望指，候伺過失，既而無所得，則以謁告寫佛書
> 爲罪，削秩徙郴州。

後人每讀此段歷史，只能說欲加之罪，何患無詞？所謂「謁告」者，本是宋代對於因事或因病「告假」的一個別稱，在因病請假的日子裡抄寫佛經以抒苦悶，有何罪名可言？竟被小人羅織，落到遷貶削秩的下場？秦觀內心感於絕望悲苦之餘，必然更會結合不少屈抑之情；而其易感之心魂，乃益愈摧傷。〔註66〕紹聖三年，秦觀再貶郴州（今河南省郴縣），有感於身世，詞風益加悽苦哀厲；四年，編管橫州（今廣西省橫縣），有〈多蚊〉詩記狼狽之景：「蚤蝨蜂蠆罪一倫，未如蚊子重堪嗔。萬枝黃落風如射，猶自傳呼欲噬人。」則環境之困窘、心境之荒涼可以想見一斑。

元符三年（1100 年）正月，哲宗崩，皇弟端王趙佶繼位，是爲徽宗，向太后臨朝，大赦天下。二月，「雷州編管秦觀移英州」，未赴；四月「秦觀英州別駕移橫州」。〔註67〕此時東坡亦自瓊州量移廉州，六月與秦觀會於海康；對於這一次難得的聚會，秦觀除作有摯情的〈江城子〉（南來飛雁北歸鴻）一闋，並以「自挽詞」出示東坡，相與嘯詠而別。其〈挽詞〉云：

> 藤束木皮棺，蒿葬路旁陂。家鄉在萬里，妻子天一涯。孤
> 魂不敢歸，惴惴猶在茲。昔忝柱下史，通籍黃金閨。奇禍
> 一朝作，飄零至於斯。

文中充滿悲憤之情，似乎也預告自己將不久於人世。《秦譜》云「先

海集》卷五詩題云：「紹聖元年，觀自國史館編修官蒙恩除館閣校勘，通判杭州，道貶處州管庫，三年以不職罷……」

〔註66〕參葉嘉瑩《唐宋詞名家論集·論秦觀詞》（台北：桂冠圖書股份有限公司，2000 年 2 月），頁 224。

〔註67〕俱引自宋施宿《東坡先生年譜》，收於王宗稷編《蘇東坡全集》（台北：世界書局，民國 85 年）。

生既別（蘇）公，無何，被命復宣德郎，放還。」秦觀並賦〈和陶淵明歸去來辭〉以表達北歸之喜悅；然而七月啓程而歸，至藤州，因醉臥光化亭，向人家索水飲，笑視而卒，也結束了這位詞人五十二載辛酸悲苦的政治與文學生命。

官宦仕途猶如黃粱一夢，秦觀一路走來，從杭州、處州、郴州、橫州到雷州，離家愈來愈遠，處境愈來愈蠻荒，隻身在外，焉得不黯然心碎？其心中的寂寥悲苦可知，其對家鄉的想望亦可知。王國維《人間詞話》卷上云：「少遊詞境，最爲淒婉，至『可堪孤館閉春寒，杜鵑聲裡斜陽暮』則變而淒厲矣。」在紹聖之前的安定歲月，秦觀的創作力反見沉寂；反而是在艱困的羈旅行役途中，或是轉徙於地方任上，那些眞正牽動他心思的所聞所感，以及人生的逆境磨難，才是秦觀一生源源不竭的創作泉源——正因爲政治生涯的浮沉，造就了秦觀另一番學術功業；即使本期詞作數量銳減，但已眞正蛻化爲成熟的晚年風貌了。

以上三期詞風，大抵說來，貶謫南荒以前的淒婉詞風較屬於傳統婉約詞的範疇；當然，其中亦有一些閒適、紀行感懷的變調。而貶謫之後的作品則較趨向新詞風的拓展部分，舉凡羈旅寓慨，以及寄寓身世的情詞之作，都在在顯示了秦觀在詞風上的拓新。在研究秦觀的同時，這樣的分期將有助於更加深入地了解淮海詞的回流與開展現象。

三、文學生命

綜上所述，可知秦觀出身寒微，父祖仕宦俱不顯，且家貧無甚藏書，自非名門貴族或書香世家之比。所幸文風尙盛，給予秦觀甚多薰沐。孩提時期，其父游太學歸來，具言太學人物之盛，且對王觀及其從弟覯讚譽有加，年幼的秦觀因而對王氏兄弟心生嚮慕之意，後遂以故人之子獲從之游。年十九，娶妻徐氏，岳父徐天德本即好學，又受孫覺、鮮于侁等親友先輩關愛教導，加以秉性穎悟，是以明通經史，雅擅詩文，早年即嶄露頭角，博得盛譽。

　　觀少游一生，主要活動時期在神、哲二朝，正值王安石變法漸次失敗，舊黨重回政治舞台又再度退出之時，政治、社會、經濟等各方面變動極劇；入仕之後，因與蘇軾交好而被視爲同黨，捲入糾結的政治鬥爭漩渦，最後導致遠謫南荒、卒於道途的悲慘結局。秦觀後半生的遭遇，可說與政治黨爭問題息息相關。

　　秦觀仕途蹭蹬多年，未始得官正字，旋即因政局生變，貶官出京。元祐八年秋，太皇太后崩，哲宗親政，對垂簾聽政諸多不滿，遂起用元豐大臣以施行新政；新黨重掌政權後，黨爭便益形激烈，新舊之間勢成水火，舊黨盡皆遭黜。秦觀何辜，在黨派傾軋中被貶至處州、郴州等地，於元符三年八月十二日卒於放還道中。張耒爲作祭文云：

　　　嗚呼！官不過正字，年不登下壽。間關憂患，橫得詬罵。
　　　竄身瘴海，卒仆荒陋。（《張右史文集》卷四十五，〈祭秦少
　　　　游文〉）

句句痛殞入心，一代才士，命運多舛，千年以下，猶令人哀惋不已。而這場政治風暴對士大夫來說，是一場揮不去的夢魘；對國祚而言，更釀成了不可避免的悲劇──僅僅半個世紀，北宋半壁江山便拱手讓人。

　　政治上的是非功過已成陳跡，眞正使秦觀不朽的，卻是他的文學生命。秦觀詞帶有濃厚的感傷情調，他對於自己或是所關懷人物的不幸遭遇，往往表現一種無可奈何的抱怨態度；有些詞句如「夕陽流水，紅滿淚痕中」（〈臨江仙〉），「綠荷多少夕陽中，知爲阿誰凝恨背西風」（〈虞美人〉）等，語氣上十分接近一個被遺棄而無可控訴的女子的聲口。在前期的漂泊生涯中，秦觀的思想感情不免受到那些聰明而不幸的歌妓所感染；後來又遭到當權派接二連三的打擊，加上性格柔弱、情感細緻，所以他的詞便無可避免地被悲怨哀愁所纏繞。〈千秋歲〉「春去也，飛紅萬點愁如海」、〈浣溪沙〉「自在飛花輕似夢，無邊絲雨細如愁」爲傳誦千古的名句，通過淒迷的景色、宛轉的語調，

秦觀表達了一種感傷的情緒，正如王國維《人間詞話》所說的「最爲淒婉」，而這種感傷的悲調也容易引起讀者共鳴。

在傷懷人生命運之外，秦觀也作了不少描男女戀情的作品，這雖是一個傳統題材，但秦觀往往能表現得眞摯動人，例如著名的〈鵲橋仙〉：

> 纖雲弄巧，飛星傳恨，銀漢迢迢暗渡。金風玉露一相逢，便勝卻人間無數。　　柔情似水，佳期如夢，忍顧鵲橋歸路。兩情若是長久時，又豈在朝朝暮暮。〔註68〕

藉著七夕牛郎織女相會的古老傳說，寫出人間一種執著深沉的愛情。其中表現出對於愛情的嚴肅態度，與許多詩詞把女性的外貌與情感作爲賞玩對象的做法有極大不同，因此增添了「情」的感染力。另外，由於秦觀一生情感基調的低沉，他的情詞也多偏向於寫情中哀怨；上闋中「纖雲弄巧」一句，正好可以借來象徵秦觀詞的藝術特徵：纖細、輕柔，語言優美而巧妙，善於把哀傷的情緒化爲幽麗的境界。這種風格主要承自於李煜、歐陽脩，以及晏殊一脈，但添加了秦觀本身的創意，有其獨特的特色。

再者，傳統的儒家思想，到了宋朝，得到近一步的發展，形成後人所謂的「理學」。而宋代對於佛道思想也大力提倡，根據《宋史‧方技傳》載「宋舊史有〈老釋〉、〈符瑞〉二志，又有〈方技傳〉，多言讖祥。」即可知一二。當時士大夫多以崇佛信道爲雅，不少人以「居士」自命，於是儒、釋、道哲學在社會大爲普及。秦觀生活在這樣的時代中，思想上自然受到環境的薰陶；從《淮海集》諸作，可看到他時常來往於寺廟間，並與許多方外之士交游，濡染道佛之深。

秦觀自小學習儒家教義，以爲「功譽可立致，而天下無難事」〔註69〕，可知其有強烈的立功思想，慷慨激昂，強志盛氣。在佛家

〔註68〕本文凡引用秦觀詞處，皆出自於徐培均《淮海居士長短句》本，並酌參以唐圭璋《全宋詞》，以下並同，不復贅述。

〔註69〕陳師道〈秦少游字序〉，見《後山集》卷十一。

思想方面，他曾云「余家既世崇佛氏」〔註70〕，從早年寫了許多佛教開堂疏等篇章，到後來坐黨禍時以抄寫佛書、念經誦禪消愁解悶，佛家哲學可謂其心靈之慰藉。至於道家思想，秦觀早期的賦篇即充斥著玄理〔註71〕，詞中亦有反應道家神仙思想者，〈雨中花〉一闋就直接說明了「醉乘斑虯，遠訪西極」，追求仙家洞天福地的想望。另外，〈點絳脣〉、〈鼓笛慢〉二闋對「桃源」仙境的心理追求，也具有神仙意識。

　　而儒釋道三者在秦觀的生命中，又扮演了何種角色？這可以從他的生命歷程，看出其中的一統與變化，以及一生思想的依傍與追求。秦觀自幼濡慕文學，必然是以儒家思想為依歸；人難以跳脫現實社會的藩籬，秦觀自然也很難放棄儒家治國平天下的理想；然而在其內心卻常響起另一種旋律，那就是他在元豐末改字「少游」時所表達的思想：

　　　今吾年至而慮易，不待蹈險而悔及之。願還四方之事，歸
　　　老邑如馬少游，于是字以少游，以識吾過。〔註72〕

馬少游即東漢馬援從弟，《後漢書》讚其「乘下澤車，御款段馬，為郡掾吏，守墳墓，鄉里稱善人」〔註73〕，可見秦觀嚮往的是乘著悠緩的馬車，在家鄉作一個小官，過著自給自足的生活。而他早年的優游不羈，正反映著道家自由放任的精神境界；兩首懷古詞〈望海潮〉於篇尾云「最好揮毫萬字，一飲拚千鐘」、「最好金龜換酒，相與醉滄州」就是最佳的說明。往後在他遭受挫折時，往往借助道家虛無思想，以求精神解脫。

　　在秦觀的思想中，佛教居於較為次要的地位，而以儒道為主導；儒道的關係融入了他的生命，既相悖又相合。學者吳蓓即曾指出：

〔註70〕〈五百羅漢圖記〉，《淮海集》卷三十八。
〔註71〕如〈浮山堰賦〉以為「天下之水，厥類實繁」、「咸受命於無精」，而築
　　　　堰阻水，乃「背自然以司鑒」，猶如螳臂擋車。見《淮海集》卷一。
〔註72〕同註69。
〔註73〕《後漢書·馬援列傳》卷二十四，列傳第十四。

> 道家思想和儒家思想同時滲透在秦觀意識的深處，道家的
> 思想契合著一種超凡脫俗的詩人天性，而儒家思想則更多
> 地喚起內心的社會責任感。……作爲經世報國的儒家「志
> 士」與作爲渴望自然和心靈解脫的詩人，秦觀矛盾地將二
> 者統在一起。〔註74〕

秦觀以儒道互爲表裡，可以看出他對生命渴求企望的模式；然而在他入仕之後，卻無可奈何地捲入政黨鬥爭，禍害牽連，而遭多次遷謫，終不能遂隱居山林之願。少年時期的壯志豪興，此時已被挫傷殆盡，纖細的心腸於是更加敏感，發而爲詞，便不免將身世之慨寄寓其中。

如果說一貶黃州，再貶儋州，使蘇東坡對生命的思悟、人生的反芻都漸趨圓熟，那麼連貶至郴州、橫州，卻成爲秦少游詞風「變而淒厲」的關鍵。一再遭貶對秦觀而言不啻是種悲哀絕望的打擊，淒婉纖緻的詞心一變而爲淒厲悲苦，像〈踏莎行〉裡「霧失樓臺，月迷津渡」那種絕望落空的哀愁，也就愈來愈明顯。一般而言，秦觀詞是敏銳柔婉的，不管寫景寫情皆是如此，可是當他受到挫折，一樣可以寫出極爲沉重淒厲的句子，不論是寫愛情抑或貶謫也都是如此〔註75〕。由早期的壯懷逸興到晚年的悲涼吐實，秦觀有著柔婉纖細的一貫詞風；所不同者，乃由「淒婉」到「淒厲」，哀怨程度更加重耳。這樣複雜的政治遭遇和生涯閱歷，反映於詞中，自然也與秦觀的創作路線密不可分。

《淮海集》的主題內容可以「愛情」二字概括，大部分的詞作皆以兒女私情爲題材，脫離不了男女之間的相思別恨，但秦觀將身世之感打并入艷情之中，深化了情詞的內涵，這是秦觀在人格與文格上表現出的一致性；作品寫的雖然總是離別愁恨，但其中所蘊含身世寥落的悲戚，似乎更直接觸及了秦觀的內心，只要細加吟詠，必有體會。

〔註74〕吳蓓：〈秦觀「女郎詩」辨〉，收錄於《江海學刊》，1993 年 1 月，頁 170。
〔註75〕參葉嘉瑩：《唐宋名家詞賞析・秦觀》（台北：大安出版社，民國 77 年），頁 148。

　　早期科舉不第使得秦觀流露懷才不遇的悲感，等到走入仕宦生涯，又因黨爭而遭受迫害，帶給秦觀內心的衝擊尤其強烈，所以此時所作的愛情詞，更蒙上一層十分深沉暗鬱的顏色。馮煦云：

> 少游以絕塵之才，早與勝流，不可一世；而一謫南荒，遽喪靈寶。故所為詞，寄慨身世，閑情有雅思，酒邊花下，一往而深，而怨悱不亂，稍乎得小雅之遺。後主而後，一人而已。（《蒿庵論詞》）

如此推尊秦詞，不免有偏愛之嫌，然而指出遭貶之後的作品「寄慨身世，閑情有雅思」，則頗有見解。如以下這闋〈鼓笛慢〉所云：

> 亂花叢裡曾攜手，窮艷景，迷歡賞。到如今，誰把雕鞍鎖定，阻遊人來往。好夢隨春遠，從前事、不堪思想。念香閨正杳，佳歡未偶，難留戀，空惆悵。　　永夜嬋娟未滿，嘆玉樓，幾時重上？那堪萬里，卻尋歸路，指陽關孤唱。苦恨東流水，桃源路、欲回雙槳。仗何人，細與丁寧問呵，我如今怎向？

全詞表面寫懷念舊歡往事，但詞中「到如今，誰把雕鞍鎖定，阻游人來往」，似乎很沉痛地指出因受到政黨迫害，被貶蠻荒而無法相聚；下片「那堪萬里，卻尋歸路，指陽關孤唱」，清楚地說明貶地之遙遠，以及謫居的孤獨。故此闋詞不論是否借懷念舊歡，表現對朝廷的眷戀，但秦觀遭貶的痛苦哀傷，很明顯地混合再愛情內容中反映出來，這是無庸置疑的。〔註76〕由此可知，秦觀詞的內容表面上以愛情為主體，似乎略嫌單調，但是他將自己政治上的失意，和貶謫生活的痛苦滲透進去，使得愛情詞變得非常沉鬱哀傷，正如馮煦所言「真古之傷心人也」。

　　今考秦觀所餘留下的八十餘闋詞作，不但風格統一，而且與他的生平經歷密切聯繫；就一位真誠的創作者來說，文學的進程本和現實人生的體悟息息相關，詞到了秦觀手上，正好進行著一場傳統詞風

〔註76〕參黃文吉《北宋十大詞家研究》「情韻兼勝的婉約詞人——秦觀」（台北：文史哲出版社，民國85年），頁249。

的回流，其價值意義在於：在蘇軾等人如火如荼地展開宋詞的變革時，秦觀依著自己的秉性氣質，寫出個人的婉約特色，重振詞之本色，雖學習柳永鋪敘的筆調，但以更細膩的筆觸與秀美的丰姿，使慢詞開出清麗幽雅之一境。

　　初見秦觀詞，往往爲其詞句之淡雅有致、詞情之蘊藉纏綿所動容。及至反覆誦讀，兼覽少游詞文，始覺生命的磨難、理想與現實的矛盾，對一位敏感纖細的文人來說，是多麼地沉重與無奈。

　　秦觀情韻兼勝的作品，對後來詞家如周邦彥、李清照直到清代的納蘭容若等，都有顯著的影響。可以說，秦觀是北宋「以詩爲詞」、「豪放詞風」興盛時的一座堡壘，他沒有因爲受到蘇軾對詞體改革的薰陶而動搖了詞的特質，仍然固守著詞不同於詩的本質，重視詞的藝術特性，不失詞的原本特性，堅持「本色」一派，洵爲詞史上維護正統有功的人物。這樣的回溯，從醞釀、嘗試到眞正成形，其實是一條歷歷可考的線索；因此，論秦觀詞之承繼與回流，有必要將他的詞作依生涯變遷略作分期，不同時期的生活閱歷、思想背景，以及藝術追求，將對秦觀產生不同程度的影響，從而體現了個人創作的階段性與整體性。

第三章　題材內容的承繼與拓展

　　詞到了宋代，繼承著晚唐、五代詞體初興的機運，經過許多天才作家的努力創作，發揚光大，終獲得光輝燦爛的成績。當時各階層的文人，都有作品流布，可見創作十分旺盛。由於當時士大夫眼裡，存在道統的文學觀念而輕視婉約詞，所以流傳和保存下來的作品遠不及唐詩之多，可以想見宋詞散失的定然不少。而自花間、尊前、柳永、晏歐以來，傷春悲秋、怨別閨思的題材一直是詞人創作最主要的內容，秦觀在題材的承繼與回流上，顯然南遷之前的作品較爲近似花間、柳永一路，故本章「承繼部分」所討論諸詞，仍以南遷之前的創作爲主，至於秦觀後期少數詞作接近婉約詞風者，亦一併提出，加以申論。

　　秦觀的詞確實有其本質方面上的特殊美感，雖然源於《花間》，卻不與《花間》盡同；甚至，與其他源於《花間》的北宋詞人（如晏、歐）相比，也有所差異；其中自然有著精微細緻的差別，使得秦觀的詞不僅在詞史上產生一種「回流」的現象，也形成了一種就詞的本質加以拓新的作用。而在題材的拓新上，自然地會展現出不同於傳統愛恨愁思的內容，本章所論的「拓展」，乃指與花間詞傳統風格迥然有別者而言。秦觀站在前人的肩膀上，投入婉約詞的創作，卻又發展出一片嶄新的領域，舉凡遊仙、閒適、羈旅感懷……等題材的發揚，都

已經與傳統相思情詞有著明顯的差別；尤其是秦觀雖仍作大量的情詞，但他對情詞的深度展現，加強了其中身世之感的意涵，表示秦觀並未被傳統的內容所侷限，而能別具新意，表現個人獨特的面貌。

　　本章先就「承繼」的現象提出說明，探述淮海詞在題材內容上的學習、承繼前人之處，再以「拓展」的情況爲另一重點，論述秦觀在詞作題材上所開拓出的新領域，並輔以其生平交遊、環境背景進行論述，希冀能由承、創兩個視角巨細靡遺地審視秦觀在題材內容上的成就。

第一節　承繼部分

　　在多元的歷史因緣之下，詞發展出獨特的文體特性，王國維嘗形容：「詞之爲體，要眇宜修，能言詩之所不能言，而不能盡言詩之所能言。」〔註1〕詞的特性之一便是題材的定向發展。試著將詞的作品分析歸納，不難發現其所描寫的對象，總不外乎閨情、離別、傷懷、悵憶的範疇〔註2〕，尤以唐、五代、北宋最爲明顯。題材的固定使得詞朝向細膩化、精緻化的模式發展，將曲折幽微的內心活動發揮得淋漓盡致。

　　秦觀婉約詞的題材內容，即呈現許多承繼的現象。首先是對愛情的描寫，因爲數量居冠，自然而然地成爲淮海詞的主體內容；此乃延續了花間詞以來對女子、相思的主題描寫，尤其是歌筵舞席間，以歌伎爲主體訴求的贈別之作，更是秦觀筆下時常出現的佳構。

　　其次，則爲題詠之作。秦觀有十闋題詠古代女子的作品，乃承「調笑轉踏」體式而來；蓋北宋汴京流行調笑轉踏的演唱形式，秦觀不免受到此一影響。其內容以十位女子作爲主題，若與愛情詞中的女子形象作爲對照，則更具有概括性的作用。詠物、題畫之作在淮海詞

〔註1〕王國維：《人間詞話刪稿》，見唐圭璋編《詞話叢編》（北京：中華書局，1993年12月），頁4258。
〔註2〕胡雲翼：《宋詞研究》（成都：巴蜀書舍，1989年），頁16。

總數僅為三闋，數量不多，然而諸如此類的作品在宋代卻早已盛行；秦觀受到此風沾染，除了詞以外，此類詩作頗豐。雖然此二者無法成為淮海詞的代表典型，不過其中的藝術成就卻值得注意。

一、男女愛情 ── 相思離別

〈阮郎歸〉（宮腰裊裊翠鬟鬆）

〈阮郎歸〉（瀟湘門外水平鋪）

〈醉桃源〉（碧天如水月如眉）

〈沁園春〉（宿靄迷空）

〈水龍吟〉（小樓連苑橫空）

〈南歌子〉（玉漏迢迢盡）

〈南歌子〉（香墨彎彎畫）

〈一叢花〉（年時今夜見師師）

〈虞美人〉（碧桃天上栽和露）

〈御街行〉（銀燭生花如紅豆）

〈如夢令〉（池上春歸何處）

〈鵲橋仙〉（纖雲弄巧）

〈搗練子〉（心耿耿）

〈醜奴兒〉（夜來酒醒清無夢）

〈菩薩蠻〉（蟲聲泣露驚秋枕）

〈桃源憶故人〉（玉樓深鎖薄情種）

〈河傳〉（恨眉醉眼）

〈點絳脣〉（月轉烏啼）

〈滿園芳〉（一向沉吟久）

〈木蘭花〉（秋容老盡芙蓉院）

〈蝶戀花〉（曉日窺軒雙燕語）

〈臨江仙〉（髻子偎人嬌不整）

秦觀在三十七歲以前，多往來於徐、楚、揚、湖、杭、越之間〔註3〕，無仕優游，與諸豪醉酒，可謂徜徉狂放；尤其與參寥、東坡等人時相酬唱，登臨遊覽，頗能展現豪宕自由的情懷。

　　吳楚杭越皆爲湖光秀麗地，尤其杭州更是江南地區第一大都會，兼之人文薈萃、經濟富庶，詩僧雅士，時相唱和；在這樣的留連往返中，秦觀塡詞的意興自然受到引發，或與友交遊，或徜徉湖山，或寄情詩酒，儼然以文爲樂，筆墨之間，心情平和，身世之感也就不那麼濃厚。

　　在這一段冶遊生活中，秦觀體現的是一種瀟灑狂縱的生命情態，常是暢飲盡醉，登山臨水，酬唱百篇。尤其是風光醉人的揚州，由於地近之利，也成爲秦觀由會稽回到高郵後時常往來之地。揚州一地在秦觀的文學生命中，實佔據著舉足輕重的地位；值得注意的，秦觀喜以杜牧描寫有關揚州的詩句化入詞中，或許與他早期享受著美好生活，正與杜牧十年青樓薄倖歲月相似之故。

　　孟元老《東京夢華錄・序》曾這樣描繪過北宋都城的景象：「雕車競駐於天街，寶馬爭馳於御路，金翠耀目，羅綺飄香。新聲巧笑於柳陌花衢，按管調絃於茶坊酒肆。」身處在這樣的社會背景之下，塡詞供歌伎演唱成爲文人不可或缺的生活情趣，作品也以與歌伎的愛情作爲主體內容之表現〔註4〕；柳永、張先……乃至於秦觀，皆未嘗不

〔註3〕以下有關秦觀生平經歷部分，主要參考秦瀛之《重編淮海先生年譜》、徐培均《淮海居士長短句》箋注及《淮海集箋注》所附年譜部分、王保珍《秦少游研究》、顧毓琇〈秦淮海先生年譜〉以及包根弟《淮海居士長短句箋釋》所附年譜節要等。而論述秦觀詞作部分，主要則據徐培均校注本《淮海居士長短句》，以及唐圭璋《全宋詞》、包根弟《淮海居士長短句箋釋》三部份，務求字句確實；下文不復贅述。

〔註4〕《綠窗新話》卷上引《古今詞話》載：「秦少游寓京師，有貴官延飲，出寵姬碧桃侑觴，勸酒惓惓。少游領其意，復舉觴勸碧桃。貴官云：『碧桃素不善飲。』意不欲少游強之。碧桃曰：『今日爲學士拚了一醉！』引巨觴長飲。少游即席贈〈虞美人〉詞曰：『碧桃天上和露栽，……』闔座悉恨。貴官云：『今後永不令此姬出來！』滿座大笑。」見唐圭璋《詞話叢編》，第一冊，頁32。此雖爲民間軼事，但可知文

是如此。就秦觀而言，其個性敏感，情感纖細，自是多情種子；就歌
伎而言，詞人才華洋溢，作品亦素負盛名，於酒宴歌席間受到極大的
歡迎，能得其眞心相待，自然願意付出情感。兩相交流之下，這類愛
情詞便有一定的份量。

　　另如〈阮郎歸〉「宮腰裊裊翠鬟鬆，夜堂深處逢。無端銀燭殞秋
風，靈犀得暗通」，以及〈醉桃源〉「綠波風動畫船移，嬌羞初見時」
等詞句，皆可清楚地發現：秦觀十分用心地描寫與這些佳人共處時的
風流雅事，〈沁園春〉裡更是具體形容了這些「念小奩瑤鑒，重勻絳
蠟，玉籠金鬥，時熨沈香」的生活。奈何春夢易醒，美好的歡聚時光
總有離別之時，對這段縱情歲月，秦觀只好發抒爲〈菩薩蠻〉「畢竟
不成眠，鴉啼金井寒」的感慨，表達了對佳人的無限留戀與相思。他
如〈沁園春〉「便回首、青樓成異鄉。相憶事，縱蠻牋萬疊，難寫微
茫」，和〈阮郎歸〉「隴頭流水各西東，佳期如夢中」，都明顯表達了
對這段已逝感情的懷念。

　　就秦觀的詞作來看，愛情詞佔了相當大的篇幅，歡聚、惜別與
相思的主題再三的出現；然而他在書寫愛情時，所重視的是情感的抒
發、心靈的刻畫，一點「心有靈犀」的清明，絕少描繪女子的身體容
貌，像〈浣溪沙〉「香靨凝羞一笑開，柳腰如醉暖相挨」那樣的描述
實在極爲少見。

　　秦觀也作了一些狎妓詞，並且喜把歌伎之名鑲嵌入詞，由這些
作品，可看出詞人在酒筵之間，對歡場女子濃厚的情意；其中，〈水
龍吟〉、〈南歌子〉爲蔡州作品，〈一叢花〉、〈虞美人〉、〈御街行〉則
爲京師之作。試以其中最有名的〈水龍吟〉爲代表：

　　　　小樓連苑橫空，下窺繡轂雕鞍驟。朱簾半捲，單衣初試，
　　　　清明時候。破煖輕風，弄晴微雨，欲無還有。賣花聲過盡、
　　　　斜陽院落，紅成陣，飛鴛鴦。　　玉佩丁東別後，悵佳期、
　　　　參差難又。名韁利鎖，天還知道，和天也瘦。花下重門，

人與歌伎間互重之意，增添了雙方愛情的美好程度。

柳邊深巷，不堪回首。念多情但有，當時皓月，向人依舊。

元豐八年，秦觀登進士第，除定海主簿，居蔡年餘，與營伎婁琬（字東玉）往來甚密；或謂此詞即爲贈婁琬之作〔註5〕。原因在於上片首句即云「小樓連苑橫空」，下片首句又云「玉佩丁東別後」，巧妙地把「婁琬」、「東玉」二者嵌入其中，不僅別具心思，而且情意綿長。其中「天還知道，和天也瘦」一詞暗用李賀〈金銅仙人辭漢歌〉「天若有情天亦老」之意，「名韁利鎖」則化用柳永〈夏雲峰〉詞之「向此免名韁利鎖，虛用光陰」一句，言明自己爲名利拋棄戀情，事實上隱含了許多痛苦與矛盾，當深自追悔矣；此中亦可看出秦觀詞深受柳永之影響。

然而，據宋袁文《甕牖閑評》所載，道學家程頤指責秦觀「天若有情，天也爲人煩惱」詞意，謂「上穹尊嚴，安得易而侮之？」其實道學家與詞人眼光本就不同，豈可如此斷論？也只有經過秦觀的妙筆點化，才將李賀原本的詩句改造得較爲活潑且具有詞味，一闋懷人詞更是表達得淋漓盡致。而文人在寫作時，不從自身的情感正面下筆，喜以「對面著筆」的方式進行描述，反而更能突顯自身的情意；在這裡，秦觀不說自己多麼思念對方，而說上天若有靈明，也要爲我消瘦；不說不得相見的無奈，而說只有當時的明月依舊多情，猶映照著現在的我。如此種種，更增添情詞之淒美。

在蔡州的另一首〈南歌子〉乃爲贈送歌伎陶心兒的作品，亦寫離別之情；另外，〈一叢花〉、〈虞美人〉、〈御街行〉分別爲贈京師歌伎師師、碧桃以及劉太尉家姬之作〔註6〕，蓋秦觀元祐年間在汴京，

〔註5〕 胡仔《苕溪漁隱叢話》前集卷五十引《高齋詩話》云：「少游在蔡州，與營妓婁琬字東玉者甚密，贈之詞云『小樓連苑橫空』，又云『玉佩丁東別後』者是也。」

〔註6〕 胡仔《苕溪漁隱叢話》前集卷五十引《高齋詩話》云：「少游在蔡州……又贈陶心兒詞云：『天外一鉤殘月帶三星。』謂『心』字也。」清、徐釚《詞苑叢談》卷七引《詞品拾遺》云：「秦少游贈汴城李師師〈生查子〉詞。」〈生查子〉（眉山遠黛長）徐培均定爲存疑詞，見徐培均注本頁207；此是否爲秦觀作品姑且不論，女主角是否爲政和年間名

時時往來歌樓酒館，故有即席贈佳人之情事。由此可知，填詞供歌伎演唱本為當時文士不可或缺的生活情趣，因此許多的詞作，都以歌伎為主要的題材內容。歌伎能獲得著名詞家的賞識，欣喜自然不言而喻；詞人即席揮灑文思，才情之高亦非常人可及。山谷即有詩云：「閉門覓句陳無己，對客揮毫秦少游。」（《山谷詩內集注》〈病起荊江亭即事〉十首之八），山谷此句簡而有力的點出了秦觀的風流才子形象。

　　大抵淮海詞中寫戀情之作，曲折委婉，每近柳永，而情意真足之處似猶過之，確如陳廷焯《雲韶集》所評：「少游詞纏綿婉約，出柳耆卿之右。」由此期的情詞作品觀之，的確處處流露秦少游的眷眷情懷。

　　愛情向來是秦觀詞的主軸，此類作品多著墨於對往昔美好的追思、離別之際的傷懷、離別之後的相思，並從中表達了深深的憂懷愁緒。如〈搗練子〉：

> 心耿耿，淚雙雙。皎月清風冷透窗。人去秋來宮漏永，夜深無語對銀缸。

本詞為唐人七言絕句式，描寫一個寂寞的女子，在寒冷的秋夜裡，獨對銀燈，傷心落淚。起句呈顯出淒冷之景，憂心耿耿，珠淚雙雙，明月清風透進窗來，聽著宮中漫長的更漏聲，而離人天涯，何時賦歸？短短二十七字，淒絕至極。

　　由晚唐開始，文人作詞便趨向於書寫細膩的相思離情，像是溫庭筠的詞，即具有金碧輝煌的富貴氣和香澤穠烈的脂粉氣，韋莊的詞風雖然較溫詞疏淡明朗，但是總不脫離對感情的留戀，以及對離別的淒涼。之後牛希濟、顧敻、馮延巳、南唐二主承續著此種婉約

伎「李師師」也尚有疑問，但歌伎「師師」確有其人，〈一叢花〉首句即云「年時今夜見師師」。另，贈劉太尉家姬事乃《綠窗新話》卷上引《古今詞話》所載（見唐圭璋《詞話叢編》第一冊，頁33）：「碧桃」情事可見註4。

詞風的創作，直至北宋二晏、歐陽脩，所作之詞仍屬相思愁情。其中，後主貴能以詞直接抒寫自己的生活感受，並善於運用白描手法和富有概括性的比喻，具體地刻劃抽象的內心情感，提高了詞體的表現力與抒情力。然而花間柔婉深情的詞作，仍爲秦觀所學習、繼承；所不同者，乃在秦觀著重心中真摯情意的感發，他筆下的戀情，對象多爲歌樓酒女，卻絕少關於女子外貌閨閣的刻畫，而是多爲對這份美好戀情的思念與感懷。也因此，秦觀的愛情詞，總是多了一份移人至深的感動力量，能讓讀者咀嚼品味的同時，深深地爲其中細緻的感情所折服。

二、題詠古代美女

〈調笑令〉十首并詩，一詩一詞，每首皆有題名，分別爲「王昭君」、「樂昌公主」、「崔徽」、「無雙」、「灼灼」、「盼盼」、「鶯鶯」、「採蓮」、「煙中怨」、「離魂記」，詞的內容即在歌詠這些女子。這樣的體式在當時的都城汴京十分流行，稱爲「調笑轉踏」。轉踏又稱「纏達」，以鼓、板、笛伴奏，是一種配合舞蹈的歌唱型式。它的格式是在引子後，以詩、詞互迎，卻無尾聲，宋、曾慥《樂府雅詞》中，曾收錄五套轉踏（無名氏〈調笑集句〉、鄭彥能〈調笑轉踏〉、晁無咎〈調笑〉、無名氏的兩套〈九張機〉），大抵是七言詩與調笑令互迎，每循環一次，便敘述一名古代的女子。有些轉踏前有致語，後有放隊，則適用於歌舞。

北宋時由於社會繁榮，民間伎藝盛行，專門提供大眾休閒娛樂的「勾闌瓦舍」，則集中了各色藝人來此演出，受到極大的歡迎。《東京夢華錄》卷五即載：「崇觀以來，在京瓦肆伎藝……不可勝數，不以風雨寒暑，諸棚看人，日日如是。」金末杜仁傑曾寫過一首〈莊家不識勾欄〉的散曲，生動形象地描述了優伶「唇天口地無高下，巧語花言記許多」的表演技藝，以及勾欄內「遲來的滿了無處坐」的熱鬧景觀。凡此種種，不難想見當時的盛況。

　　據吳自牧《夢粱錄》所云：「有引子、尾聲爲纏令，後只有兩腔迎互循環間有纏達。紹興年間，有張五牛大夫因聽動鼓板中有太平令，或賺鼓板，即令拍板大節揚處是也。遂撰爲賺者，誤賺之義也。……又有覆賺，其中變花前月下之情及鐵騎之類。」〔註7〕集合同一宮調的若干曲子，成爲一套，歌唱一個題目的故事，叫「唱賺」，又叫「賺詞」。它和「鼓子詞」不同的地方是，「鼓子詞」結構簡單，只有一個曲子，唱很多遍；「唱賺」則是唱若干曲子，結構上前面有引子，後邊有尾聲。最初在汴京時，有引子和尾聲的叫「纏令」；引子後只用兩腔遞互循環歌唱的叫「纏達」。後來經過張五牛的改革，加以變化充實，成爲一種內容很豐富的敘事歌曲。北宋之轉踏，恆以一曲連續歌之。每一首詠一事，共若干首，則詠若干事。這十首作品中，一詩一詞相間，先標詞，後標曲子，在當時用以備唱，故這些詩詞極有可能是爲了適應藝人歌唱表演而作，由此可知秦觀對民間樂曲的接受程度。

　　秦觀以十位古代美女作主題，同時也流露了作者本身所欣賞的女子形象。第一首寫元帝時宮女王昭君，丰容靚飾，卻未能留於漢宮，「玉容寂寞花無主，顧影偷彈玉箸」，表達了傳統女子深深的無奈。樂昌公主爲陳後主叔寶之妹，後嫁與太子舍人徐德言，然而政局方亂，隋兵入侵，遂入越公楊素之家；「舊歡新愛誰是主，啼笑兩難分付」，亂世中女子生存需要依憑，面對著舊愛新歡，怎不令人生難？崔徽，乃唐代河中府娼伎，勇於追求所愛，終爲情困，發狂而卒。無雙本爲朝臣劉震之女，逢朱泚之亂，與丈夫分隔異地，幾經波折，遂相攜逃歸襄江，得以偕老。灼灼，四川錦官城官伎，與御史裴質相戀，「妾願身爲梁上燕，朝朝暮暮長相見」，表現了灼灼對感情的執著，然而恩遷情變，縱使以紅綃粉淚寄贈，又能如何？盼盼是唐代徐州尚書愛伎，能歌善舞，雅多風態，不過「將軍一去音

〔註7〕見吳自牧：《夢粱錄》，卷二十「妓樂」。收錄於王雲五主編《叢書集成初編》（台北：商務印書館，民國28年12月），頁112。

容遠」，從此守志不嫁，堅貞不渝。崔鶯鶯，乃追求自由戀愛的相國之女，「西廂待月知誰共？」是她對感情自主強烈的表現。採蓮，爲若耶溪旁天眞爛漫的採花女，「盈盈日照新妝面」，窈窕多姿，故遊冶郎盡日蹀躞楊柳岸，只爲佳人傳情來。煙中怨描寫一漁者之女，謝郎巧詩，爲二人譜下金玉良緣，有情人終成眷屬。離魂記，爲王宙與倩娘而作，「重來兩身復一身」，亦是追求自由戀愛的完美結局。

此十首皆有本事，其中或悲或喜，各有不同情韻。所悲者，乃女子無可奈何命運，在時代洪流裡，需託附喬木才得以生存，甚至被當作交換的物品，得不到心中所愛。值得欣喜的，乃是在這些故事當中，有的主角展現忠貞的性格，嚮往精神的自由，勇於表現自我，追求一份自主的愛戀，不被現實環境所侷限，才子佳人終於得以團圓。秦觀下筆著重處在於對感情的眞摯固守，歌伎是詞人最常接觸的女子，甚至佔據了題詠詞中十分之三的角色——崔徽、灼灼、盼盼；她們共同的特色就是「執著」，這是秦觀詞在描寫「愛情」和「女子」的主題時，一個極爲重要的部分。

茲以描述「灼灼」、「盼盼」二者觀之：

〈灼　灼〉

詩　曰

　　錦城花暖花欲飛，灼灼當庭舞柘枝。相君上客河東秀，自言那復傍人知。妾願身爲梁上燕，朝朝暮暮長相見。雲收月墮海沉沉，淚滿紅綃寄腸斷。

曲　子

　　腸斷，繡簾捲，妾願身爲梁上燕。朝朝暮暮長相見，莫遣恩遷情變。紅綃粉淚知何限？萬古空傳遺怨。

〈盼　盼〉

詩　曰

　　百尺樓高燕子飛，樓上美人顰翠眉。將軍一去音容遠，只有年年舊燕歸。春風昨夜來深院，春色依然人不見。只餘明月照孤眠，唯望舊恩空戀戀。

曲　子

> 戀戀，樓中燕，燕子樓空春色晚。將軍一去音容遠，空鎖
> 樓中深怨。春風重到人不見，十二闌干倚遍。

第一闋乃詠錦官城官伎灼灼之作。詞以詩之最後兩句爲起頭，其餘每
首皆如此，詩意與詞意相同，詞句甚至有完全迻錄自詩句者，可知詩
與詞之區別乃在作用，而不是意義。據宋張君房《麗情集》記載，灼
灼「善舞柘枝，能歌水調」，與御史裴質情意甚篤，然而裴被召還，
灼灼只好遣人以軟綃聚紅淚爲寄。〔註8〕秦觀將灼灼的情意化爲一句
「紅綃粉淚知何限」的無奈，時光悠悠，如今徒留萬古遺恨，惹人無
限遐思。第二首則是詠唐代歌伎關盼盼，白居易曾有〈燕子樓〉詩，
其序云：「徐州故尚書有愛伎曰盼盼，善歌舞，雅多風態……尚書既
歿……第中有小樓名燕子，盼盼念舊愛而不嫁，居是樓十餘年，幽獨
塊然，於今尚在。」〔註9〕居於燕子樓中的盼盼，十餘年來寂寞倚欄，
當夜晚來臨，樓空春晚，心中的冷清孤獨誰知？此份痴守，當如多情
秦觀方能體會。

　　秦觀的題詠詞，乃承當時民間樂曲而作，內容則是以愛情爲主，
刻畫堅貞的女子形象，語淺情深，頗能代表秦觀對愛情的執著；或許，
這是因爲多愁善感的詞人，在書寫愛情的同時，也已經將他深切的情
感注入其中吧！

三、題畫、詠物

　　〈南鄉子〉（妙手寫徽眞）

　　〈滿庭芳〉（北苑研膏）

　　〈滿庭芳〉（雅燕飛觴）

　　題畫之詞，《淮海集》中僅有一闋，即〈南鄉子〉題崔徽半身像：

〔註8〕轉引自徐培均《淮海居士長短句》，卷下〈調笑令〉（灼灼）註1，頁
　　　120。

〔註9〕見白居易：《白氏長慶集》（台北：藝文印書館，民國60年），頁365
　　　～366。

妙手寫徽眞，水翦雙眸點絳脣。疑是昔年窺宋玉，東鄰，
只露牆頭一半身。　　　往事已酸辛，誰記當年翠黛顰？盡
道有些堪恨處，無情，任是無情也動人。

崔徽爲唐代歌伎，東坡詩集裡有〈章質夫寄惠崔徽眞〉，可見東坡曾
蒙章粢寄贈崔徽畫像，故爲此畫作詩。王文誥以爲此詩當作於元豐初
年，「以公在徐州，嘗爲章粢作〈思堂記〉故也。」〔註 10〕秦觀於元
豐初年謁東坡，或許即在此時欣賞到這幅畫，故有詞作題詠。然亦有
反對此說者〔註 11〕，以爲畫中美女不必落實唐代崔徽，因爲早在南朝
鮑照〈數名詩〉中即有「賓客仰徽容」之句，而「徽容」、「徽眞」皆
可指美好容貌而言，故徽眞一詞不必實指，乃言一明眸皓齒、貌媲「東
鄰」的麗人即可。其實二說並非絕對矛盾，反而可以互相對照；參看
詞意，二者皆可進行詮釋，無須爭論。

　　之前提及秦觀有十闋〈調笑令〉，歌詠十位古代美人，崔徽亦在
其列，詞云：「翡翠，好容止，誰使庸奴輕點綴。裴郎一見心如醉，
笑裡偷傳情意。」此詞多所著墨於男女主角相見場景，最後以喜劇收
場；然而〈調笑令〉爲民間俚曲，詞境畢竟不及本闋意深。〈南鄉子〉
上片摹態，「水翦雙眸點絳脣」，點出形貌最爲突出之處；下片改用虛
筆，探求人物的神情，「任是無情也動人」一句，使全詞跌宕生姿，
情韻兼備。以情寫人，這種虛中藏實的筆法，確比質實地直描更能獲
得審美效果；傳神重於傳貌，秦觀深得其妙。

　　宋人題畫風氣盛行，東坡、山谷皆善此道，然秦觀此類詞作並
不多，反而題畫詩有〈觀易元吉獐猿圖歌〉、〈題驄褭圖〉、〈擬題織
錦圖〉等；此外，秦觀亦有畫卷「墨竹」傳世〔註 12〕，並有題墨竹

〔註 10〕見氏著《蘇文忠公詩編註集成》（台北：台灣學生書局，民國 56 年）
　　　　卷十六，〈章質夫寄惠崔徽眞〉詩下註。
〔註 11〕參蔡厚示：《唐宋詞鑑賞舉隅》：「我贊同陳祖美選注的《淮海詞》（浙
　　　　江古籍出版社 1987 年 11 月版）於此詞評賞中所說：『這是一個明眸
　　　　丹脣、貌媲『東鄰』的美人。』不必坐實爲唐代崔徽。」（北京：紫
　　　　禁城出版社，1997 年 2 月），頁 152。
〔註 12〕今藏廣西橫州「淮海祠」，可見秦子卿編選《秦少游家譜學術資料選輯

詩一首。不過，張炎《詞源》評秦觀詞云：「體制淡雅，氣骨不衰，清麗中不斷意脈，咀嚼無滓，久而知味。」驗之於此詞，可謂貼切確當，試看「任是無情也動人」句，即已道盡世間兒女癡情心事，以如此婉轉的詞筆言情，加之秦觀高明的音律才華，焉得不能「情韻兼勝」？

　　秦觀詞中詠物詞僅有兩闋，且皆爲詠茶詞，並均以〈滿庭芳〉爲之。「茶」不僅是一門高深的藝術，一種悠遠的文化，更是一份獨特的美學。如此豐富的飲食文化資產，在唐代已盛，而到宋代更到了窮極擴展的程度。不論是點茶、分茶、湯水的講究、茶筅的運用、茶盞的重視，都十分細膩精緻。宋人喜飲茶，蘇軾、黃庭堅、毛滂皆有茶詞，山谷茶詞尤爲後人讚賞。秦觀在此風氣影響之下，自然亦不免俗。

　　對於第一闋，吳曾《能改齋漫錄》認爲應爲黃庭堅所作〔註13〕，後世學者多從其說，如唐圭璋《宋詞四考・宋詞互見考》云：「案此黃庭堅詞，見彊村本《山谷琴趣外篇》。」王保珍《淮海詞研究》亦將之歸入山谷詞。然《能改齋漫錄》約於南宋紹興二十七左右成書，吳曾不收此闋，比吳本晚約十年的乾道高郵軍學本卻收有此詞，可知南宋年間，此詞作者爲何人即有爭論，於此暫且先就爭議較少的第二闋「雅燕飛觴」探討之：

> 雅燕飛觴，清談揮麈，使君高會群賢。密雲集鳳，初破縷金團。窗外爐煙似動，開缾試、一品香泉。輕淘起，香生玉塵，雪濺紫甌圓。　　嬌鬟，宜美盼，雙擎翠袖，穩步金蓮。坐中客翻愁，酒醒歌闌。點上紗籠畫燭，花驄弄、

　　校注》（揚州：廣陵古籍刻印社，1991年）卷首附圖。

〔註13〕《能改齋漫錄》卷十七：「豫章先生少時曾爲茶詞，寄〈滿庭芳〉云：『北苑龍團，江南鷹爪，萬里名動京關。碾深羅細，瓊蕊冷生煙。一種風流氣味，如甘露不染塵煩。纖纖捧，冰瓷弄影，金縷鷓鴣斑。相如方病酒，銀瓶蟹眼，驚濤翻。爲扶起尊前，醉玉頹山。飲罷風生兩袖，醒魂到銀月輪邊。歸來晚，文君未寢，相對小窗前。』其後增損其詞，止詠建茶云：『北苑研膏，方圭圓璧，……』詞意亦工也。」

月影當軒。頻相顧,餘懽未盡,欲去且留連。

此闋乃詠茶葉「密雲龍」,而「使君」一詞當指蘇東坡而言;秦觀贈朝雲之〈南歌子〉詞中,有云「只恐使君前世是襄王」者,即以「使君」稱東坡。此茶在宋代爲貢茶十品之首,常用以貢供御品及賜執政親王長主;東坡受太后以執政之禮相待,並以「密雲龍」賜之〔註14〕,其所受恩寵可想而知;而東坡既獲此茶,亦以之招待賓客,相聚品茗,佳人相伴,也令人想像著一段「欲去且留連」的快樂時光。

詞中,「密雲集鳳,初破縷金團」對茶葉的姿態仔細描繪,這是一種充滿生命力、嫩葉疏卷的丰姿;「香生玉塵,雪濺紫甌圓」則是針對嗅覺、視覺加以描寫,前句言茶葉之香,後句寫品茗前的茶湯之色;下片又云紗籠畫燭,翠袖環侍,如此佳景,品茶之趣更是其樂融融。

詠物之作,貴在不即不離,不黏不滯,秦觀詠物詞數量不多,但是細細品嚐,仍可領會其中情趣。王水照曾對宋代詠物詞內容,提出一個有趣的現象:

> 當然並非詠花卉草木、禽鳥魚蟲、日月風雨時用情語,詠器物、詠茶的詞也經常要投入情語。……黃庭堅的詠物詞〈滿庭芳〉中有「相如病酒」、「歸來晚,文君未寢,相對小窗前」(此詞一作秦觀詞);秦觀詠物詞〈滿庭芳〉中亦有「嬌鬟,宜美盼」、「頻相顧,餘懽未盡,欲去留連」。應該承認,情語的加入,使詠物詞的容量擴大了,審美層次加深了。〔註15〕

宋代的詠物詞不再單就物象本身著筆,畢竟詞體本來就是以「抒情性」爲主要重點,其中蘊含了許多情味,諸如男女私情、家國之悲、朋侶離情等,是一種眞心眞意的映現。

〔註14〕參黃篤書:《蘇東坡全集》(台北:國際村出版社,民國 84 年),頁556。
〔註15〕王水照:《宋代文學通論》(高雄:復文圖書出版社,2000 年 6 月),頁 465。

　　在詠物詞盛行的宋代，秦觀詠茶詞中紀錄的人物，除了活躍在宴席上飲茶活動中的風雅文士，最明顯的便是點綴性地將大量具備歌伎身份的的美麗女子寫入詞裡，加深了作品的柔媚色調，也提昇了詠物詞的承載內涵和審美情調。

第二節　拓展部分

　　就題材內容而言，秦觀所拓展的範疇計有寓慨身世的情詞、羈旅感懷，以及懷古、閒適、游仙等。

　　本節所討論的情詞作品，與上一節所論情詞有別，乃指加入了身世、遭遇內涵的寓慨之作，也是秦觀從傳統詞風加以改造深化的明顯特徵。至於羈旅寄慨的作品部分，則必須從秦觀政治不遇，開始一連串的貶謫生涯談起；所謂「寄慨」，並非指秦觀少年時代，對佛老思想、人生如夢的寄慨詞，而是貶謫南荒之後，那些深沉痛苦的心情創作，此亦與傳統瑰情麗思的內容有著顯著差別，不再借女子聲口立言，而是抒發內心真摯的感受，顯然近似於東坡「言志抒懷」的新詞風一路，值得矚目。其餘，還有懷古、閒適、游仙諸作，或氣象宏闊，或飄邈悠然，或神奇妙美，其內涵皆與男女相思有異，故亦列目於此，歸類為秦觀所拓展的、不同於傳統的題材內容。

一、愛情 —— 寓慨身世

〈畫堂春〉（落紅鋪徑水平池）

〈長相思〉（鐵甕城高）

〈夢揚州〉（晚雲收）

〈江城子〉（西城楊柳弄春柔）

〈滿庭芳〉（碧水驚秋）

〈滿庭芳〉（山抹微雲）

〈滿庭芳〉（曉色雲開）

〈滿庭芳〉（碧水驚秋）

〈夢揚州〉（晚雲收）

〈八六子〉（倚危亭）

〈鼓笛慢〉（亂花叢裡曾攜手）

上列前二闋據徐培均注《淮海居士長短句》均繫為為元豐八年（1085年）未登進士前的作品，探索詞意，亦頗能表達當時二次落第抑鬱不平的心境。〈畫堂春〉云：

> 落紅鋪徑水平池，弄晴小雨霏霏。杏園憔悴杜鵑啼，無奈春歸。　　柳外畫樓獨上，憑闌手撚花枝。放花無語對斜暉，此恨誰知？

此闋表現了秦觀詞在本質上細緻精微的特美，不比李後主「林花謝了春紅，太匆匆」，而是「落紅鋪徑」；並非後主詞中「朝來寒雨晚來風」的勁厲摧殘，只是「小雨霏霏」，有「弄晴」之意。〔註16〕然而春將歸，人也將歸，卻非衣錦還鄉，而是應試不第的無奈失意，怎能不恨？「杏園」位於陝西西安，曲江池西南，唐時為新進士游宴之地，唐代詩人徐寅有〈杏園〉詩云：「杏苑簫聲好醉鄉，春風嘉宴更無雙。憑誰為諫穆天子，莫把瑤池並曲江。」〔註17〕詞中「杏園憔悴誰知」，實則隱射了落第窘況；幸而有「恨」，即有奮發重振的企圖心，故全詞雖傷春歸花落之景，在換頭處「柳外畫樓獨上，憑闌手撚花枝」兩句，情致仍屬柔婉，具有動人之美，並非一派地因不平而悵然若失。另一闋〈長相思〉尤值得注意：

> 鐵甕城高，蒜山渡闊，干雲十二層樓。開尊待月，掩箔披風，依然燈火揚州。綺陌南頭，記歌名宛轉，鄉號溫柔。曲檻俯清流，想花陰、誰繫蘭舟。　　念淒絕秦弦，感深荊賦，相望幾許凝愁。勤勤裁尺素，奈雙魚、難渡瓜洲。曉鑒堪羞，潘鬢點、吳霜漸稠。幸于飛、鴛鴦未老，不應同是悲秋。

〔註16〕參葉嘉瑩《唐宋詞名家論集·論秦觀詞》（台北：桂冠圖書股份有限公司，2002年2月），頁209。

〔註17〕見清聖祖御製《全唐詩》（北京：中華書局，1985年），冊21，卷711，頁8187。

此闋作於元豐六年（1083 年）秋〔註 18〕，首三句氣勢磅礡，惟秦觀
早年作品方有此雄渾氣象。「鐵甕」乃鎮江古城，為三國時東吳孫權
在所築；「蒜山」位於鎮江府治西三里西津渡口，因盛產澤蒜而名之；
鎮江即京口，又稱潤州，與揚州隔江相望，距高郵不遠，亦為秦觀少
時常遊之地。詞中先寫「歌名宛轉，鄉號溫柔」那些脫離不了歌、酒、
佳人的美好事物，由蒜山渡關北上，顯然又是一段揚州歡聚宴飲的生
活。然而聚散有時，無論多麼令人留戀，蘭舟仍要催發。相思可託尺
素，瓜州古渡頭也僅距揚州四十里，但倩誰渡揚子江傳遞雙魚？所幸
鏡中雖見二毛，然並未衰老，相聚猶有可期。此闋片面寫聚散難捨之
情，並抒發來日相聚之願；然而詞中「感深荊賦」聯繫末句「悲秋」，
頗有宋玉〈九辯〉：「坎壈兮貧士失職而志不平，廓落兮羈旅而無友」
的感慨，與坎坷不遇相合。〔註 19〕觀秦觀落第時所作〈答朱廣微〉一
詩，其句云：「人生迕意十八九，月得解顏能幾度？……安得從君醉
百場，落筆珠璣不論數。」〔註 20〕士人讀書為一濟世情，然已是「潘
鬢點、吳霜漸稠」的不惑之年，前程仍然渺茫，對秦觀來說，心境自
然消沉。

　　以上二闋，雖明為抒發情思，暗地裡卻透露出科舉未第的失意，
就花間詞以來精心刻畫兒女情愁、女子閨幃的作品來看，秦觀已經在
傳統之外為情詞添加了一些政治不遇的情感色彩。

　　另外，秦觀曾以喜好遊山玩水的謝康樂比會稽給事程公闢，兩
人並嘗同遊會稽，有過一段相當歡愉的日子，在〈滿庭芳〉（山抹微
雲）裡，即描寫關於會稽遊歷的種種，並寫離別會稽的心情：

　　　山抹微雲，天粘衰草，畫角聲斷譙門。暫停征棹，聊共引
　　　離尊。多少蓬萊舊事，空回首、煙靄紛紛。斜陽外，寒鴉
　　　數點，流水繞孤村。　　銷魂。當此際，香囊暗解，羅帶

〔註 18〕見徐培均注本，卷上〈長相思〉，註一，頁 34。
〔註 19〕參徐培均注本，卷上〈長相思〉，註七，頁 35。
〔註 20〕見《淮海集》卷二。

> 輕分。謾贏得青樓，薄倖名存。此去何時見也，襟袖上、
> 空惹啼痕。傷情處，高城望斷，燈火已黃昏。

此詞據徐培均繫爲元豐二年歲暮作，而根據胡仔《苕溪漁隱叢話》後集卷三十三所引《藝苑雌黃》則云：

> 程公闢守會稽，少游客焉，館之蓬萊閣。一日，席上有所悅，自爾眷眷不能忘情，因賦長短句，所謂「多少蓬萊舊事，空回首，煙靄紛紛」是也。

此段記載或可信，且秦觀〈謝程公闢啓〉亦有云：「從遊八個月，大爲北客之美談；酬唱百篇，永作東吳之盛事。」〔註21〕可見這段歲月從遊之愉快，只是歲末家書催歸不得不離去〔註22〕，又有「席上所悅之人」〔註23〕，別時秦觀心中乃是極爲不捨的。這闋詞固然是與歌伎離別之作，但詞中「謾贏得、青樓薄倖名存」乃化用杜牧〈遣懷〉詩句；元豐初年秦觀進士落第，曾作〈掩關銘〉，表示欲退居高郵，杜門卻掃的心意，由此闋看來，其心中的確充滿不平與消沉，如此自憐身世，與杜牧詩旨正有相同之意。

　　從熙寧七年（1074 年）到元豐八年（1085 年）登第爲止，這十年的流光正好是秦觀最常遊走揚州的時期，他常以杜牧〈遣懷〉中「十年一覺揚州夢，贏得青樓薄倖名」兩句，來比擬自己此時期的生活；以上作品，還可以〈夢揚州〉作爲代表：

> 晚雲收。正柳塘、煙雨初休。燕子未歸，惻惻輕寒如秋。

〔註21〕見《淮海集》卷二十八。

〔註22〕〈與李樂天簡〉載：「如越省親，會主人見留，辭不獲去，又貪此方山水勝絕，故淹留至歲暮耳。」見《淮海集》卷三十。

〔註23〕徐培均注本引秦觀〈別程公闢給事〉詩所云「月下清歌盛小叢」、「迴首蓬萊夢寐中」，以證詞中所謂蓬萊舊事者，乃與一歌伎之戀情，並以盛小叢爲唐時越地名伎，乃借指爲秦觀所悅之人。另外，黃文吉則以爲詞中有「謾贏得、青樓薄倖名存」之句，乃化用杜牧〈遣懷〉「贏得青樓薄倖名」詩句，實具有政治失意的感慨。見氏著《北宋十大詞家研究》「情韻兼勝的婉約詞人──秦觀」（台北：文史哲出版社，民國85年），頁247。此處不論是感傷離情，或者自憐身世，其實可視爲秦觀對情詞的雙重感發（情感與政治），故能引起心中無限思量。

小闌外、東風軟，透繡幃、花蜜香稠。江南遠，人何處，鷓鴣啼破春愁。　　長記曾陪燕遊，酬妙舞清歌，麗錦纏頭。殢酒爲花，十載因誰淹留？醉鞭拂面歸來晚，望翠樓、簾卷金鉤。佳會阻，離情正亂，頻夢揚州。

此詞爲秦觀之創調，詞牌即語末「夢揚州」三字。何以頻夢揚州？想來在此秦觀必定有過一段刻骨銘心的日子。宋代狎妓風氣盛行，加上文人個性原本就浪漫多情，秦觀留連在歌樓舞榭之間，更易結交不少紅粉知己。詞中云「陪燕遊，酬妙舞清歌，麗錦纏頭」，顯然地，青樓畫閣的戀情歡欣而美好，令人魂牽夢縈，不得不「頻」夢矣。詞中「殢酒爲花，十載因誰淹留？」亦由杜牧〈遣懷〉詩句而來，表達天涯阻隔的無奈，也顯示了政治不如意的哀傷。凡此，皆爲秦觀對情詞的深化，在吐露情思之外，更隱含了一抹淡然的身世之感。

　　另外，膾炙人口的〈江城子〉亦表現了此種寓意深遠的相思愁緒：

西城楊柳弄春柔。動離憂，淚難收。猶記多情曾爲繫歸舟。碧野朱橋當日事，人不見，水空流。　　韶華不爲少年留。恨悠悠，幾時休。飛絮落花時候一登樓。便作春江都是淚，流不盡，許多愁。

詞人見春柳而勾動離愁，憶起紅橋相會的前事，深感韶華易逝，更爲之傷心不已。上片「猶記多情曾爲繫歸舟」一句，把離別之際的不捨完全表現出來；「碧野朱橋當日事」，則體現了對往昔的追思；下片開頭言「韶華不爲少年留」，則對青春的流逝，光陰難以挽回，發出深沉的感嘆。尤其結句化用李後主詞意，寫離恨恰如江水深長，咀嚼玩味，更是扣人心弦。其中，作者表達了對青青年少無法停留的嘆惜，從離別、到對往日的相思，再到深深的感嘆，使得情詞不再純粹地爲相思離別而作，而是深寓著對身世的抒發，具有豐富的意涵。

　　另如〈阮郎歸〉（瀟湘門外水平鋪）、〈減字木蘭花〉（天涯舊恨）、〈鼓笛慢〉（亂花叢裡曾攜手）、〈滿庭芳〉（碧水驚秋）……諸詞，亦表露了離別的閒愁，且寓含身世不遇之感，深化了情詞的意蘊。這也

是秦觀在情詞的內涵拓展上，一項極為重要的成就。

周濟《宋四家詞選》對秦觀〈滿庭芳〉（山抹微雲）眉批云：「將身世之感，打并入艷情，又是一法。」愛情題材向為文人常用的內涵，且將個人遭遇寄託於情詞當中，本來即是中國文學悠久的傳統；然而在五代、南唐，以及北宋初年的詞作裡，這樣的運材卻極為少見，可以說直至秦觀，才進一步發展了情詞的內涵。秦觀此類寄寓身世之感的作品，存在著與前人不同的特質，不但在筆調上，情感較花間一派純粹發抒相思者為重，而且在這樣的作品中，「佳人」的影子淡掉許多，反而是「作者」的影子顯而易見，所以周濟說「又是一法」。其實，比較秦觀本身所創作的兩類情詞，那些贈伎或相思之作，終究也是不如寄寓身世的情詞來得意義繁複且深遠。

二、羈旅感懷

貶謫之前，秦觀的感慨多與風花雪月之愁相結合，此與上節所論的情詞有所疊合，故將之列為「寓慨身世的情詞」加以討論；到了紹聖年間，秦觀開始了一連串的左遷生涯之後，這樣感風傷月的題材明顯減少了，反而是在羈旅之中，作一種感觸的直接抒發，詞調沉重而哀怨。本節即由純粹的羈旅寄慨詞進行論述，並選取紹聖元年（1094年）之後的典型作品作為論證。

隨著貶謫的開始，秦觀的詞境由「細如雨」轉變為「愁如海」，從「淒婉」轉變為「淒厲」，這是仕途的坎坷所致，也強化了秦詞感慨情懷。以下即分為「追往嘆今」以及「懷鄉思歸」二端論述之。

（一）追往嘆今

〈風流子〉（東風吹碧草）

〈望海潮〉（梅英疏淡）

〈千秋歲〉（水邊沙外）

〈如夢令〉（遙夜沉沉如水）

寫於貶謫之初的一闋〈風流子〉，不但詞筆極為感傷，首句吐露的政治不遇之感也較早年更為明顯：

> 東風吹碧草，年華換，行客老滄州。見梅吐舊英，柳搖新綠，惱人春色，還上枝頭。寸心亂，北隨雲黯黯，東逐水悠悠。斜日半山，暝煙兩岸，數聲橫笛，一葉扁舟。　青門同攜手，前歡記，渾似夢裡揚州。誰念斷腸南陌，回首西樓？算天長地久，有時有盡，奈何綿綿，此恨難休。擬待倩人說與，生怕人愁。

此詞字面淺顯而用意頗為婉曲，當為南貶之初思念汴京和揚州之作。「東風」三句景事並寫，東風又換，吹拂春草，遠行的客子恐怕要在滄州終老一生；梅樹吐英，嫩柳搖曳，惱人春色勾惹心中愁緒，寸心慌亂至極，隨著黯雲飄向北方，又隨著悠悠的流水流向東邊。「斜日」四句寫水邊所見之景，數聲橫笛，一葉扁舟悠然歸去，頗有遠致。下片轉為遙念當年青門外攜手同遊的歡事，如今已如揚州舊事那樣渾如夢裡；蓋揚州之事在前，汴京之事在後，均為秦觀一生最快意者，故《淮海集》一再及之。只是此景此情，那堪追憶？即使是天長地久，還有個盡頭時候，為什麼留下的幽恨，卻綿綿無絕呢？收處則有二意，一謂離別愁恨感人至深，一謂無人可與傾訴，隱露政治失意的落寞，情致纏綿俳惻。雖不至於晚作那般淒涼悲苦，但也蘊含了無限的感傷思緒。

第二闋〈望海潮〉，使用了「映襯」的手法，以昔時之遊樂反襯了今日的淒苦，語淡情深，充滿著濃厚的感傷情調：

> 梅英疏淡，冰澌溶洩，東風暗換年華。金谷俊遊，銅駝巷陌，新晴細履平沙。長記誤隨車，正絮翻蝶舞，芳思交加。柳下桃蹊，亂分春色到人家。　西園夜飲鳴笳。有華燈礙月，飛蓋妨花。蘭苑未空，行人漸老，重來是事堪嗟。煙暝酒旗斜。但倚樓極目，時見棲鴉。無奈歸心，暗隨流水到天涯。

此詞作於紹聖元年〔註24〕，詞中所云「金谷園」、「銅駝街」均為洛

〔註24〕徐培均於 1985 年出版的《淮海居士長短句》箋注，將此詞繫於紹聖

陽古蹟，蓋借指昔日所遊東京之瓊林苑、金明池等地。秦觀因爲坐元祐黨籍而遭貶官，重經洛陽，曩昔園林遊宴之樂似仍歷歷在目，追懷勝事，不無感愴；而心中滿懷幽憤又無法直言，只好藉洛陽名勝題詠東京。「西園」是汴京駙馬都尉王詵之花園，王詵曾延請蘇軾兄弟及諸名士燕遊於此，秦觀亦在其列。〔註25〕上片前三句寫早春景況，從「金谷俊遊」起，則轉入了對往事的回憶，「長記」寫元祐年間與師友來此賞春情景。下片仍延續著宴遊之樂，夜飲西園，燈光如畫，飛蓋相從，何等繁華的景象！然而往事隨諸流水，如今徒留嘆嗟；倚樓所見，無非煙暝、酒旗、棲鴉、流水而已。這種明顯的追昔嘆今，在貶謫時期的作品中是時時可見的。秦觀呈給孔毅甫的〈千秋歲〉亦如是：

> 水邊沙外，城郭春寒退。花影亂，鶯聲碎。飄零疏酒盞，離別寬衣帶。人不見，碧雲暮合空相對。 憶昔西池會，鵷鷺同飛蓋，攜手處，今誰在？日邊清夢斷，鏡裡朱顏改。

元年：至1994年出版的《淮海集箋注》中，卻又改爲元豐五年所作，其《淮海集箋注》後集卷四〈白馬寺晚泊〉一詩下注云：「本篇元豐五年壬戌（1082）作於洛陽。時少游有〈望海潮‧洛陽懷古〉詞云……詩蓋作於同時。」可見徐氏在確知秦觀曾至洛陽後，乃認同張綖本、汲古閣本此調之附題。然而此詞並不似懷古之詞，且詞下片「西園夜飲鳴笳」之「西園」又當何解？徐氏並未言之。秦觀元豐五年至京應舉，落第後西游洛陽；誠然，將下半闋詞情當作不第失意的心境描寫或亦可通，但若細讀之，則「蘭苑未空，行人漸老，重來是事堪嗟」乃是對往昔歡樂的追嘆，故詞之主題仍應爲追昔懷舊。另外，「無奈歸心，暗隨流水到天涯」用於落第心境亦不當，因爲這時對親族鄉里的深切盼望再度落空了，「歸」應是一種羞慚的窘境，而非殷殷的牽繫，然此詞分明是有思舊懷歸之意，「歸心」應爲殷深的繫念，故本章仍將此詞繫於紹聖離京之時。

〔註25〕宋李伯時繪有〈西園雅集圖〉，元趙孟頫據以臨摹，載於《故宮周刊》第十三冊。圖下有元虞集跋云：「西園者，宋駙馬都尉王詵晉卿延東坡諸名士燕遊之所也。……燕集歲月無考，西園亦莫究所在。即圖而觀，雲林泉石，脩然勝處也。傳衣冠十有四人，僧道士各一人。」即蘇軾兄弟、蘇門四學等十六人，米芾爲記，李公麟作圖。參徐著《淮海居士長短句》卷上，〈望海潮〉四首之三，註1、註6，頁8～9。

　　　　春去也！飛紅萬點愁如海。

此詞應作於紹聖二年（1095 年）春，秦觀貶居處州時。〔註26〕秦觀
於紹聖元年坐黨籍，出爲杭州通判，復坐御史劉拯之言，謂其增損實
錄，迢貶監處州酒稅。居處州次年，遊府治南園，因作此詞。上片寫
春寒已退，花影零亂，鶯聲細碎，面對此美景，秦觀卻有著極爲愁苦
的心情，何哉？蓋原本志同道合之師友，如今均遭貶謫，四處飄零，
哪裡還能一同玩賞，飲酒同歡？下片則回憶當年京都金明池宴遊朋交
之樂，駕車奔馳，飲酒賦詩，令人難以忘懷！然而時至今日，政局丕
變，朋輩皆被斥黜，人也憔悴老去；看著春天消逝，風吹著千萬點飛
花，理想抱負也像春花一般被斥逐流放，而心裡的憂愁就如同海那樣
深廣啊！秦觀此詞表達了內心深處的慘痛，亦感動了不少同門，蘇
軾、孔毅甫、黃庭堅皆有和韻之作；南宋范成大愛其「花影」、「鶯聲」
之語，即其地建「鶯花亭」以紀念之。宋曾敏行《獨醒雜志》云：「毅
甫覽至『鏡裡朱顏改』之句，遽驚曰：『少游盛年，何爲言語悲愴如
此？』遂賡其韻以解之。」正因爲這內心如海般的愁苦，所以秦觀開
拓不出東坡那樣豪放曠達的境界，政治的挫傷給予他極大的折辱，一
遇躓踣，遂吐露出理想幻滅的沉重悲慨。

　　另外，對於今日羈旅生活的淒苦，秦觀亦有直接的描寫，例如
以下這闋〈如夢令〉：

　　　　遙夜沉沉如水，風緊驛亭深閉。夢破鼠窺燈，霜送曉寒侵
　　　　被。無寐，無寐，門外馬嘶人起。

三十二字的小令，卻能寫得如此眞切深刻，非久困於津梁者不能爲
之。「遙夜」二句描寫長夜如同水一般死寂沉靜，秋風正緊，驛亭深
鎖，有孤獨沉重之感。下面接著又寫睡夢被驚醒，看見老鼠窺伺油燈，
濃霜送來曉寒，直透進單薄的被縟裡；此時，再也睡不著，門外馬兒
嘶叫，眼看著又將重上旅途了。秦觀自四十六歲坐黨籍被貶，由處州
而至郴州、橫州、雷州，終卒於藤州，七年間輾轉數千里，諳盡旅途

─────────────

〔註26〕此詞毛晉汲古閣本題作「謫虔州日作」，「虔」當爲「處」之訛。

中的況味。本闋把夜宿驛亭的情景，濃縮成幾個深刻的畫面，就已經把旅社的簡陋，以及遷人的惡劣心情反映出來。比較元豐、熙寧年間歡情暢遊，與今日的又即將啓程的另一段「遠遊」，斯情斯景，教人如何承受？另外，小令而用重筆，在《淮海集》中也是不多見的。

　　紹聖四年秦觀又收到編管橫州的詔書，於是徙向遙遠的南方廣西，在橫州，有詞〈醉鄉春〉，亦表現出對今日羈旅生活的感慨：

> 喚起一聲人悄，衾冷夢寒窗曉。瘴雨過，海棠開，春色又添多少。　　社甕釀成微笑，半缺椰瓢共舀。覺傾倒，急投床，醉鄉廣大人間小。

惠洪《冷齋夜話》載：「少游在橫州，飲於海棠橋。橋南北多海棠，有老書生家於海棠叢間，少游醉宿於此，明日題其柱吟句。東坡愛其句，恨不得其腔，當有知者。」萬曆刊本明彭大翼《山堂肆考》宮集卷二十七載：「海棠橋在南寧府橫州。橋南北皆植海棠，有書生祝姓者家此。宋秦觀嘗醉宿其家，明日題一詞。」故此詞當爲元符元年（1098年），於橫州浮槎館醉起之作；難得者乃詞情頗爲瀟灑，有東坡、山谷之風。上片開頭，描寫一個他鄉的清晨，報春鳥一聲啼叫，四周人聲悄悄；衾冷被寒，殘夢醒來，瘴雨方過，海棠漸開，增添了幾許春色。下片寫社酒釀成，與村人欣然舀飲之樂，以及傾醉投床的情態；雖無一字提及凄苦，卻已隱含於詞中。如起始所云「喚起一聲人悄，衾冷夢寒窗曉」，即瀰漫著孤寂之感；而結尾「醉鄉廣大人間小」一句，更是包含著心中多少的無奈！醉鄉多麼廣大，塵世多麼渺小，尖酸刻薄的政治鬥爭使人心灰意冷，不如醉鄉同遊，醉飲解憂，忘卻苦苦相逼而容不得人的凡間。

（二）懷鄉思歸

〈踏莎行〉（霧失樓台）

〈阮郎歸〉（湘天風雨破寒初）

〈望海潮〉（梅英疏淡）

　　流徙生活本就充滿著痛苦與不定，對細膩敏感的秦觀來說，紹聖之後一貶再貶的羈旅命運，註定了他晚年生涯的悲辛淒苦，故此類作品風格大多灰澀淒厲，詞情苦長，對家國有著強烈的思歸情感。紹聖三年歲暮，秦觀抵郴州，在旅社作〈踏莎行〉：

> 霧失樓台，月迷津渡，桃源望斷無尋處。可堪孤館閉春寒，杜鵑聲裡斜陽暮。　　驛寄梅花，魚傳尺素，砌成此恨無重數。郴江幸自繞郴山，爲誰流下瀟湘去？

此詞作於紹聖四年春天，汲古閣本題作「郴州旅社」；其中，「驛寄梅花」典出於《荊州記》，吳陸凱與范曄善，自江南寄梅花詣長安與曄，並贈詩曰：「折梅逢驛使，寄與隴頭人。江南無所有，聊贈一枝春。」代表摯友間的深厚情誼；而「魚傳尺素」則是自漢代樂府〈飲馬長城窟行〉中，「客從遠方來，遺我雙鯉魚。呼兒烹鯉魚，中有尺素書」等句化出，蘊含家人間的深深牽掛。原本梅花、魚信應爲傳達至親好友慰問之意，可是對秦觀來說，卻反而提醒了他無法相見的痛苦。據宋釋惠洪《冷齋夜話》載：「東坡絕愛此詞尾兩句，自書於扇云：『少游已矣，雖萬人何贖！』」〔註27〕黃庭堅亦謂「此詞高絕」，可見當時已爲眾所稱賞。東坡與秦觀，情誼既爲師徒，亦爲摯友，是以對秦觀之死，發出「雖萬人何贖」的淒絕之語，並對「郴江幸自繞郴山，爲誰流下瀟湘去」二句絕愛異常，此乃因二人同爲千古謫客，都有如斯無奈的共同感慨呀！

　　上片起始三句寫旅途景色，有著歸路茫茫之感，極目遠眺那世外桃源，已是無處可尋了。大霧瀰漫樓台，月色迷漫渡口，自己的理想境界彷彿也消失無蹤，再加以孤館、春寒、鳴聲、斜陽的層層渲染，孤獨感使人思家情切，如今被貶至郴州，何時才能歸鄉呢？末了，詞人發出「郴江幸自繞郴山，爲誰流下瀟湘去！」的深沉哀嘆，這不僅是望遠懷歸的無奈和企盼，更是秦觀對自己的生命歷程作了一個高度的概括。他陷入黨爭的漩渦，終至離理想愈來愈遠，一貶再貶；在郴

〔註27〕見《苕溪漁隱叢話》前集卷五十引。

州，連郴水也還能奔流北去，怎能不引起南方遷客內心無限的愁苦？！秦觀此作的情感含量，的確比前期深沉許多。

至於另一闋作於郴州的〈阮郎歸〉，亦吐露了淒厲之情：

> 湘天風雨破寒初，深沉庭院虛。麗譙吹罷小單于，迢迢清夜徂。　鄉夢斷，旅魂孤，崢嶸歲又除。衡陽猶有雁傳書，郴陽和雁無。

詞中傳達出濃厚的懷鄉之愁，這種沉鬱蒼涼的聲音，正好是秦觀晚期貶謫生活與心境的寫照。自紹聖三年作謁告寫佛書，削秩並徙郴州，客況淒涼，愁懷難遣，三年來的謫宦生涯，已使詞人飽歷世路的艱辛，嘗遍人情的冷暖。昔日的同窗好友，都遭到同樣的命運，在「編管」中的罪人，又如何能互通音訊？在風雨如晦的日子裡，唯有獨自捱過漫漫長夜了。尤其「歲除」之際，應是闔家團圓之時，徘徊在沉寂如水的庭院中，一片虛空渺茫，更增添思鄉愁緒。此詞結語乃為秦觀沉痛的悲抒：「衡陽猶有雁傳書，郴陽和雁無。」〔註28〕衡陽還有雁兒到來傳遞消息，今日身處郴州，連飛雁都沒有了。

另如上節所提的〈望海潮〉（梅英疏淡），其末句也直接說明了「無奈歸心，暗隨流水到天涯」，表現懷望歸鄉之情。然何以說「無奈歸心」？這是因為古代士人一經出仕，就不能隨便回到故鄉，況且秦觀雖然為官，卻並不得意；「暗隨」二字，即表明了這是一份只有詞人自己內心明白的懷想，中國地勢為西北高、東南低，流水自然朝向東南流去，而秦觀的故鄉高郵就目前而言乃在南方，故當流水奔去，那份懷念故鄉的心思似乎也隨著流水流向無際的天邊；在秦觀的長調裡，這份柔纖的情感與情景的映襯實在是相得益彰。〔註29〕而詞中提及「西園」、「西池」皆為京師之地，所以在秦觀的追思之中，其

〔註28〕相傳北雁南飛，至衡陽回雁峰而迴轉。「雁傳書」乃使用蘇武之典，《漢書·蘇武傳》載漢使者對匈奴王言：「天子射上林中得雁，足有繫帛書。」因謂雁能傳書。郴陽即郴州，在衡陽之南，故云「和雁無」。

〔註29〕參葉嘉瑩：《唐宋名家詞賞析》（台北：大安出版社，民國77年12月），第二冊，頁105～106。

實包含著對家鄉，以及對朝廷的懷念。

由以上可知，秦觀在貶謫之後，所感慨之事主要是對往昔美好的追思、對遷謫愁苦的慨嘆，以及對家鄉京國的思歸；而這一切的情感，都籠罩在秦觀年近老衰而抑鬱不得志的愁思之中。這些作品，不僅真正步出傳統傷春離情的格局，也明顯的表現「言志」之意，抒發心中真摯深刻的感受；並非假女子立言，也不是過去詞作中一點朦朧的情懷而已，秦觀把自己的真實記憶、仕途偃蹇、生命困境確切地顯露出來，在掌握詞體幽微柔美特質的前提之下，將個人志意有意地帶入詞中，也拓展了一條「雅化」、「言志」的方向。

三、懷古、閒適、游仙

此三類皆為有別於傳統的題材，秦觀之前，除了大力改革詞風的東坡，其餘詞人作品，實少見這些豐富多元的面貌。雖秦觀不與東坡一路，不過兩人既有師友之誼，或許在題材上，秦觀曾經受到東坡的影響，所以拓展出與傳統不同的懷古、閒適，與游仙之作；只是這些作品的數量不多，所以仍然無法成為秦觀詞的代表特色。

（一）懷　古

〈望海潮〉（秦峰蒼翠）

〈望海潮〉（星分斗牛）

明代張綖的《淮海長短句》，以及毛晉汲古閣本《宋六十名家詞》本《淮海詞》，皆在〈望海潮〉「星分斗牛」、「秦峰蒼翠」、「梅英疏淡」三闋下，分別題作「廣陵懷古」、「越州懷古」，以及「洛陽懷古」，其後各家選本則多從此說。然而，今存宋乾道高郵軍本《淮海居士長短句》於三闋下皆無題；細品三詞，除第一、二闋確有藉著歌詠「揚州」、「會稽」的舊日繁華，興起古今勝衰之感，或對人物事蹟發抒感嘆歆羨，表露自己的曠達人生觀外，就第三闋「梅英疏淡」而言，其內容乃在感懷舊事，表達歸心，並無懷古之意，故不應列入，此僅以「星

分斗牛」、「秦峰蒼翠」二闋爲論。

　　元豐二年（1079 年），秦觀至會稽省親，有會稽懷古詞〈望海潮〉，風格頗爲曠達：

> 秦峰蒼翠，耶溪瀟灑，千岩萬壑爭流。鴛瓦雉城，譙門畫戟，蓬萊燕閣三休。天際識歸舟。泛五湖煙月，西子同遊。茂草臺荒，苧蘿村冷，起閒愁。　　何人覽古凝眸；悵朱顏易失，翠被難留。梅市舊書，蘭亭古墨，依稀風韻生秋。狂客鑑湖頭。有百年臺沼，終日夷猶。最好金龜換酒，相與醉滄州。

此闋作於遊歷會稽之時，秦觀登覽蓬萊閣，舉目面對西施故鄉，想起范蠡助越滅吳後與西施汎游五湖事，如今卻只徒然落得「茂草臺荒，苧蘿村冷」，荒冷之景，怎不令人「起閒愁」？朱顏易成白髮，昔時翠被難留，唯有效法古代名士狂客如梅福、王羲之、賀知章等人〔註30〕，解金龜以換酒，與李白大飲盡醉，方不辜負良辰美景；在這裡，秦觀想要「相與醉滄州」者，應是指會稽給事程公闢。事實上這類懷古詞的基本特色，即是能一變詞人平時幽窄狹小的心境和凄苦纏綿的作風，而作悲壯豪放之筆，表現出較爲開闊的胸襟〔註31〕；此不但與傳統詞風有別，甚至更爲貼近東坡〈南歌子〉等詞〔註32〕，風格偏向於沉痛雄放，在奔放的筆勢背後，恆見作者灑脫意興的性格情調。

〔註30〕《漢書·梅福傳》載其「一朝棄妻子，去九江，至今傳爲仙」；而王羲之有曲水流觴，暢敘幽情的千古雅事；賀知章初遇李白，嘆爲天上謫仙，並解下身上所佩金龜換酒，與之把酒言歡。此三人皆爲古代名士，行事作爲易令人起追慕之情。

〔註31〕參朱德才〈論婉約詞人秦觀〉一文，收錄於華東師範大學中文系古典文學研究室編《詞學研究論文集（1949～1979）》（上海：上海古籍出版社，1982 年 3 月），頁 27。

〔註32〕〈南歌子〉「題楊元素」：「東武望餘杭。雲海天涯兩渺茫。何日功成名遂了，還鄉。醉笑陪公三萬場。　　不用訴離腸。痛飲從來有別腸。今夜送歸鐙火冷，河塘。墮淚羊公卻姓楊。」此乃別席上，送人兼自傷之作，卻充滿建功立業的豪情，以及現實宦途的波折，使得此闋餞別之作，具有雄放悲壯的風格。秦觀懷古詞，悲壯豪放之胸襟頗近於東坡此類作品。

至於〈望海潮〉(星分斗牛)更明顯地描寫揚州的繁華美麗：

> 星分斗牛，疆連淮海，揚州萬井提封。花發路香，鶯啼人起，
> 珠簾十里東風。豪俊氣如虹，曳照春金紫，飛蓋相從。巷入
> 垂楊，畫橋南北翠煙中。　　追思故國繁雄，有迷樓掛斗，
> 月觀橫空。紋錦製帆，明珠濺雨，寧論爵馬魚龍。往事逐孤
> 鴻，但亂雲流水，縈帶離宮。最好揮毫萬字，一飲拚千鍾。

廣陵是古郡國名，治州即今揚州。揚州是古來金粉豪華之地，隋唐時
代盛極一時；詞人在追憶古代揚州的繁華景象後，面對已然荒廢的歷
史陳跡，不禁發出深沉的感慨。「花發路香，鶯啼人起」，正是一片繁
花煙景的時節，詞中所云「珠簾十里東風」者，乃化用杜牧〈贈別〉
「春風十里揚州路，捲上珠簾總不如」一句，加深了春景的精緻美好；
而下片連用隋煬帝豪奢的典實，寄言興衰無常的慨嘆，唯有千鍾買
醉，才是人生最佳的選擇，頗有李白「鐘鼓饌玉不足貴，但願常醉不
願醒」的豪放。

像這樣的詞風，雖非本色，亦為佳製，展現了秦觀作為拓展詞
人的不凡氣概，具有豪放激昂的另一面。

（二）閒　適

〈滿庭芳〉(紅蓼花繁)

〈臨江仙〉(千里瀟湘挼藍浦)

〈好事近‧夢中作〉(春路雨添花)

秦觀的閒適詞僅偶一見之，不過能有飄邈神韻，堪稱悠然。以
下〈滿庭芳〉則最足以代表早期悠遊的生活，其云：

> 紅蓼花繁，黃蘆葉亂，夜深玉露初零。霽天空闊，雲淡楚
> 江清。獨棹孤蓬小艇，悠悠過、煙渚沙汀。金鉤細，絲綸
> 慢卷，牽動一潭星。　　時時，橫短笛，清風皓月，相與
> 忘形。任人笑生涯，泛梗飄萍。飲罷不妨醉臥，塵勞事、
> 有耳誰聽？江風靜，日高未起，枕上酒微醒。

詞中既有清風明月相伴，更能憑酒笑看世情，獨棹孤蓬小艇，悠閒地

駛過煙渚沙洲，呈現了一派安靜悠閒之貌。「任人笑生涯，泛梗飄萍」一句最能表達作者豁達的襟懷；結語「江風靜」三句，意謂江風靜息，紅日已高卻還在枕上未起，此時酒意微醒，有一宵安枕的閒適好眠。可知秦觀此時並未被官場宦途所打倒，心中仍充滿自得之意，亦頗有東坡之風，夏敬觀云：「少游學柳，豈用諱言？稍加以坡，便成爲少游之詞。」（《映庵手校淮海詞·跋》）可謂一語中的。秦觀詞有柳永之風，亦不乏東坡之豪興，只是數量極少，不足以代表秦詞；或云秦觀於四學士之中，獨不學東坡，此恐非知言也。

再看〈好事近·夢中作〉：

春路雨添花，花動一山春色。行道小溪深處，有黃鸝千百。

飛雲當面化龍蛇，天矯轉空碧。醉臥古藤陰下，了不知南北。

這闋詞有一段十分淒婉的傳說，據惠洪《冷齋夜話》載：「秦少游在處州，夢中作長短句曰：『山路語添花……』後南遷。久之，北歸，逗留於藤州，遂終於瘴江之上光華亭。時方醉，起，以玉盂汲泉，欲飲，笑視之而化。」知此詞作於處州，後因少游卒於藤州，故詞中「醉臥古藤陰下」的「藤」，便與「藤州」聯想在一起，「醉臥」二字因而被當作詞讖，成爲秦觀死前的預兆而流傳開來。詞作於紹聖二年（1095年）的春天，上闋描寫了春路、春雨、春花、春山等窈窕春色，以及溪水、黃鸝等悅耳春聲，詞人漫步山路上，沉浸在生機勃勃的自然景物之中，一「添」字、一「動」字，立即使得景色活絡起來。而往小溪深處行去，聽見黃鸝千百，此法以聲顯靜，正烘托出山林的幽深，則心中閒適亦可想而見。「飛雲」二句寫眼前之景，彩雲飄飛，變化萬千，倏忽幻化成龍蛇之狀，往碧空飛昇而去。其實，這樣的自由自在，正是詞人理想的形象化，希求精神解放的象徵；倏地，龍蛇消失，碧空萬里，一晴如洗，一切似乎也都淨化了。〔註33〕醉臥在老藤樹陰下，哪裡復知東西南北呢？

〔註33〕參鍾尚鈞〈古藤陰下遷客夢——秦觀詞〈好事近·夢中作〉賞析〉，刊於《語文月刊》，1993 年 7 月，頁 17。

　　本闋寫景奇麗，語言奇峭清警，在藝術風格上頗異秦觀纖巧之作；只是在曠達中似乎自有一股悲涼的情調，淡淡地，道出逃避現實的想望。所謂景壯而氣不壯，縱使閒適，結句所說的放飲醉臥之意，仍掩不了秦觀對前途茫然的消沉意味。

　　另一闋〈臨江仙〉意境則較為清冷飄杳：

> 千里瀟湘接藍浦，蘭橈昔日曾經，月高風定露華清。微波澄不動，冷浸一天星。　　獨倚危檣情悄悄，遙聞妃瑟冷冷。新聲含盡古今情。曲終人不見，江上數峰青。

本闋詞牌與詞意相契合，閒適悠然的情意令人嚮往；此詞並有「少游靈舟」的傳說故事〔註34〕，可知其詞感人之深，為時人所賞也。詞中，把天水的空間自然融合，加以水聲、瑟聲，以及瀟水、湘水淒美的神話背景，一幅幽窅清越，無半點人間煙火氣息的流水空山圖即躍然紙上，超然孤往，瀟灑而脫塵。末二語完全用唐代錢起〈省試湘靈鼓瑟〉詩原句，「曲終人不見，江上數峰青」，不嫌蹈襲，反而予人撲朔迷離的想像空間，令人悵惘低迴不已。

　　秦觀詞中的閒適之作不多，然娓娓道來，卻有悠長的情思；故閒適詞可謂秦詞之變調，蓋在一生無奈的遷謫生涯中，秦觀或有一二縹緲放曠的靈思展現吧！

（三）遊　仙

　　〈雨中花〉（指點虛無征路）

　　人類在面對宇宙生命之無窮，回首有限的生命時，常會對生死

〔註34〕宋吳炯《五總志》云：「潭守宴客合江亭，時張才叔在座，令官伎悉歌〈臨江仙〉。有一妓獨唱兩句云：『微波渾不動，冷浸一天星。』才叔稱嘆，索其全篇。妓以實語告之：『賤妾夜居商船中，鄰舟一男子，遇月色明朗，即倚檣而歌，聲極淒怨。但苦乏性靈，不能盡記。但助以一二同列，共往記之。』太守許焉。至夕，乃與同列，飲酒以待。果一男子，三嘆而歌。有趙瓊者，傾耳墮淚曰：『此秦七聲度也！』趙善謳，少游南遷，經從一見而悅之。商人乃遣人問訊，即少游靈舟也。……」

流轉的人生課題產生深沉的悲哀和恐懼，並洶湧而起「生命不滅」的意念。尤其是「神仙的生命不滅」觀，因爲受到歷代帝王的嗜欲奢盼，以及道家思想的發展所影響，更成爲人們在面對困頓時重要的精神慰藉。當現實不能盡如人意，文人心中特別容易勾惹出遊仙的想望，希冀憑藉著仙界的幻想，用以減輕現實的挫敗苦痛；而秦觀早期嚮慕佛道思想，會有這樣的作品也就理所當然。試看〈雨中花〉：

> 指點虛無征路，醉乘斑虯，遠訪西極。正天風吹落，滿空寒白。玉女明星迎笑，何苦自淹塵域？正火輪飛上，霧卷煙開，洞觀金碧。　　重重觀閣，橫枕鰲峰，水面倒銜蒼石。隨處有奇香幽火，杳然難測。好是蟠桃熟後，阿環偷報消息。在青天碧海，一枝難遇，占取春色。

搜尋整部《淮海集》，會發現與遊仙有關的詩作頗豐，如「眞遊無疆界，浩蕩天風吹」、「聞道蓬宮仙子間，紅塵不染無瑕讁」〔註35〕，詞作卻僅此一闋而已；然而在這裡，詞人馳騁豐富的想像力，上天入地，變化不測，恍如吟讀太白浪漫詩句，實爲遊仙詞之高作也。

胡仔《苕溪漁隱叢話》前集卷五十引惠洪《冷齋夜話》云：「少游元豐初夢中作長短句曰：『指點虛無征路……』，既覺，使侍兒歌之，蓋〈雨中花〉也。」可知本闋乃寫夢境之詞，內容充滿了仙境的神奇與美妙；既有仙女迎笑，更有金碧觀閣，加之奇石幽火，更增添仙界窅然的曠渺意味。秦觀另有詞作〈點絳脣〉（醉漾輕舟），寫尋覓桃源終不獲的失望，以及〈鼓笛慢〉（亂花叢裡曾攜手），寓含對往日美好的追尋。此二闋雖不屬於遊仙之作，但是其中屢屢提及桃源故事，以劉晨、阮肇誤入天台山而遇仙女事作爲抒發，亦爲詞人對美好生活的嚮往，欲在殘酷的現實中，企求獲得精神上的報償。

遊仙詞乃秦觀早年特有之作，只是僅有一闋，無法成爲風格典型；但是讀者仍然可以由詩文的補證中，看出秦觀受到佛道思想的沾染，這是極爲重要而確切的。

〔註35〕分見《淮海集》卷五〈次韻奉酬丹元先生〉，以及卷二〈自警〉。

第三節　成就總論

晚唐五代的社會動亂不堪，文人們竭力逃避現實，詞是他們歌筵舞榭、茶餘飯後的消遣工具。而作為晚唐、五代詞人代表作的《花間集》，幾乎千篇一律都是抒寫綺靡生活中的艷事閑愁。他們的作品已不再具有傳統文學「言志載道」的社會功能，而只是「聊陳薄伎，用佐清歡」（歐陽脩〈采桑子〉題序）罷了。主題多是綺情艷思、離恨別怨；所選取的陪襯景物，多是煙、月、風、花，是鴛鴦、鳳凰，是水晶簾、玻璃枕。這些都深深地影響了秦觀的創作。

李澤厚在《美的歷程》一書中這樣形容晚唐五代的時代精神：

> 不在馬上，而在閨房；不在世間，而在心境。不是對人世的征服進取，而是心靈的安適享受佔據首位。〔註36〕

這種逃避的精神狀態，驅使晚唐五代君臣上下日事遊宴，競好聲伎，倚聲填詞，在慶賞飲宴間用以侑觴助興。前蜀後主王衍〈醉妝詞〉寫道：「者（這）邊走，那邊走，衹是尋花柳。那邊走，者邊走，莫厭金杯酒。」這就是他們沈湎酒色的絕妙自供狀，詞於是成為他們歌筵舞榭、茶餘酒後的消遣工具。為了適應需要，風花雪月、愛情、青樓女子便成為基本題材，文字華美縟麗，用詞也淺白曉暢。如歐陽炯在《花間集・序》所說：「則有綺筵公子繡幌佳人，遞葉葉之花箋，文抽麗錦，舉纖纖之玉指，拍按香檀，不無清絕之辭，用助嬌嬈之態。」然而值得注意的是，雖然文人們日以繼夜的尋歡作樂，但大多數人的心中仍瀰漫著一種危機及不安全感；因此，除了艷情之外，其字裡行間總有著若隱若現的閑愁。

秦觀許多寫愛情的詞，情感深切真摯，又具有清秀婉麗特色，如〈鵲橋仙〉（纖雲弄巧）、〈水龍吟〉（小樓連苑橫空）等。大體說來，北宋詞人深受五代艷詞的影響，自晏殊、歐陽脩以下，張先、晏幾道、蘇軾、黃庭堅、秦觀等，都多少有艷詞之作。名相如司馬光，逸人如林逋，也都有艷詞流傳。今舉數詞為例：

〔註36〕李澤厚：《美的歷程》（台北：古鳳出版社，民國76年），頁143。

> 弄筆偎人久，描花試手初。（歐陽脩〈南歌子〉）
> 便直饒伊家總無情，也拼了一生爲伊成病。（歐陽脩〈洞仙歌
> 令〉）
> 細看諸處好，人人道柳腰身。（張先〈醉垂鞭〉）
> 只消駕枕夜來閑，曉鏡心情便懶。（晏幾道〈西江月〉）

就連秦觀，也有如〈品令〉一類的俚俗情詞，這些詞作無一不是承襲
《花間集》艷情一派，它們已成功地擺脫長久以來對士大夫倫理道德
的層層束縛，而能自由地悠遊於宣洩情感的寫作世界。

　　另外，即使爲數不多，詠物詞也表現出可觀的成就。試看〈滿
庭芳〉：

> 北苑研膏，方圭圓璧，萬里名動京關。粉身碎骨，功合上
> 凌煙。尊俎風流戰勝，降春睡、開拓愁邊。纖纖捧，香泉
> 濺乳，金縷鷓鴣斑。　　相如方病酒，一觴一詠，賓有群
> 賢。便扶起燈前，醉玉頹山。搜攬胸中萬卷，還傾勤、三
> 峽詞源。歸來晚，文君未寢，相對小妝殘。

從「北苑」到「開愁拓邊」，秦觀以豪邁之筆構築福建名茶「北苑茶」
的形態；「萬里名動京關」寫其盛名，「粉身碎骨」則擬茶餅搗碎之
狀，「功合」寫其作用之大，「尊俎」則稱讚茗茶尊俎之間，決勝折
衝之外的功效。在詞人苦心造詣下，一個猶如翩翩雅士的將領形象
呼之欲出，彷彿談笑之間，強虜灰飛煙滅。接著一句「纖纖捧」，又
勾勒出一筆柔媚的色調，纖細的美人與先前的名將有著強烈的對
比，卻又將剛柔筆觸調和得十分融洽！秦觀的詠茶詞，將茶形、煮
茶過程以及茶的芳香加以詳細描述，並加入了美女奉茶的姿態，襯
托了茶品的高貴，堪稱清絕秀麗詞風的代表作之一。詞中使用典故
以及細密的層次轉折，幾乎是後代長調詠物詞的典範，然而技巧可
學，意境卻未必能及。

　　除了詠物詞，秦觀在傳統詞的題材上還有題詠詞、題畫詞的創
作。此二者是北宋盛行已久的風氣下，秦觀特別處乃在人物刻畫上，
能各有不同的鮮明風貌。

　　另外，關於描寫男女情愛的題材仍是淮海詞的主要部分，而在大部分的相思離別作品中，以席上歌伎作為主體抒發對象，原是風氣所不免；然而，秦觀卻總能傾心以待，從她們身上發掘出某種美好、靈慧，重視心有靈犀的相通，故對周遭的女性，往往能出於一份真摯的關懷或賞愛之情，格調不俗。即使偶有一二放浪儇薄之語（如〈滿園花〉（一向沉吟久）、〈品令〉（幸自得）等），在秦觀詞中畢竟是少數；此乃因為在當時「凡有井水飲處，即能歌柳詞」的世風影響下，往來於市井坊間的秦觀，自然不免受到柳永某些低猥詞作的沾染，故曾以民間俚語創作艷詞。不過，秦觀大部分的言情之作仍是有其「綢繆婉轉之度」，而少「綺羅香澤之態」，著力表現心靈上的感應和共鳴，而非色相的迷戀與追求。正如秦觀著名的〈鵲橋仙〉所描述：

纖雲弄巧，飛星傳恨，銀漢迢迢暗度。金風玉露一相逢，便勝卻人間無數。　　柔情似水，佳期如夢，忍顧鵲橋歸路。兩情若是久長時，又豈在朝朝暮暮。

詞寫牛郎織女一年一度在星前月下的美滿會合，以及離別時的長期懷念；事實上，亦是以神話的形式表現人間男女的情事，帶有濃厚的理想色彩。秦觀的詞作，往往就是要體現一種執著的深情，所以主人翁多能用情專一，表達他對愛情所持的觀念。

　　閒適、游仙、懷古，以及寓託身世的情詞、羈旅寄慨詞則為秦觀在婉約詞之外的所開拓的題材。閒適詞為淮海詞之變調，無論從意境、語彙，或者體式來看，這類詞都近東坡一路，在充滿傷心氛圍的詞作中卓然獨立，別樹一格。只是此類作品不多，畢竟秦觀自感凄涼一生，柔弱善感的他實在難以拓展出如同東坡一般豪曠的心胸，此與個人天性有關，非後天致力可得，可謂秦觀獨特的風格；也因此，閒適之作或多為神話仙境的幻想，或藉酒澆愁，消極地逃避險惡的人世。此種閒情，仍多為身世之感而發，雖表現出不同的況味，只是偶一為之，不能稱為是貫串秦觀一生的詞調。游仙詞、懷古詞數量亦寥

寥可數，然而皆能別開一境，展現清新綿邈或豪雄曠放之風；尤其兩闋懷古長調詞，氣度情懷較之東坡毫不遜色，雖然仍有掩不住的淒婉之氣，不過層層鋪敘，情景兼融，一筆到底，仍可想見千古風流人物的氣魄。

　　數量可觀的情詞是整部《淮海集》的代表，考秦觀生平作品，其中專寫感情的詞，或贈歌兒舞女，或爲友人姬妾侍兒而作，皆歷歷可見；可知這一類歌伎詞，在當時的社會環境下，不太可能避免此種題材。但是，秦觀卻賦予了這類題材新的內涵、新的精神，形式上以中調、長調，將寄其中曲折的情思層層託出。情詞之中最爲人所稱道者，仍當屬秦觀注入深沉的身世遭遇與悲感的那些作品。審視秦詞，會發現明顯描述貶謫內容的作品並不多，較重要的如〈江城子〉（南來飛雁北歸鴻）、〈千秋歲〉（水邊沙外）、〈踏莎行〉（霧失樓臺）、〈如夢令〉（遙夜沉沉如水）等；這些直接抒寫貶謫感傷的詞，下筆大都較爲沉重，反映作者內心的沉鬱與哀痛。然而像這樣筆調沉重的作品實爲少數，秦觀大部分的詞還是以愛情爲題材，除了抒發離愁別恨，也把政治不如意的悲慨寓託其中，故其情詞之「傷情」，其實也未嘗不是自憐身世，在〈滿庭芳〉（山抹微雲）裡，作者把他離別時的感傷情緒和寒鴉流水、燈火黃昏等淒清景象融成一片，在意境上和柳永的〈雨霖鈴〉相近，可以看出柳詞對他的影響。此詞作於元豐二年（1079年）歲暮，對象乃會稽太守程公闢席上歌伎（內容已於前論，不復贅述）。由於離別將即，秦觀對這段美好的戀情不能忘懷，故吐露情思，有「此去何時見也」的感觸；然而「謾贏得青樓，薄倖名存」既化用杜牧之詩句，應也含有政治失意的感慨，畢竟元豐元年的落第，的確帶給秦觀這位才子不少的打擊。另外，〈八六子〉（倚危亭）描寫無盡的離愁，以及別後的悲感，情景交煉，令人黯然消魂，黃蓼園評「寄託耶？懷人耶？」，張炎則評曰「得言外意」。這種離情，恐怕與〈滿庭芳〉「荳蔻梢頭舊恨，十年夢；屈指堪驚。闌久，疏煙淡日，寂寞下蕪城。」有異曲同工之妙，具有和

杜牧一樣懷才不遇的「言外之意」。再者，尚可參考以下諸句：

> 只恨離人遠，欲望幽事寄青樓。（〈虞美人〉）
>
> 東風吹碧草，年華換、行老客滄州。（〈風流子〉）
>
> 遙憐南埭上孤篷。夕陽流水，紅滿淚痕中。（〈臨江仙〉）
>
> 亂花飛絮。又望空門合，離人愁苦。（〈河傳〉）
>
> 瀟湘門外水平鋪，月寒征棹孤。（〈阮郎歸〉）

以上，皆為離別愁思的發抒，然而在「怨情」的背面，依約可以看到一個逐臣的影子。秦觀一再地自稱「離人」、「行客」，或乘「孤篷」、「征棹」，遠走天涯，這都與貶謫有關，因此，詞中表現出來的傷淒，是否純粹為了愛情，則有待斟酌。恐怕愛情只是詞人借來表達個人不幸遭遇的題材而已；即使真有過這麼一段愛情，作者之所以如此傷心，大抵也已經融入了貶謫的痛苦，才一併宣洩而出。〔註37〕周濟《宋四家詞選》稱秦觀「將身世之感，打并入艷情」，其實就秦觀來說，情詞一直是《淮海集》的主體內容；而自從他踏上浮沉不定的官途，除了紀念美好戀情、贈送酒樓歌伎之外，又別開情詞之一路──也就是深化了情詞，寓身世之感於其中。

羈旅寄慨詞則為秦觀另一項卓越成就，許多詞篇都是淮海詞中享負盛名者。大抵紹聖貶謫之後，秦觀生活發生重大的改變，故詞作直接反映內心的沉鬱哀痛，風格變為淒厲，感人最深，如〈踏莎行〉（霧失樓台）和〈千秋歲〉（水邊沙外）等，皆堪稱極品。在政壇上被排擠的秦觀，把自己的文學生命與羈旅生涯、思鄉懷歸聯繫起來，吐露為詞，具有一定的現實意義。只是，秦觀往往也只停留在消極的感歎上，不能激勵人們衝破黑暗前進；比起清俊豪放，能達觀自適、超脫物外的蘇東坡，終究還是隔了一層。

從題材內容的承繼上來說，秦觀詞突出了男女情事、傷春悲秋、離愁別恨，並著重體現人物複雜而幽細的內心世界，以及一種真摯性

〔註37〕參黃文吉《北宋十大詞家研究》（台北：文史哲出版社，民國85年3月），頁248～249。

情的感發；從拓展的一面而言，秦觀亦能在傳統的藩籬中更上層樓，將情詞帶領到另一個言志感懷的境界，加入羈旅抒懷、身世不遇的滄桑感，自有其在詞史上的重要性。

第四章　藝術技巧的承繼與拓展

　　自東坡之後，詞的功能及內容有了進一步的擴大加深，不再侷限於兒女情愛的傳統格局，而在創作技巧上也有著明顯的琢鍊。循此趨勢，秦觀上承花間、南唐、晏、歐、柳諸家之作，而在詞風的拓展上，卻更貼近東坡的創作道路，呈現多樣化的藝術型態。本章重點即在討論秦觀詞與傳統婉約詞判然有別的形式特色，並進一步探述秦觀如何立足在傳統詞風的根基上，拓展高明而特殊的藝術風貌。

　　從詞的發展與風格來看，秦觀遠承花間，近得晏歐，被譽為風流才子的秦觀，是如何站在傳統婉約詞的基礎上學習、發展，而呈現卓越的藝術技巧，造成詞風的逆溯──其所使用的形式技巧以及所達到的藝術成就，是本章討論的第一個重點。

　　第二個重點乃從拓展的角度出發，在藝術技巧的表現上，秦觀也作到了花間詞派以來尚未達到的境地，有關情景交融、語言風格……等種種技巧的使用，都使得秦觀詞具有高度的審美情調，非花間諸人能及。

　　故以下即由「承繼」與「拓展」兩條主軸出發，論述秦觀詞如何在造成回流的同時，也帶動了一片拓新的藝術形式境地。

第一節　承繼部分

　　就形式技巧來說，秦觀婉約詞的藝術成就大約表現在以下三個

方面：一、平易白話：此點承繼柳永詞語言通俗的特色，以淺淡之語入詞，擅於白描，平實如話，而詞風反而更顯生動。二、化用自然：「化用」是一種特殊的文章技巧，指承襲前人語句，轉折變化其意化入詞中，有時甚至是一字不改的完全迻錄借用。秦觀將前人的作品予以改造，卻能契合詞之情感，如鹽入水，不著痕跡，為其苦心造詣的成就；而由這種「化用」的技巧，亦可明白秦觀詞當是承續那些文學詞風而來。三、篇末含悲：詞是音樂文學，而篇末以言悲之意作結，亦是中國傳統文學中普遍存在的現象，綜觀許多詞家，花間諸人、晏、歐、柳永……都有此類特點，秦觀詞亦不例外，遵循著此種傳統，加深了情感的力量。

　　本節著重於探討秦觀婉約詞承繼前人特色之處，以下便分別論述之。

一、平易白話

　　關於淮海詞的語言特色，前人時常論及，如朱彝尊《詞綜》卷六云引蔡伯世云：「子瞻辭勝乎情，耆卿情勝乎辭，辭情相稱者，為少游而已。」姑且不論蔡伯世對東坡以及柳永的評論是否正確，然而他批評秦觀「辭情相稱」，是極為貼切的。

　　秦觀在遣辭用字上，承繼柳永提煉口語方言的通俗特色，為詞擅於白描，平實如話，與情感配合則顯得天衣無縫。周濟《介存齋論詞雜著》即引晉卿云：「少游平易近人，故用力者終不能到。」綜觀淮海詞，許多平易如話，一讀便能琅琅上口的作品不勝枚舉：

　　　名韁利鎖，天也知道，和天也瘦。(〈水龍吟〉)

　　　多少蓬萊舊事，空回首、煙靄紛紛。(〈滿庭芳〉)

　　　碧野朱橋當日事，人不見，水空流。(〈江城子〉)

　　　天涯舊恨，獨自淒涼人不問。(〈減字木蘭花〉)

　　　夜來酒醒清無夢，愁倚闌干。(〈醜奴兒〉)

　　　髻子偎人嬌不整，眼兒失睡微重。(〈臨江仙〉)

這些句子，不用艱澀難懂的詞彙，也不用詰屈聲牙的語句，自然通俗，

深得柳永白話入詞之苦心。

　　秦觀的詞寫得都是真情實感，不論是表達內心的愁緒、敘述離別的情思，或者是記山寫水、抒情敘事的觸發，都用自己真誠切身的感受加以描繪，所以李易安說秦觀缺乏「富貴態」（胡仔《苕溪漁隱叢話》引），正好說明了秦觀詞樸質真摯的特色。秦觀自己在元豐二年（1079 年）所寫的〈會稽唱和集序〉，便曾提出對樸實之語的看法：

> 竊嘗以爲激者辭溢，夸者辭淫，事謬則語難，理誣則氣索，人之情也。二公內無所激，外無所夸，其事核，其理富，故語與氣俱足，不待繁於刻畫之功而固已過人遠矣。鮑照曰：「謝康樂詩如初發芙蓉，自然可愛。」蓋如其言也。（《淮海集》卷三十九）

秦觀認同這種「如初發芙蓉」的自然語言，主張文字樸實，以爲作品之所以動人，乃在於「事核理富」；就詞來說，則是要求「意真情富」，也就是要情意真切而豐厚。秦觀詞真率淺顯，不假雕琢，卻能因爲淺近易讀，而富有情味，故當時傳唱者即甚多；柳永享有「凡有井水飲處，即能歌柳詞」之盛讚，秦觀則以〈滿庭芳〉一詞而有「山抹微雲學士」之美名，兩人詞作能流傳久遠，恐怕平實如話、易爲人們接受的風格才是其中最重要的根本原因。

　　以下則舉秦觀兩闋詞互相參證。先看〈如夢令〉：

> 池上春歸何處？滿目落花飛絮。孤館悄無人，夢斷月堤歸路。無緒，無緒，簾外五更風雨。

此詞以淺語表現深情，暮春時落花飛絮撩人愁思，而孤館無人，簾外風雨又交加，心頭更是沒個安排處。此處用語真切自然，讀來不澀不泥，而主角思緒的雜沓紛亂可知。再看〈阮郎歸〉：

> 褪花新綠漸團枝，撲人風絮飛。靫韉未拆水平堤，落紅成地衣。　　遊蝶困，乳鶯啼。怨春春怎知？日長早被酒禁持，那堪更別離！

本闋寫明麗如畫的暮春景色，以此反襯主角孤寂苦悶的心情；怨春，其實也是怨人、怨別，其詞細膩婉轉，情調淒美。尤其，在這闋詞裡，

「撲人風絮飛」、「鞦韆未拆」、「落紅成地衣」、「春怎知」等白話詞句的敘寫，不但不減格調，反而因爲自然平實，而吐露心中極爲眞切的情致，這是秦觀詞十分高妙的手法。

誠然，由於接受了柳永白話爲詞，以及北宋民間樂曲的沾溉，秦觀擅於掌握語言文字作爲思想感情的平易、白描特色，且多情感眞摯，感人至深；然而，有些作品，則因爲過於向民間學步，而產生了俚俗外露的缺點，諸如下列〈滿園芳〉，以及二闋〈品令〉等：

> 一向沉吟久，淚珠盈襟袖。我當初不合苦撋就，慣縱得軟頑，見底心先有。行待癡心守，甚捻著脈子，倒把人來僝愁。　近日來非常羅皀醜，佛也須眉皺。怎掩得眾人口？待收了孛羅，罷了從來斗。從今後，休道共我，夢見也、不能得勾。（〈滿園芳〉）

> 幸自得，一分索強，教人難喫。好好地、惡了十來日，恰而今、較些不？　須管啜持教笑，又也何須胘織！衝倚賴、臉兒得人借，放軟頑、道不得。（〈品令〉）

> 掉又懼，天然箇品格，於中壓一。簾兒下、時把鞋兒踢，語低低、笑咭咭。　每每秦樓相見，見了無門憐惜。人前強、不欲相沾識，把不定、臉兒赤。（〈品令〉）

以上三闋，文字使用極爲淺白，風格甚至與曲類似，詞中所云「待收了孛羅，罷了從來斗」、「須管啜持教笑，又也何須胘織」、「掉又懼，天然箇品格，於中壓一」等，今人讀來雖頗覺滯澀不通，但在當時必然十分通俗，容易爲時人接受；這是因爲在「凡有井水飲處，即能歌柳詞」的世風影響下，往來於市井坊間的秦觀，自然不免受到柳永某些低猥詞作的影響，故曾以民間俚語創作艷詞，內容較爲露骨。有些詞句雖然也受民間俗語影響，不過顯然地並無以上三闋之低俗，如〈望海潮〉、〈迎春樂〉詞云：

> 奴如飛絮，郎似流水，相沾便肯相隨。微月戶庭，殘燈簾幕，匆匆共惜佳期。纔話暫分攜。早抱人嬌咽，雙淚紅垂。畫舸難停，翠幃輕別兩依依。　別來怎表相思？有分香

帕子，合數松兒。紅粉翠痕，青賤嫩約，丁寧莫遣人知，
成病也因誰？更自言秋杪，親去無疑。但恐生時注著，合
有分于飛。（〈望海潮〉）
菖蒲葉知多少，惟有箇、蜂兒妙。雨晴紅粉齊開了，露一
點、嬌黃小。　早是被、曉風力暴，更春共、斜陽俱老。
怎得香香深處，作箇蜂兒抱？（〈迎春樂〉）

這些作品，其實尚有文情可觀處，只是歷來評價不高，陳廷焯《白雨
齋詞話》卷八云：「讀古人詞，貴取其精華，遺其糟粕。且如少游之
詞，幾奪溫韋之席，而亦未嘗無纖麗之語。讀《淮海集》，取其大者、
高者可矣，若徒賞其『怎得香香深處，作箇蜂兒抱』等句，則與山谷
之『女邊著子，門裡安心』，其鄙俚纖俗，相去亦不遠矣，少游真面
目何由見乎？」王灼《碧雞漫志》亦評秦觀詞「疏蕩之風不除」，可
知陳王二人皆以為此類詞為淮海詞之糟粕，鄙俗不可取法。然而，秦
觀真正高妙之作固不在此，卻不難由此發現他並未脫離民間和柳詞的
影響，以平易之語入詞，寫來輕巧可人，語真情切，像〈浣溪沙〉裡
「腳上鞋兒四寸羅，脣邊朱粉一櫻多，見人無語但回波」的淺白描寫，
不也貴在姿態動人，形象鮮明嗎？

　　諸如此類的艷詞秦觀詞裡畢竟為少數，雖然太過於顯揚發露，
缺乏含蓄的氣質，就其整體作品而言，也不能算是第一等之作，不過
亦有真實平易的優點，在閱讀秦詞的同時，不應忽略這份摹態動人的
白描之美。

二、化用自然

　　如上所述，周濟曾引晉卿之語評秦詞「平易近人，故用力者終
不能到」，張德瀛《詞徵》卷一亦云：「至麗而自然者，少游也。」秦
觀詞的語言之所以能至麗自然、平易近人，乃由於他擅於協調雅俗，
將前人高雅詩句融化得宜，變成近乎口語的通俗語句，而令人不覺得
有出處，如〈滿庭芳〉中「斜陽外，寒鴉數點，流水遶孤村」，寫景
多麼自然，卻是本自於隋煬帝詩句：「寒鴉千萬點，流水遶孤村。」

〔註1〕正如魏慶之《詩人玉屑》卷二十一引晁無咎評：「雖不識字，亦知是天生好語言。」故李清照〈詞論〉以秦觀詞為「專主情致，而少故實，譬如貧家美女，雖極妍麗豐逸，而終乏富貴態。」此先不論秦詞瘐瞓與否，就「少故實」此點而言，李氏之論恐怕失之確當。

況周頤說：「兩宋人填詞往往用唐人語句。」（《蕙風詞話》）秦觀詞其實多有所本，如〈水龍吟〉「天也知道，和天也瘦」，用李賀〈金銅仙人辭漢歌〉「天若有情天亦老」；〈滿庭芳〉「高城望斷，燈火已黃昏」則用歐陽詹〈初發太原途中寄太原所思〉詩：「高城已不見，況復城中人。」鄭騫先生更云〈千秋歲〉「飛紅萬點愁如海」之句，與李賀「桃花亂落如紅雨」、杜甫「一片花飛減卻春，風飄萬點更愁人」、李頎「請量東海水，看取淺深愁」相近似，並謂：

> 文人運思造語相近似者，有暗合亦有明用；秦詞未必出於唐人，亦未必不出於唐人。〔註2〕

這正是秦觀詞精妙之處，將前人作品加以改變，融入詞中，不落斧鑿之痕。也因此，秦詞之白話如語，乃是融合了前人高雅之處，並非通俗廉價，而是經過苦心造詣的經營，方使雅俗共濟，雋永有味。

一般說來，化用之法，分為「語典」與「事典」二種。化用語典，即是充分將前人語句靈活運用，如〈八六子〉：

> 恨如芳草，萋萋剗盡還生。……正銷凝，黃鸝又啼數聲。

「草」的意象，自古多與「離情」相聯結，如白居易的〈草〉有「野火燒不盡，春風吹又生」之句，李後主〈清平樂〉亦云：「離恨恰如春草，更行更遠還生。」草的連綿不絕，正如同離恨的連綿不絕，秦觀依循著這個傳統，以「草」來寫離情，並用「剗」字形容離恨欲消消不掉的無奈，更見深刻而具有新意。另外，再如〈畫堂春〉：

〔註1〕胡仔《苕溪漁隱叢話》後集卷三十三引《藝苑雌黃》云：「中間有『寒鴉萬點，流水遶孤村』之句，人皆以為少游自造此語，殊不知亦有所本。予在臨安，見平江梅知錄云：『隋煬帝詩云：「寒鴉千萬點，流水遶孤村。」』少游用此語也。」

〔註2〕鄭騫《景午叢編》（台北：台灣中華書局，民國 61 年 1 月），頁 36。

　　　　杏園憔悴杜鵑啼，無奈春歸。

此用杜牧詩意，《苕溪漁隱叢話》後集卷三十三載：「……用小杜詩『莫怪杏園憔悴去，滿城多少插花人。』」秦觀化用「杏園憔悴」入詞，並加上了杜鵑啼聲，營造出聲音綿渺的暮春之境，詞意更加深遠。秦觀另有〈望海潮〉云：

　　　　西園夜飲鳴笳，有華燈礙月，飛蓋妨花。

此脫胎自曹植〈公宴〉詩「清夜遊西園，飛蓋相追隨」二句，經過秦觀巧思點化，以「華燈礙月」增加光景的作用，愈見遊宴之盛況；而「飛蓋妨花」也較原詩之「飛蓋相追隨」更為具體。飛蓋既多，可以想見遊園時阻礙賞花的景象；那些花兒，彷彿在行過時碰觸到車蓋、車窗來了！

　　透過此種用語方式，作者更能傳達心中情感與思想；用典之所以令人感到親切，即在於能使典與同類人事物相比附，根據不同的需要，運用相切的故實，故能別出心裁，曲盡其妙。

　　化用事典，則是指透過對歷史故事、神話傳說的引用，加以變化，融入詞中，不但增強了語詞的概括性，而且生動深刻地表達重大主題，抒發豐富而複雜的思想感情，例如〈南歌子〉：

　　　　亂山何處覓行雲，又是一鉤新月，照黃昏。

「行雲」一詞語意雙關，一謂「人去」如行雲般難尋蹤跡，一則暗示女子身分。宋玉〈高唐賦〉曾載楚王夢巫山神女一事，神女自謂「旦為朝雲，暮為行雨」，延至後代，「行雲行雨」遂成為與妓女有關的專有名詞。此闋即有可能是秦觀為一歌伎所作，其中一氣呵成的離情別意，猶如風流雲散，其意自明。〈臨江仙〉則充滿相思之情：

　　　　不忍殘紅猶在臂，翻疑夢裡相逢。

此二句本自元稹〈會真記〉，張生與崔鶯鶯幽會後，「張生辨色而興，自疑曰：『豈其夢耶？』及明，睹妝在臂，香在衣，淚光熒熒然，猶瑩於裀席而已。」秦觀用此本事，而云「不忍殘紅猶在臂」，由「不忍」二字，更可體會詞人呵護憐惜的情意。

在中國的文學中，用典是一大特色。不管在韻文或散文的寫作中，倘能將歷史故事與人物化入詞中，都會使文章增色不少。秦觀化用典故的手法，不同於李商隱醉心「好對切事」、過於含蓄，使人有霧裡看花、隔帘望人之感，也不像周邦彥只在融化唐人詩句上下氣力，更非黃庭堅所崇尚的「奪胎換骨」、「點石成金」，而是「棄形用神」，大量將古人古事古語化入詞中，借前人語句或歷史上的事蹟，寄託自己的感受，表現出遣詞造句的非凡功力。

秦觀善於用典，乃因其滿腹詩書，足以將典籍詞語信手拈來，故化入詞章，盡得風流。像是〈滿庭芳〉（碧水驚秋）「西窗下，風搖翠竹，疑是故人來」一句化用崔鶯鶯詩「拂牆花影動，疑是故人來」，寫出對故人的思念；〈江城子〉（西城楊柳弄春柔）結句「便作春江都是淚」乃由李後主〈虞美人〉化出，寫有如深長江水的離恨；〈千秋歲〉（水邊沙外）「人不見，碧雲暮合空相對」則自江淹〈擬休上人怨別〉一詩而來〔註3〕，補足詞中飄零離別之意；至於〈臨江仙〉（千里瀟湘挼藍浦）結句「曲中人不見，江上數峰青」，根本完全迻錄自唐代詩人錢起〈湘靈鼓瑟〉一詩，留與讀者無限的思戀。

而在這樣的藝術技巧下，也不難發現傳統的婉約風氣對秦觀的影響；約略統計淮海詞，秦觀化用他人處，計有唐代之前的宋玉、曹植、江淹、李煜，以及唐代杜甫、白居易、歐陽詹、杜牧、李商隱、錢起、李賀，宋代的張先、柳永等，並喜化用西方王母、蟠桃、虯龍、仙女、蓬萊、巫山、鶯鶯故事……等神話人物、歷史事件為詞。雖然，這樣的現象不能完全證明秦觀曾受到各家影響，然而秦觀熟讀詩書文章，咀嚼消化，下筆發以不同面貌，這是無庸置疑的；尤其，諸家之中，秦觀作品最常出現脫胎自杜牧及柳永的詞句，化用杜牧者至少十數處，化用柳永者也歷歷可見，皆可證明秦觀詞之形式成就，有不少是來自於傳統婉約詞風的波灌浸染。

〔註3〕江淹〈擬休上人怨別〉詩云：「日暮碧雲合，佳人殊未來。」

三、篇末含悲

「篇末含悲」是中國文學作品普遍存在的特質，當然，由於時代的轉移、民族文化的心理差異，以及審美觀念的異同，作品或多或少會有些微的變化，不過以悲作結的基調仍是維持不變的。

宋代最能體現人內心細微情感和主體精神的詞出現了兩個具體指向：重社會功利者與重愛情人生者，形成了豪放與婉約的風格分野，但它們都還程度不同地帶有「篇末言悲」的遺傳因子，只不過已變成了「以景凝愁」、「描述顯悲」兩種情況。〔註4〕其實，在秦觀之前，許多詞人也都傾向於這種「以景寫悲」或「以敘述寫悲」作法，像是晏殊〈浣溪沙〉結句為「小園香徑獨徘徊」，便將無所適從的閑情完全地貼進「小園香徑」的景緻裡。另外，「以問句結」也是秦觀常用的技法，此點從之前柳永〈雨霖鈴〉結句為「便縱有、千種風情，更與何人說？」便可看出承襲的痕跡。就淮海詞而言，最常見的「篇末含悲」手法便是「以景寫悲」、「描述顯悲」以及「以問句結」。或以景致、敘事寫情，或以詰問作結，他們的共同特點是極少單純的直呼，而是遵循著沈義父《樂府指迷》所說：「結句須要放開，含有餘不盡之意，以景結情最好。」以下分別論述之。

（一）以景結情與以敘述寫悲

一般說來，以景結情的作品含蓄而有味，較諸其他的結語方式，更具有一種「雅」味；而秦觀詞在此點的表現上便非常突顯且傑出。如秦觀〈臨江仙〉之結句歷來極被推崇：

> 千里瀟湘接藍浦，蘭橈昔日曾經。月高風定露華清，微波澄不動，冷浸一天星。　　獨倚危檣情悄悄，遙聞妃瑟泠泠。新聲含盡古今情。曲終人不見，江上數峰青。

如前所述，此詞結尾乃迻錄自唐代錢起之詩句，想必秦觀必定極為喜

〔註4〕參王文：〈篇末言悲　曲終奏雅〉，收錄於《延安大學學報》（社會科學版），1987年第3期，頁74～80。

愛，才會一字不改地化入詞中。其可貴之處在於，詞意緊扣著〈臨江仙〉之詞牌，詞中「瀟湘」、「露華清」、「微波」、「妃瑟」以及星月的描寫，也含有婉美淒清的一貫詞情，最後再以「曲終人不見，江上數峰青」二語作結，迴蕩著景物與聲音，剩下主角孤獨地面對江峰，更顯無限淒涼。在秦詞中，這樣以景凝愁、以聲凝愁爲結句的例證實在不少，例如：

> 傷情處，高城望斷，燈火已黃昏。（〈滿庭芳〉）
> 憑欄久，金波漸轉，白露點蒼苔。（〈滿庭芳〉）
> 無奈歸心，暗隨流水到天涯。（〈望海潮〉）
> 寶簾閒掛小銀鉤。（〈浣溪沙〉）
> 窗外月華霜重，聽徹梅花弄。（〈桃源憶故人〉）

以上結句，情意含蓄蘊藉，此中況味，盡在不言中；以上述〈望海潮〉來說，秦觀在詞中僅用了「重來是事堪嗟」六字涵括今日落寞之光景，一般作者或許會緊接著描寫「堪嗟」之內容，然而秦觀隻字不提，反而用「煙暝酒旗斜，但倚樓極目，時見棲鴉」作一鋪排，以具體的「煙暝」、「棲鴉」烘托出念歸之心，而有結句「無奈歸心，暗隨流水到天涯」的委婉曲折情致，渲染了主題的底蘊。

　　正如同作畫留白的藝術技巧，像這樣以景或以聲結情的創作方式，更能帶給讀者無限的想像空間，言有盡而意無窮，完成「篇末含悲」的抒情結構。而檢索淮海詞，秦觀在以景結愁時，喜用水、月、風、黃昏等意象；在以聲結情方面，則喜以禽鳥或馬鳴聲爲結。試看以下例句：

> 春去也，飛紅萬點愁如海。（〈千秋歲〉）
> 數年睽恨今復遇，笑指襄江歸去。（〈調笑令〉）
> 念多情但有，當時皓月，向人依舊。（〈水龍吟〉）
> 明月無端，已過紅樓十二間。（〈一叢花〉）
> 歲華一任委西風，獨有春紅留醉臉。（〈木蘭花〉）
> 夢覺春風庭戶。（〈調笑令〉）
> 傷情處，高城望斷，燈火已黃昏。（〈滿庭芳〉）

　　　正銷凝，黃鸝又啼數聲。(〈八六子〉)

　　　鴉啼金井寒。(〈菩薩蠻〉)

　　　門外馬嘶人起。(〈如夢令〉)

水、月、黃昏，都有光影的波折交錯作用，這種作用隨著主人翁的愁思而散發、迴腸，對閒愁具有推廣美化的作用；另外，「風」亦是烘顯愁思的好意象，因爲流動不定的風具有飄散作用，悠悠渺渺，易於令人如痴如迷。至於「聲音」，往往也能反襯「無聲」，增添靜謐寂靜之感或扭轉全詞局勢，馮延巳〈謁金門〉結句「舉頭聞鵲喜」〔註5〕，便以鵲鳥啼叫的聲音，挽回全詞失望難過之意，而顯出期待未來美好的心情，令主角猶得暫寬心。秦觀以禽鳥的飛逝、馬的嘶鳴，讓愁思有躍入無窮之感，相對的拉遠思緒的空間散入氣息之中，讓聲音的傳播作用因而達至遙遠的時空，生命力亦拉至無限。

（二）以問句結

　　　再者，還有一種篇末顯悲的方式亦常爲秦觀所使用，即以問句結。秦觀喜用設問法，以增強文章聲情的起伏，使得立言的主旨更有餘韻；此亦爲一種「放開」之法。列舉如下：

　　　仗何人、細與丁寧問呵，我如今怎向？(〈鼓笛慢〉)

　　　任是行人無定處，重相見，是何時？(〈江城子〉)

　　　只應無奈楚襄何，今生有分共伊麼？(〈浣溪沙〉)

　　　放花無語對斜暉，此恨誰知？(〈畫堂春〉)

　　　郴江幸自遶郴山，爲誰流下瀟湘去？(〈踏莎行〉)

　　　亂山何處覓行雲？又是一鉤新月照黃昏。(〈南歌子〉)

這樣以問句作結的方式，提昇了文章的情感強度；若能如同〈踏莎行〉或〈南歌子〉那樣將「設問」與「景」互相結合，產生形象的想像，則比單純的問句還要來得感人。沈謙《塡詞雜說》云：「塡詞結句，

〔註5〕馮延巳〈謁金門〉：「風乍起，吹皺一池春水。閒引鴛鴦芳徑裡，手挼紅杏蕊。　鬥鴨闌干獨倚，碧玉搔頭斜墜。終日望君君不至，舉頭聞鵲喜。」相傳鵲鳥報喜，作者以鵲聲作結，扭轉前句「終日望君君不至」失望至極的心情，勉勵自己釋懷，也讓詞意放開。

或以動蕩見奇，或以迷離稱雋，著一實語，敗矣……秦少遊詞『放花無語對斜暉，此恨誰知？』深得此法。」即極力稱讚問句作結的淮海詞，並對結句毫無保留、毫不曲折的平鋪直敘給予極低的評價。

　　秦觀詞的結處，的確大量使用了「篇末含悲」的作法，並且多以「景」、「聲」或「設問」為結，並能因為這種含蓄之美，形成餘味不窮的效果，這也是傳統婉約詞一脈相承的作風，翻閱晚唐五代以來的詞作，處處可見。秦觀承續此種藝術技巧，以「不盡」之意加深情感的抒發，不僅情味更深更雅，就連詞意也益見其悲了。

第二節　拓展部分

　　詞中所使用的形式技巧，關乎作者的學養與性情，而作者所表達出的藝術手法，更是決定詞風的重要關鍵。就淮海詞中的藝術技巧觀之，可以歸納出幾個顯著的特點，此乃秦觀所拓展的獨特形式與表現技法，以下就「緣情設景」、「擅用修辭」、「今昔錯落」、「空間轉換」、「令慢兼擅」五點論之。

一、緣情設景

　　秦觀開拓了緣情設景、造境寫情的手法。情與景會，本是文學作品慣用的藝術手法，非獨秦觀熟稔於此；而其獨到之處，乃在於慣用淒迷之景，寫淒苦之情。〔註6〕秦觀善於移情入景，以景寫情，凡是詞中所描寫一片淒迷的景色，正可用來表達他內心一種茫然失措、若即若離的愁思，茲就〈八六子〉觀之：

　　　倚危亭，恨如芳草，萋萋劃盡還生。念柳外青驄別後，水
　　　邊紅袂分時，愴然暗驚。　　　無端天與娉婷，夜月一簾幽
　　　夢。春風十里柔情。怎奈向、歡娛漸隨流水。素絃聲斷，
　　　翠綃香減；那堪片片飛花弄晚，濛濛殘雨籠晴。正銷凝，

─────────
〔註6〕蕭瑞峰〈淮海詞的抒情技巧〉，載於上海《光明日報》，1984年7月31日第三版。

　　黃鸝又啼數聲。

本闋透過暮春之景，襯托作者的黯然銷魂，深情濃愁於此盡出，讀之感覺韻味無窮。張炎對此詞極為稱賞，《詞源》卷下云：「離情當如此作，全在情景交融，得言外意。」其中，「夜月」、「春風」渲染往日環境，襯出人情之歡愉；接著轉入現實，勾勒出離愁別恨：晚風中，落花片片，殘雨濛濛，黃鸝啼聲，更令人不勝唏噓！全詞以情語起，以景語結，的確做到了謝榛《四溟詩話》所云「情融乎內而深且長，景躍乎外而遠且大」，具有深遠之致。

　　　呂本中在《呂氏童蒙特訓》中言「少游過嶺後詩，嚴重高古，與舊作不同」，以為秦觀詩作有前後期的差異；王國維《人間詞話》則云「少遊詞境最為淒婉，至『可堪孤館閉春寒，杜鵑聲裡斜陽暮』則變而淒厲矣」，以貶謫郴州為界，指出其詞作由淒婉到淒厲的轉變。其實，無論如何分期，秦觀詞在寫景方面，都有一貫的淒迷特色；而從抒情方面來說，秦觀詞常常有著對往日美好的追思，以及對美好逝去的感慨。這份「美好」，涵蓋了時光、青春年華、生活歡娛、知音相聚……等，為了表達這種情感，秦觀也常常以「衰敗」、「迷茫」之景來傳達，如：

　　　飛絮落花時候一登樓。（〈江城子〉）
　　　流水落花無問處。（〈蝶戀花〉）
　　　滿目落花飛絮。（〈如夢令〉）
　　　斜陽院落。（〈水龍吟〉）
　　　夕陽流水，紅滿淚痕中。（〈臨江仙〉）
　　　煙靄紛紛。（〈滿庭芳〉）
　　　霧失樓台。（〈踏莎行〉）
　　　無邊絲雨細如愁。（〈浣溪沙〉）

飛絮、落花、斜陽、煙、霧、雲靄、細雨……這些衰敗殘落的景象，加之秦觀喜用「纖」、「微」、「小」、「輕」等字眼為詞，故詞情更加「淒迷」；猶如中國隱約縹緲的山水畫，疏疏淡淡、娉娉悠悠，其內心淒苦之情，也一併寄託在這渺遠蒼涼的景致中。

　　而在秦觀大量的情詞中，注重的也是緣情設景，直擄胸臆，茲以〈南歌子〉爲例：

> 玉漏迢迢盡，銀潢淡淡橫。夢回宿酒未全醒，已被鄰雞催
> 起怕天明。臂上妝猶在，襟間淚尚盈。水邊燈火漸人行，
> 天外一鉤殘月帶三星。

此爲贈蔡州伎陶心兒而作，除了「臂上妝」、「襟間淚」，全詞幾乎看不出對女主角的直接形容，僅用了「玉漏」、「銀潢」、「燈火」、「殘月」等景語烘托出害怕天明離別之意，而彼此的堅貞情感早已不言而喻。秦觀的婉約詞風，兼糅著敘事與抒情，富於輕淡的哀傷之感；且內容多爲主觀抒情，主角就是作者自己，不再經過代言轉折，因此情深意長，更能打動人心。即使是描寫女子的情感姿態，秦觀也不用五代宋初以來專門描繪女子閨房或樣貌的重筆，而是輕輕滑過，神重於形，著重自己與美好的女子之間心有靈犀的相繫相惜，所以別具動人的丰姿。至於五代溫庭筠、韋莊那樣「鬢雲欲度香腮雪」、「香燈半掩流蘇帳」的大膽露骨〔註7〕，在秦觀詞中根本極爲少見。《人間詞話》云：「詞之雅鄭，在神不在貌。永叔、少游雖作艷語，終有品格。」王國維所論「在神不在貌」，確實點出了秦觀情詞的特色，此闋〈南歌子〉結尾「天外一鉤殘月帶三星」所描繪的天上星月殘留景致，便烘托出似留非留、欲語還止的含蓄不捨之情，將情景融成一片，自然而高明。至於秦觀所贈對象則以侍人、歌伎居多，詞筆堪稱嫵媚風流，並能寫得個個神態宛然，靈動萬分，精神亦有別於前代詞家。

　　就創作技巧而言，秦觀慣用「藉景點情」或「以景結情」的手法，如〈滿庭芳〉二闋的結句「傷情處，高城望斷，燈火已黃昏」，

〔註7〕溫庭筠〈菩薩蠻〉：「小山重疊金明滅，鬢雲欲度香腮雪。懶起畫蛾眉，
　　　弄妝梳洗遲。照花前後鏡，花面交相映。新帖繡羅襦，雙雙金鷓鴣。」
　　　韋莊〈菩薩蠻〉：「紅樓別夜堪惆悵，香燈半掩流蘇帳。殘月出門時，
　　　美人和淚辭。琵琶金翠羽，弦上黃鶯語。勸我早歸家，綠窗人似花。」
　　　兩闋皆爲側艷之詞，不論文意或描寫都十分顯露。秦觀雖也有〈滿園
　　　花〉、〈品令〉等以市井俚語所作的艷詞，寫得較爲露骨，但畢竟是少
　　　數而已。

以及「恁闌久，疏煙淡日，寂寞下蕪城」，以景結情，情味不絕，這是秦觀表情成功之處。當然，也有直接以抒情或敘述作結的，如〈虞美人〉煞拍的「只怕酒醒時候斷人腸」、〈滿庭芳〉的「頻相顧，餘懽未盡，欲去且留連」等。只是情景配合的技巧，往往更能增添詞作的美感，讓情感如餘音繞樑，久而不斷。楊海明如此評論秦觀詞：

> 秦觀終於在慢詞的寫作方面找到了一條寶貴的經驗，那就
> 是：仍以鋪敘為主，展開詞情；然而在關鍵的地方，卻插
> 入以含蓄優美的景語，使那本欲一瀉無餘的感情有所收
> 斂、有所頓挫——然後再讓它在比之「直說」遠為蘊藉的
> 境界中「透將出來」。〔註8〕

如果作者只知一味抒情，難免會過於顯露，缺乏韻味；適當地運用一些相稱的景物作為意象，反而能使讀者從中得到感發，如此則意在言外，有餘不盡。〔註9〕秦觀書寫感情不採直說，而是把情感託付於景物之上，藉著自然景況與情感的配合，方能跌宕出耐人尋味的作品。

　　再者，秦觀的取景亦有一貫特色，那就是多以自然山川為下筆對象，而非五代以來雕山鏤水的華麗景致。鄭騫先生曾比較晏幾道與秦觀詞云：「小山多寫高堂華燭酒闌人散之空虛，淮海則多寫登山臨水棲遲零落之苦悶。二人性情家世環境遭遇不同，故詞境亦異，其為自寫傷心則一也。」〔註10〕秦觀出身貧寒，自然不若晏幾道身為宰相之後「高堂華燭」的富貴氣象；而應試不第，在外遊歷多年，故取景多以自然山水景物為主，如〈江城子〉「後會不知何處是，煙浪遠，暮雲重」、〈木蘭花慢〉「紅凋岸蓼，翠減汀萍，憑高正千嶂黯」，都不外自然山川。秦觀筆下的景物也並非作為客觀的描寫對象，而是抒情

〔註8〕見楊海明：《唐宋詞史》（南京：江蘇古籍出版社，1987 年 12 月），頁 333。

〔註9〕參黃文吉：《北宋十大詞家研究》「情韻兼勝的婉約詞人——秦觀」（台北：文史哲出版社，民國 85 年），頁 254。

〔註10〕見鄭騫〈成府談詞〉一文，收錄於《景午叢編》（台北：臺灣中華書局，1972 年 1 月），上編，頁 252。

所用的形象材料，故能蘊藉有情，別有一番丰姿。

二、善用修辭

　　秦觀在修辭技巧的運用，有幾點值得注意，首先，是以映襯手法呈現詞情，或情境對比，或物我對寫，更具有烘顯效果。試讀以下例句：

> 念多情但有，當時皓月，向人依舊。(〈水龍吟〉)
> 惟有畫樓，當時明月，兩處照相思。(〈一叢花〉)
> 輕寒細雨情何限！不道春難管。(〈虞美人〉)
> 怎得東君常爲主？把綠鬢朱顏，一時留住。佳人唱、金衣莫惜，才子倒、玉山休訴。(〈金明池〉)

或以當時明月與今日明月對比，突顯景色依舊（就以景寫情的效果而言，此處也有相思依舊、情感依舊的暗示）、人事已非的滄桑，頗有張若虛〈春江花月夜〉「江畔何人初見月，江月何年初照人」的感慨；或以輕寒細雨含蘊深情，與無情芳春不由人管相比，似乎更增添了青春易逝的情感張力；或以佳人頻唱金縷曲，而才子不惜酒後醉倒相比〔註11〕，突出「無法留住綠鬢朱顏」的無奈……；這些烘托的手法，除了加深情境，也成爲秦觀特殊的寫作技巧。

　　再者，爲了使突顯情愁的深厚，秦觀也使用了誇飾的寫法，如〈水龍吟〉中「名韁利索，天還知道，和天也瘦」，表面看起來似乎不合常理，但一經深思，反而能感受到作者命意所在，無理而妙。以下例句都使用了誇飾的技巧：

> 便作春江都是淚，流不盡，許多愁。(〈江城子〉)
> 人人盡道斷腸初，那堪腸已無。(〈如夢令〉)
> 相憶事，縱蠻箋萬疊，難寫微茫。(〈沁園春〉)
> 春去也，飛紅萬點愁如海。(〈千秋歲〉)

〔註11〕《世說新語·容止》：「嵇叔夜之爲人也，巖巖若孤松之獨立；其醉也，傀俄若玉山之將崩。」李白〈襄陽歌〉亦云：「清風明月不用一錢買，玉山自倒非人推。」故古人多以「醉玉頹山」狀酒後醉倒之風采。

其中，第四項例句爲兼格修辭，是誇飾，也是譬喻。譬喻也是秦觀時常使用的技巧，作用在於使得抽象的情、愁能具體化：

> 春思如中酒，恨無力。（〈促拍滿路花〉）
>
> 奴如飛絮，郎如流水，相沾便肯相隨。（〈望海潮〉）
>
> 自在飛花輕似夢，無邊絲雨細如愁。（〈浣溪沙〉）
>
> 恰似小園桃與李，雖同處，不同枝。（〈江城子〉）
>
> 柔情似水，佳期如夢，忍顧鵲橋歸路。（〈鵲橋仙〉）
>
> 飛雲當面化龍蛇，天矯轉空碧。（〈好事近〉）
>
> 欲見回腸，斷盡金爐小篆香。（〈減字木蘭花〉）
>
> 南來飛燕北歸鴻。（〈江城子〉）

上列譬喻修辭中，最常出現者爲明喻與隱喻，如〈減字木蘭花〉這樣的略喻較少，至於像〈江城子〉以「南來飛燕北歸鴻」借喻東坡與秦觀二人之相逢，如燕鴻相會僅能偶然，便又更少見了。不過，像這一類的譬喻格，能夠將作者本身的愁思，藉由實物具體而清楚地表達出來。即連〈浣溪沙〉中雖然是以「飛花似夢」、「絲雨如愁」，表面上看來是將具體的物象比作抽象的情思；然而感情的抒發在以飛花比夢，把細雨比作愁的時候，早就在心裡存在著一個夢與愁的形象，所以見花而聯想到夢，看到雨才引起愁的感受；在具體的飛花絲雨中，事實上已經混合著抽象的夢與愁了。〔註12〕所以秦觀的詞能夠情景合一，景就是情，把自己的感受和外在的物象完全結合起來，並且設喻巧妙，感人至深，這是秦觀善用修辭技巧的優點。

另外，秦觀有時爲了宣洩情愁，往往借用自然景物，移情入景，運用擬人的技巧，讓詞情變得生動活潑：

> 郴江幸自繞郴山，爲誰流下瀟湘去？（〈踏莎行〉）
>
> 豈如薄倖五更風，不解與花爲主。（〈一落索〉）
>
> 江月知人念遠，上樓來照黃昏。（〈木蘭花慢〉）

這些詞句，幾乎變成了作者跟自然的對話，不僅賦予了自然景物眞實

〔註12〕參葉嘉瑩《唐宋名家詞賞析》（台北：大安出版社，民國77年12月），第二冊，頁114～115。

的感情，移情入景，也造成生動自然的藝術效果。劉若愚以爲「像這樣對擬人法的嗜愛，同時也是由於秦觀的以人類感情平等看待自然界的傾向：因爲他想像自然界分享著人類的感情，於是也就不可避免的把自然界的萬物人格化了。」﹝註13﹞秦觀長年貶謫在外，登山臨水、紀行感懷，免不了會對自然山水有一份特殊之情；只是同樣是描山繪水，溫庭筠著重女子「斜暉脈脈水悠悠」（〈夢江南〉）的凝神專注與綿長愁思，韋莊強調「春水碧於天，畫船聽雨眠」（〈菩薩蠻〉）的自然風光與生活情韻，馮延巳以移情方式，突顯「吹皺一池春水」（〈謁金門〉）的心神蕩漾，而李後主感懷的是「恰似一江春水向東流」（〈虞美人〉）綿綿不盡的國仇家恨，晏殊則以「無可奈何花落去，似曾相識燕歸來」（〈浣溪沙〉）表示對美好事物的眷戀，歐陽脩則多爲「群芳過後西湖好」（〈采桑子〉）的閒適與優雅，晏幾道發抒爲「落花人獨立，微雨燕雙飛」（〈臨江仙〉）的深刻戀情，柳永則是以「楊柳岸、曉風殘月」（〈雨霖鈴〉）道盡分離後的滄涼孤單。這些詞句中，自然風景多半不具有主觀情意，只能純粹地作爲客觀實物的描寫；即使像李後主尚能使用譬喻修辭，以景喻情，但是與秦觀賦予自然「活力」的擬人筆調相比，仍然有所不足。在秦觀詞裡，風月有情，且與人平等，可以自然的對話，「郴江幸自繞郴山，爲誰留下瀟湘去」一句，不就表現了自然界主觀的情思？當然，這份情思還是由作爲主體的作者本身所賦予。秦觀此類筆法，與東坡〈定風波〉裡「山頭斜照卻相迎」的運用更有異曲同工之妙，可說是秦觀另一項獨特的拓展。

　　諸如此類的修辭技巧，連帶造就了秦觀蘊藉含蓄的細緻美，以及頓挫沉鬱的淒苦風格，研究秦觀詞時實不可忽視。

三、今昔錯落

　　文學作家生活在一定的時空之中，作品自然離不開時間與空

﹝註13﹞劉若愚、王貴苓譯：《北宋六大詞家》（台北：幼獅文化事業公司，民國75年6月），頁112。

間。而宋代詞家對時間的琢磨、研討亦頗爲精細，這不僅是因爲他們意識到時間能使萬物發生變化，構成不同的景色，而且更爲重要的是他們往往隨著時辰、節序的流變而激發出各種不同的情感；可以說沒有一個朝代的文人創作有宋詞那樣表現出對時間的敏感、關注，描寫得如此生動〔註14〕。只是，時間遞嬗的同時，空間也相對的在變化，實在難以截然劃分，陸機〈文賦〉即云：「其始也，皆收視反聽，耽思傍訊，精騖八極，心遊萬仞。」又云：「觀古今於須臾，撫四海於一瞬。」此謂形象構思（創造想像）不受時間與空間限制，千載以上和萬里之外的事物，都可以藉由想像而得到。故以下先著重秦觀詞在時間的安排上言之。

最常見的時間安排方式大致上有三種，一爲順敘法，一爲倒敘法，一則爲插敘法。尤其，秦觀的詞多爲追思眷戀於往日的美好，所以「今」與「昔」便常常以對比映襯的方式出現在詞中，呈顯一種今昔錯落的時間安置。朱淡文曾就《淮海集》中慢詞的藝術結構，分爲「順時間型」、「今昔今型」，以及「昔今型」三種〔註15〕，其實也就是所謂的順敘、插敘與倒敘；當然此種結構並不限定於慢詞，只是慢詞本就注重謀篇佈局，故較令詞更爲突出而明顯。

採順敘法者，如〈滿庭芳〉（山抹微雲），全詞按時間順序分爲四段：餞別、話別、贈別、離別。這樣的順序法似乎也構成四幅鮮明的圖畫，正是賀裳《皺水軒詞筌》所謂的「觸景生情，緣情布景，節節轉換」，結構層次的安排極爲分明。採倒敘法者，可看另一闋〈滿庭芳〉：

> 曉色雲開，春隨人意，驟雨才過還晴。古臺芳榭，飛燕蹴紅英。舞困榆錢自落，鞦韆外、綠水橋平。東風裡，朱門映柳，低按小秦箏。　　多情，行樂處，珠鈿翠蓋，玉轡

〔註14〕參孫立：《詞的審美特性》（台北：文津出版社，民國84年2月），第六章「宋詞的時空藝術」，頁109～110。
〔註15〕參朱淡文：〈秦觀淮海詞的思想及藝術成就初探〉，收錄於《揚州師院學報》社會科學版，1984年第3期，頁15～21。

　　紅纓。漸酒空金榼，花困蓬瀛。荳蔻梢頭舊恨，十年夢、
　　屈指堪驚。憑闌久，疏煙淡日，寂寞下蕪城。

本闋採先昔後今的寫法，以現在與過去的對比，突顯出個人失意與得
意的感傷。開頭三句點出當時雨過天晴的佳況，「古台」以下四句則
從細微處寫春景之美，從「東風」到下片的「玉轡紅纓」寫男女同遊、
妙舞謳歌之樂，以上爲寫「昔」的部分。第二段則由領字「漸」帶出
「酒空金榼，花困蓬瀛」的往事成空，承上啓下，在時間上有過渡接
榫的作用，以下則皆爲描寫今日所思所感，並以疏淡的景語作結，含
有不盡的哀傷之意。大體來說，本詞寫「昔」的部分，色彩鮮明、節
奏輕盈，且情緒歡樂，恰與寫「今」部分的疏淡色彩、遲緩節奏，以
及哀傷情緒相反，是一闋今昔對比極爲強烈的作品。

　　採「今、昔、今」的插敘法者，如〈八六子〉：
　　倚危亭，恨如芳草，萋萋剗盡還生。念柳外青驄別後，水
　　邊紅袂分時，愴然暗驚。　　無端天與娉婷。夜月一簾幽
　　夢，春風十里柔情。怎奈向、歡娛漸隨流水，素絃聲斷，
　　翠綃香減；那堪片片飛花弄晚，濛濛殘雨籠晴。正銷凝，
　　黃鸝又啼數聲。

此闋開頭三句爲「今日」之景象，言離別之後，恨如芳草連綿不絕；
從「念」以下到「春風」句，則爲回憶別時的景況與柔情，此爲「昔
日」的部分；從「怎奈向」以下，又回到「今日」光景，極寫別後的
悲戚。如此層層敘來，銷魂獨絕，黃蓼園評云：「寄託耶？懷人耶？
詞旨纏綿，音調凄婉如此！」（《蓼園詞選》）上片以春草喻無盡的離
愁，以見與情人分離之堪驚；中間插入對往事美好的追憶，是爲過渡；
然後再加強敘述今日之情景，增添了情韻之悠渺。秦觀在對比的筆法
之中，突出了今悲昔樂的差異。

　　以上三者，是秦觀對時間的處理手法。在這樣的今昔轉換中，
也發現了秦詞有「過片不換意」的現象，例如上述〈滿庭芳〉（山抹
微雲），其過片承續了上片對「昔時」的描寫，到了下片第五句才轉

入「今」的部分;而〈八六子〉(倚危亭)雖為「今、昔、今」的寫法,其過片卻是承接上片的「昔日」景致而來,並繼續鋪衍其意,到了下片第四句,才又轉回對「今日」描寫。而這樣的結構也不僅侷限於慢詞之中,小令亦可見之,如以下〈醉桃源〉與〈畫堂春〉:

> 碧天如水水如眉,城頭銀漏遲,綠波風動畫船移,嬌羞初見時。　　銀燭暗,翠簾垂,芳心兩自知。楚臺魂斷曉雲飛,幽懽難再期。

> 東風吹柳日初長,雨餘芳草斜陽。杏花零落燕泥香,睡損紅妝。　　寶篆煙消鸞鳳,畫屏雲鎖瀟湘。暮寒微透薄羅裳,無限思量。

〈醉桃源〉過片乃承上意,續言初見時情景;而〈畫堂春〉過片則承接上片「睡損紅妝」的室內之景,寫銀燭、翠簾與畫屏的景致,到末句才點出情思。短短數句,卻打破了傳統「以片分段」的概念,並不在換頭處換意,換意處則多在下片中間的部分。朱淡文說:「秦觀有意在慢詞的結構藝術上創新,衝破以片分段,換頭換意的傳統,代之以新的藝術結構,使慢詞的結構布局有更大的靈活性,更適宜于細緻深沉地抒寫人們的心境意緒,為慢詞的進一步發展作出了貢獻。」(註16)秦觀不再遵循以片分段的傳統結構,而是順適著情感的發展,不以形式為限,使布局為抒情而服務,增加了形式上的靈活性。

四、空間轉換

　　文學作品脫離不了宇宙時空,本節即以「空間轉換」的情形為主,一探秦詞在空間結構上的安置現象。而作品既然以書寫作者內心的情志為主,故作品所呈現的便是一種想像的空間,這種「想像」的特質可以穿梭古今,打破空間的限制,如同《文心雕龍・神思》所云:「形在江海之上,心存魏闕之下。」凡是過去、現在、未來的空間,作者都可以交錯運用,推蕩鋪展,擷取他所想要表達的景象,盡情地

〔註16〕同上註。

發揮，造成一種情感上的特殊張力。

秦觀在空間的轉換安排上，喜以三種方式為之：一為「由外到內」，一為「由內到外」，一則為「外——內——外」的寫法。以下約略言之。

「由外到內」，是一種焦點集中的方式，通常秦觀這一類詞中會有一位主人翁，先寫室外之景，然後再慢慢把鏡頭推到室內，進而特寫出這位主角，例如〈木蘭花〉：

> 秋容老盡芙蓉院，草上霜花勻似剪。西樓促坐酒杯深，風壓繡帘香不卷。　　玉纖慵整銀箏雁，紅袖時籠金鴨暖。歲華一任委西風，獨有春紅留醉臉。

詞中先寫秋天院落之景，然後將視角由室外慢慢地推回室內（西樓）；有一位對酒獨坐的女子，纖纖玉指正在慢條斯理的整理銀箏，紅袖正籠著暖爐取暖。最後，更將焦點完全集中，「歲華一任委西風，獨有春紅留醉臉」，將鏡頭移到女子紅暈微酡的醉顏上。像這樣，由室外到室內，由景到人，逐漸突顯主角的重要性，很能表現女子的閒情。

第二種是「由內到外」，也就是由室內空間或者人物特寫，推展到室外場景的寫法，由於焦點的放大，視野的無限延展，易於形成一種淒迷渺茫的情致，試看〈桃源憶故人〉：

> 玉樓深鎖薄情種，清夜悠悠誰共？羞見枕衾鴛鳳，悶即和衣擁。　　無端畫角嚴城動，驚破一番新夢。窗外月華霜重，聽徹梅花弄。

開頭即鮮明地突顯了一個樓中孤寂的女子，在寒夜裡苦苦相思，場景由「玉樓」開始展開，先寫女主角索居獨處，羞於見到枕衾上的雙雙鴛鳳，於是愁悶而眠；這裡採取一種聚焦式的筆法。下面又寫夜城無端響起聲聲畫角，驚醒一番好夢，於是空間再由室內向外延伸，看見窗外月色澄明，寒霜濃重，益增懷人之感，而原本的愁悶之情，也就在這皎潔月色中，無垠無涯的向遠方推展開來，情思有著無限綿渺。

　　第三種是「外──內──外」的寫法，即由室外的遠景，寫到室內或近景，然後再推到室外之景。如〈如夢令〉：

　　　　池上春歸何處？滿目落花飛絮。孤館悄無人，夢斷月堤歸
　　　　路。無緒，無緒，簾外五更風雨。

此詞入目即見一幅室外遠景：水池、落花、飛絮。於是讓人深深感嘆「春歸何處」，加深主角之愁思。接著鏡頭來到了悄無人的「孤館」，將室外空茫之感拉回室內。可是也由於「悄無人跡」，歸路依舊難以成行，反而加強主角夢醒後空洞茫然的「無緒」。最後再把視角推展到簾外，室外之景正是「五更風雨」，時間為清晨，但可想像一晚的風雨交加，又為孤館中人憑添了幾許寂寥。他如〈南歌子〉（玉露迢迢盡）等闋，也多用「外──內──外」的空間安排，先寫天上星點銀河，再把視角拉回室內的玉人妝淚，最後又歸結於「天外一鉤殘月帶三星」，將情感的廣度推至無窮的天邊。

　　秦觀詞的空間脈落，有一條極為明朗的線索可循；在探述過程中，可以發現在空間的運用上，秦觀也秉持著「過片不換意」的作法，像〈木蘭花〉上片點出室外場景，而連著兩句卻已提出「西樓促坐」的室內景況，過片延續其意，聚焦續寫玉纖紅袖，突出春紅留醉的女子酡顏，其中蘊含了多少歲華無情消逝的無奈！便是一個完全不拘泥於傳統「過片換意」的顯明例子。

　　另外，秦詞喜用「外」字來表示空間內與外的區隔，或藉此將空間蕩開延展，造成明顯的轉換效果：

　　　　無寐，無寐，門外馬嘶人起。（〈如夢令〉）
　　　　念柳外青驄別後，水邊紅袂分時，愴然心驚。（〈八六子〉）
　　　　夕陽村外小灣頭，只有柳花無數送歸舟。（〈虞美人〉）
　　　　疏簾半卷微燈外，露華上、煙裊涼颸。（〈一叢花〉）
　　　　斜陽外，寒鴉萬點，流水繞孤村。（〈滿庭芳〉）

再者，茫茫無際的空間令人心神馳騁，能夠盡情地取捨，讓思緒飛揚。自古以來，文人登高臨遠，獨倚玉闌，悲喜盡收眼底，風情一

覽無餘，把酒臨風，指點秋月，怎能沒有激揚的文字？尤其，秦觀
擅長在空闊的視野前，凝神佇立，久久不絕，其愁思隨著空間的推
衍，心中的理想抱負和傷感情懷，也就自然地在筆下流露出來，成
爲生命的樂章，試看：

　　夜來酒醒清無夢，愁倚闌干。露滴輕寒，雨打芙蓉淚不乾。
　　（〈醜奴兒〉）
　　困倚危樓，過盡飛鴻字字愁。（〈減字木蘭花〉）
　　飛絮落花時候一登樓。便作春江都是淚，流不盡，許多愁。（〈江
　　城子〉）
　　憑欄久，疏煙淡日，寂寞下蕪城。（〈滿庭芳〉）
　　傷情處，高城望斷，燈火已黃昏。（〈滿庭芳〉）
　　春風重到人不見，十二闌干倚遍。（〈調笑令〉）
　　但倚樓極目，時見棲鴉。（〈望海潮〉）

如此，即將綿密的情思寄託於遼闊的空間，不僅表現出作者內心的追
求，也包含許多難以言說的惆悵與迷茫。另外，「望」、「顧」、「回首」
也是秦觀時常使用的字眼，能將空間自然的跳脫至下一個畫面：

　　桃源望斷無尋處。（〈踏莎行〉）
　　柔情似水，佳期如夢，忍顧鵲橋歸路。（〈鵲橋仙〉）
　　多少蓬萊舊事，空回首、煙靄紛紛。（〈滿庭芳〉）
　　回首，回首，遠岸夕陽疏柳。（〈如夢令〉）
　　柳下相將冶遊處，便回首、青樓成異鄉。（〈沁園春〉）

秦觀詞擅長情景交融，因此在景象空間的安排上，具有一定的藝術技
巧。綜上所論，秦觀在詞作的空間轉換上，具備了幾個特點：一是內
外的錯落跳躍，隨著情感起伏而加以釋放，故無法過片延意，不拘傳
統詞格的限制；二是空間的延展與轉換，是配合著內心眞切之情而伸
縮收放，具有強大的情感張力。所以秦觀詞的「空間」，是一幕一幕
的自然跳換，思緒也跟著迴蕩遙想，夏敬觀《映庵手校淮海詞·跋》
以爲秦詞「詞情相稱，誦之迴腸蕩氣，自是詞中上品」，以此「迴腸
蕩氣」來看待淮海詞空間結構的運用，亦可得其妙。

五、令慢兼擅

　　秦觀以前，花間、南唐詞人多以小令為專擅。蓋因詞體發展初始，本就是由「令」到「慢」逐漸的滋乳演變；故金荃為詞集之始，花間為詞林之冠，皆僅錄小令，猶無慢詞。北宋初年，小令仍盛行於士大夫間，晏歐諸人皆專心於令詞的創作，然教坊樂工，已有致力於慢詞者〔註17〕，其後士大夫漸受教坊新曲所影響，專向慢詞方面發展，競製新聲，以暢情致。以小令寥寥篇幅，當然不足以敷揚繁富之思，故令詞乃演為中調、長調，繫之以慢以犯，慢詞於是成立。吳曾《能改齋漫錄》有云：

> 詞自南唐以來，但有小令。其慢詞起至仁宗朝，中原息兵，汴京繁庶，歌臺舞榭，競賭新聲。耆卿失意無聊，流連坊曲，遂盡收俚俗語言，編入詞中，以便伎人傳唱。……其後東坡少游山谷輩相繼有作，慢詞遂盛。〔註18〕

隻言片語，已經簡單地交代慢詞興起的因由以及發展的重要關鍵。柳永是大力製作慢詞的第一人，其〈八聲甘州〉、〈雨霖鈴〉諸篇，為晚唐五代開闢一個轉變的局面；可說自柳永出，慢詞始盛行於士大夫間。「慢」的特徵就是字數增多，大抵六十二字以內者稱為小令，而六十三字以上者為慢詞。〔註19〕

　　經過統計，在秦觀八十七闋詞作中，共使用了四十六種詞調，其中小令詞調有三十種，填了六十三闋詞；長調方面，則使用了十六

〔註17〕參嵇哲編：《中國詩詞演進史》（台北：華嚴出版社，民國82年9月重版），第二十五章〈慢詞之創興與詞體之解放〉，頁191。

〔註18〕見吳曾：《能改齋漫錄》（台北：木鐸出版社，民國71年初版），頁56。

〔註19〕大抵令慢之字數，眾說紛紜，本文此處之說參王力：《中國詩律研究》，第三十七節〈詞的字數〉：「凡是和律絕的字數相差不遠的詞，都可以稱為小令。我們以為詞只須分為兩類：第一類是六十二字以內的小令，唐五代大致以這範圍為限（極少的例外如杜牧〈八六子〉是可疑的）；第二類是六十三字以外的慢詞，包括《草堂詩餘》所謂的中調和長調，它們大致是宋代以後的產品。」（台北：文津出版社，民國76年8月），頁519～520。獨取王力之說，乃因其簡單明瞭，易為分別令慢之差異。

種詞調，共二十四闋詞。可知秦觀對於小令或長調，均十分擅長，且小令數量多於慢詞；不若花間以來專工小令的詞家，也不像全力製作慢詞的柳永，秦觀兼擅二者，不僅承柳永之體式拓展了慢詞，更有著許多精緻美好的小令作品。所以他的名篇其實涵括了令慢，小令如〈水龍吟〉（小樓連苑橫空）、〈浣溪沙〉（漠漠輕寒上小樓）、〈踏莎行〉（霧失樓臺）、〈鵲橋仙〉（纖雲弄巧）諸作；慢詞則有〈滿庭芳〉（紅蓼花繁）、（山抹微雲）、〈木蘭花慢〉（過秦淮曠望）等篇。

　　秦觀對慢令均爲擅長，故能截長補短，在學習柳永慢詞時，將五代小令的文雅，用來改善柳詞的俚俗，形成一種平易近人的風格，協調雅俗，清麗自然。也因此，秦觀的慢詞融和了令詞緣情設景的手法，而具備曲折往復、情景兼到的結構，融合令慢的優點，在柳永之後拓展了慢詞的藝術形式。楊海明在論秦觀詞的特色時，即特別強調有小令之長的長調：

> 秦詞的眞正好處卻並不單在這種學晚唐五代小令和柳永慢詞上面，它的勝處乃在於它的「取短補長」——亦即把小令的含蓄蘊藉灌注到長調的鋪敘曲折中，用五代詞的文雅、含蓄來彌補柳詞的俚俗、發露，從而形成爲「情韻兼勝」的新風格。〔註20〕

就因爲秦觀能兼擅小令長調，嘗試不同的詞調，所以能近一步擴充發揮，使得長調亦能兼具小令的優點，具有曲折往復的結構美，試讀以下這闋〈滿庭芳〉：

> 曉色雲開，春隨人意，驟雨才過還晴。古臺芳榭，飛燕蹴紅英。舞困榆錢自落，鞦韆外、綠水橋平。東風裡，朱門映柳，低按小秦箏。　　多情，行樂處，珠鈿翠蓋，玉轡紅纓。漸酒空金榼，花困蓬瀛。豆蔻梢頭舊恨，十年夢、屈指堪驚。憑闌久，疏煙淡日，寂寞下蕪城。

上片開頭寫雨過天晴、曉色雲開之景致，串串榆錢舞困飄墜，鞦韆架

<hr>

〔註20〕楊海明：《唐宋詞的風格學》（台北：木鐸出版社，民國76年6月），頁79。

外，綠水漲池——寫落花卻無感傷惋惜之情，可見作者當時心境之輕快。然而「東風」句轉入曩昔之思，描寫當時朱門行樂之事，珠鈿翠蓋、玉轡紅纓，男女同遊，豈非多情？可是曾幾何時，酒空花困，雙方皆有不幸遭遇，屈指算來，十年情事，恍如一夢，眞使人驚心動魄！結句以景語作結，倚欄久立，惟見淡薄的煙靄與黯淡的斜日，寂寞地墜落到揚州城上，則詞人迥然不同於起首的感情亦可知。

黃蓼園評此云：「前段敘事，後段則事後追憶之詞。……通首黯然自傷也，章法極綿密。」(《蓼園詞選》)秦觀以今昔對比的手法進行創作，以景寫情，情亦在景中；而先言「雲開」、「天晴」、「花落」，卻無傷春之意，似乎陶醉於和樂春景，心情應當愉悅。然而緊接著又說「秦箏低按」、「多情行樂」，落入一片美好的回憶之中；在「今」與「昔」的對比下，情思悠長，情感已有了一層轉折。接下來，秦觀加強「今非昔比」的深意，驚覺十年時光流逝之快，當時同遊之人，今日又是如何？如此，情思再往上翻轉，有悚然心驚之意。末了，以「憑闌」三句作收，尤其「寂寞下蕪城」一句頗有「繁華落盡」的寂靜與無奈；原本激動的心情，如今嘎然而止，徒留下一片迷濛煙景，引人惆悵低迴不已……。在一闋長調作品當中，情思層層翻轉，兼融情景，引人入勝，這是秦觀對詞的苦心造詣。

在秦觀詞中，小令是多於慢詞的，語言清麗，情思婉轉，成就不凡。茲以〈畫堂春〉爲例：

> 落紅鋪徑水平池，弄晴小雨霏霏。杏園憔悴杜鵑啼，無奈春歸。　　柳外畫樓獨上，憑欄獨撚花枝。放花無語對斜暉，此恨誰知？

在這裡，秦觀以代言方式寫女子閨怨，卻擺脫了外表體貌的描繪，主觀抒發內心的感受，因此情深意長，更能打動人心。其餘如〈浣溪沙〉（漠漠輕寒上小樓）、〈千秋歲〉（水邊沙外）等，也多具有柔婉幽微的特質，善於把形象與情意作一結合，給予讀者直接而鮮明的感動興

發的力量〔註21〕，故秦觀的小令成績頗為可觀。然而從詞史上來看，
秦觀的慢詞卻較小令格外惹人注意，原因何在？

　　蓋秦觀的慢詞形式，多受柳永影響，張先雖在柳永之前創制新
聲，詞清韻高，但其所製慢詞不及柳永豐富，故影響不及柳永。而柳
永浪跡江湖，留連曲坊，所以將俚俗語言，盡行編入詞中，以便歌伎
傳唱，所以擺脫小令形式，多採慢詞長調。從此以後，東坡、少游、
山谷皆相繼有作，慢詞遂大為流行。在淮海詞中，〈雨中花〉、〈長相
思〉、〈水龍吟〉、〈夢揚州〉、〈風流子〉……都是慢詞體制，而一般說
來，慢詞多以敷衍成章，秦觀的慢詞卻表現得極為清麗雅致〔註22〕，
雖然學習柳永，卻非通俗露骨，而是以淺淡之語作平易之章，這是小
令容易作到，而慢詞不易達臻的藝術境界，所以能受到後世矚目。以
〈水龍吟〉來看，其中「名韁利鎖，天還知道，和天也瘦」一句，實
從柳永〈夏雲峰〉「向此免名韁利鎖，虛費光陰」化出，兩相比較，
不難發現秦觀在句式用語上避免柳永平鋪直敘、淺近發露的特點，而
形成較為典麗雅致、含蓄蘊藉的風格──說感情而以「天」著筆，言
天若有情天亦老，情思可謂不曲折婉轉乎？即連小令如〈虞美人〉者，
末二句「為君沉醉又何妨？祇怕酒醒時候斷人腸」，也比柳永〈雨霖
鈴〉「今宵酒醒何處？楊柳岸、曉風殘月」的直接發揚，多了一層典
雅含蓄的婉美。秦觀詞的這種語言風格本乎其才質與性情，正是在這
個精神層面上，提高了花間以來的詞格。

　　綜上所述，秦觀從五代小令詞以及柳永慢詞得到啟發，以雅化
的詞彌補柳永之通俗，故而在「淺語皆有味，淡語皆有致」（馮煦《蒿
庵論詞》）之外，還兼具了典雅的詞句與文義，引領詞風躋至「淺淡
而雅」的地步。秦觀將小令與慢詞體制冶為一爐，以其擅長令詞之作，

〔註21〕參葉嘉瑩：《唐宋詞十七講》（台北：桂冠圖書股份有限公司，民國89
　　　年2月二版），頁383。
〔註22〕參謝武雄：〈淮海詞研究〉，收錄於《台中師專學報》第11期，民國
　　　71年6月，頁104～105。

將寫作小令技巧、態度移入慢詞之中，淺淡而雅，使得詞體突破了傳統的規範，越出了前人藩籬，居功厥偉。

第三節　成就總論

秦觀承續柳永白話通俗的風格，作品大都平易白描，親切可人，尤其以他飽讀詩書的學養，將前人事典、語典自然地盡化入詞，不泥不滯，可謂妙筆生花；在秦觀的改造下，這些詞句有了與先前不同的生命，生動的姿態躍然紙上，所抒發的感情則是含蓄曲折，具有深婉之致。尤其是「以景結情語以敘述寫悲」與「以問句結」二種篇末含悲的方式，把中國傳統文學的濃重情感加以提昇發揚，更具有感動心腸的力量。

只是，比起從前人處得到啓發的藝術技巧，秦觀所開拓出的藝術表現似乎更爲引人注目。在藝術技巧的表現上，「緣情設景」的技法是秦觀的一大躍進，許多具備深遠縹茫意象的詞語，如「飛絮」、「斜陽」、「煙靄」……的運用，與詞情緊密配合，讓秦詞宛如一幀凄婉綿邈的清麗水墨畫，引人遙思，餘味不絕。其次，秦觀「善用修辭」，舉凡譬喻、設問、擬人……等修辭格的安排，造就了詞情的波瀾起伏，更能牽動人心。

接著，在時間的安置上，秦觀喜用「今昔錯落」的筆法。〈江城子〉（西城楊柳弄春柔）即以今昔對比的手法寫作而成，詞人見春柳而勾動離愁，故憶起紅橋相會的前事，深感韶華易逝，更爲之傷心不已。上片「猶記多情曾爲繫歸舟」一句，把離別之際的不捨完全表現出來；「碧野朱橋當日事」，則體現了對往昔的追思；下片開頭言「韶華不爲少年留」，則對青春的流逝，光陰難以挽回，發出深沉的感嘆。尤其結句化用李後主詞意，寫離恨恰如江水深長，咀嚼玩味，更是扣人心弦。也就是這種追昔嘆今的傷感，構築了秦詞凄苦的基調。追「往」之思，爲秦觀詞中十分突出的情感，從對早期「江湖放浪」歲月的思

念，到元祐期間同門師友相聚時光的回憶，秦觀對於過去的美好總是懷抱著一份想望；由昔到今，由繁華至衰敗，劉禹錫詩裡「舊時王謝堂前燕，飛入尋常百姓家」的滄桑落寞，秦觀可謂了然於胸。《雲韶集》評秦觀云：「清詞麗句，開人先路。風致自勝，情詞兼到，最是少游制勝處。」的確，秦詞寓身世之感於詞中，追昔扣今，筆法自然，且情思層層翻轉，兼攝物象與人情，陳延焯這份稱美之詞，秦觀當之無愧。

至於在空間的處理上，一種「轉換」的技巧則常為秦觀所運用。一是將視野由室外推到室內，然後聚焦於某一特定主角身上，能讓讀者心無旁騖，專心體會主角所散發的情感；一是由內而外，將眼光由室內慢慢推廣至室外，甚至是無窮的雲上天邊，或隨著奔逝的流水直到天涯，造成一股綿綿不盡的愁思，縈繞於心，蒼茫而無奈；第三種則是由室外到室內再到室外，作用在先為情思作一舖敘，場景選擇室外迷茫的空間，則可用以搭配淒苦的感情，然後略為收斂，將視角和感情作一頓挫，拉回室內空間，則詞情上能更加曲折有味，最後再把情思加深，藉室外之景投射出渺茫的心境與情境，藝術效果極為明顯。

然而，不論是時間或空間的處理，秦觀更能作到「過片不換意」，依情思起伏為詞，鋪排手法自然無痕又蘊藉深厚；打破詞體上下片分段的傳統，不再恪守上片景語鋪排、下片情語點透的框架，而讓意象背後的模糊意義鮮明起來！始知秦觀「詞心」之稱，其來有自矣。

「令慢兼擅」是秦觀特殊的詞才，不僅致使慢詞展現淺淡而雅之風，更提高了花間以來的詞格，實屬難能可貴。大體來說，花間以來詞多小令，柳永則發展了慢詞體制；秦觀詞兼具花間與柳永風格，貴在能將二者融會貫通，除了小令之作，許多慢詞更融入小令的優點，故能寫出相當具有特色的作品。也只有像秦觀這樣天才靈思的詞人，才能脫離以前詞人專工一體的格式，取短補長，將五代小令詞的

文雅含蓄，貫注到通俗顯露的柳詞中，從而造成一種新式特殊的結構之美。

　　也就在這樣傳統與創新的兼糅之下，秦觀以天才型的創作技法，輔以至眞至性的感情，遂成就了他與眾不同的生花妙筆，揮灑出北宋詞壇婉約本色的詞風藍圖。

第五章　風格的回流與拓展

　　詞體在晚唐五代所形成的「花間」風格，對後來發展的方向起了相當規範性的作用；南唐及北宋的士大夫們，雖然寫作的詞格較高、意境較深，但在基本風格上，仍有一脈相承的現象，爲席上娛興遣賓之用，偏向軟媚婉麗一路的特色。這一流行達兩百年的風尚，應有足夠的影響力，成爲當時創作者所共識的傳統；本章所探討的，有一部份便是秦觀詞中屬於此類風格的作品。東坡周圍環繞著一批出色的文學家，其中著名的有黃庭堅、秦觀、張耒和晁補之，此即所謂的「蘇門四學士」；以詞而論，四人之中又以秦觀的成就最爲出色。

　　秦觀富於才情，命運卻顛躓不幸，尤其政治生命更與東坡密不可分。然而在文學上，秦觀或許受到這位文學大家的影響，卻不和東坡走相同的路，而是另闢蹊徑，從當時蓬勃滋長的「豪放」詞風當中，堅持著傳統的婉約風格。秦觀與東坡平生風義兼師友，東坡的詞表現出超曠豪放的風格和情調，秦觀詞的本質卻明顯的展現出纖細柔媚之風，承繼著花間詞的婉約遺緒，將東坡「以詩爲詞」的拓展，又回歸到屬於花間一脈的本質，在詞史演進上形成一股回流的作用。

　　大體來說，在南謫以前，秦觀作品呈現纏綿蘊藉、清新綿緲的特色；南謫之後，則以感傷悽愴、寄慨身世爲主。此可從第二章第三節「秦觀生平與創作」大略看出，此處不再贅述。本章所欲探討的「回

流」風格，即以貶謫以前的婉約作品爲主，參酌貶謫之後一些接近傳統詞風者，輔以秦觀生平背景、環境交游等線索，並以其他相近詞家作品作爲比較，冀能對秦觀詞風所呈現的傳統風貌作一全面性探討，以求更貼近秦觀的生命內涵。

　　而在秦觀致力於傳統婉約詞寫作的同時，他也走出了一條與傳統詞風不同的新道路；就詞史上的意義來說，後者的重要性自然超越前者。而秦觀對傳統詞風的拓展，反映在其風格特色各方面，並始終與他的政治生涯、生活閱歷，以及對情感的抒發息息相關；因此，這一系列詞作的表現內涵，恰好代表了秦觀不同時期、不同層次的人生體會，成爲秦觀詞風的顯著特徵。

　　另外，自東坡之後，詞的功能及內容有了進一步的擴大加深，不再侷限於兒女情愛的傳統格局，而在創作技巧上也有著明顯的琢鍊。循此趨勢，秦觀上承花間、南唐、晏、歐、柳諸家之作，而在詞風的拓展上，卻更貼近東坡的創作道路，呈現多樣化的藝術型態。本章重點即在討論秦觀詞與傳統婉約詞判然有別的題材內容，以及其所展現的形式特色，並進一步探述秦觀如何立足在傳統詞風的根基上，拓展高明而特殊的風貌。

第一節　回流部分

　　秦觀的詞比較注重晚唐五代以來詞體形成的婉約本色，在鍊字琢句、擇調傳情、造境謀篇等方面都表現出純熟精妙的藝術技巧，成爲當時所謂「詞人之詞」的典範作品。本節以論述婉約詞的風格特色爲主，探討秦觀創作如何接受傳統沾染的情形；加之秦觀能自度音律，常常在席上酬贈歌伎或即興填詞，故多有婉麗深情的作品。大體說來，秦觀對傳統婉約詞的回流與承繼，表現在下列二個方面：一、承續花間詞派，表現柔媚含蓄的清麗風格。二、本質精微，展現了一種特殊的詞體特色。

　　此二點對傳統詞風的發揚，具有極大的影響。以下，便藉由歷來各家對淮海詞的風格評述，來體現秦觀對婉約詞的承繼之處，並對其在詞史上所造成的「回流」現象，提出一完整的論述。

一、婉約清麗

　　王國維《人間詞話》云：「詞之爲體，要眇宜修，能言詩之所不能言，而不能盡言詩之所能言，詩之境闊，詞之言長。」繆鉞《詩詞散論》亦云：「詩顯而詞隱，詩直而詞婉」，以及「詩尚能敷暢，而詞尤貴蘊藉」〔註1〕。詞的體制含有一種曲折含蓄的優美情韻，當能表現一種比詩更爲委婉的情思和境界，需要細心品賞，方能探驪得珠，獲致深刻之體會。

　　「要眇宜修」四個字源於《楚辭‧九歌》中的〈湘君〉：「美要眇兮宜修。」王逸注云「要眇，好貌」，又云「修，飾也」；洪興祖補注則云「此言娥皇容德之美」。此外，《楚辭》之〈遠遊〉一篇，也曾有「神要眇以淫放」之句，洪興祖補注云「要眇，精微貌」，所以，「要眇宜修」一詞指的是精微細致富於女性修飾之美的特質〔註2〕。而詞體亦由於其「要眇宜修」之美，所以能夠引起讀者無限的感發與聯想。

　　周濟《宋四家詞選序論》曾評秦觀曰：「少游意在含蓄，如花初胎，故少重筆。」秦觀一向被認爲是詞之「本色」，自然投入這「含蓄」的傳統裡。唐宋時期，詞被目爲艷科，抒艷情、發綺怨，傷春悲秋、離別相思爲其基本主題，表現出一種特殊的柔媚，所謂「長短句名曰曲，取其曲盡人情，惟婉轉嫵媚爲善。」（張炎《詞源》）嫵媚深婉，含蓄蘊藉，正是秦觀效法傳統詞的一大特點。試看〈畫堂春〉：

〔註1〕繆鉞《詩詞散論》（台北：開明書局，民45年台二版），頁3。
〔註2〕參葉嘉瑩：〈要眇宜修之美在神不在貌〉，收錄於《中國詞學的現代觀》
　　　　（台北：大安出版社，民國77年12月），頁75～76。

> 落紅鋪徑水平池，弄晴小雨霏霏，杏園憔悴杜鵑啼，無奈春歸。　　柳外畫樓獨上，憑欄獨撚花枝。放花無語對斜暉，此恨誰知？

上片運用寫景寓情的技法，以落紅、水池、小雨、杏園、杜鵑等許多鮮明的暮春景象，烘托了一個令人感傷的氣氛；下片則透過女子「獨自憑欄」、「獨撚花枝」、「放花無語」的肢體動作，表現不為人知的內心深處，手法含蓄而高明。尤其，「落紅」與「小雨」，隱約而動態地表達了作者的愁懷，「憔悴」則人景雙寫，景蕭瑟，人也憔悴。在一片春暮衰颯景色中，只有一句「無奈春歸」，似顯非顯的微現一絲情緒之端倪，並在下片的動作刻劃中，將無限情思投射到夕陽斜暉裡，視野與愁思，一併推向無窮無盡的暮色蒼茫，留給讀者一個豐富迷離的想像空間。沈謙《填詞雜說》有云：

> 填詞結句，或以動盪見奇，或以迷離稱雋，秦少游「放花無語對斜暉，此恨誰知」，深得此法。

詞面之「無語」，正予人含蓄之感，從而創造了一個煙水迷茫之致，確如沈謙所說，具有「迷離稱雋」的藝術效果。此含蓄之法於他處亦可見，如：

> 擬待倩人說與，生怕人愁。(〈風流子〉)
>
> 獨倚玉闌無語，點絳脣。(〈南歌子〉)
>
> 想花陰、誰繫歸舟？(〈鼓笛慢〉)
>
> 會後不知何處是？煙浪遠，暮雲重。(〈江成子〉)
>
> 玉樓深鎖多情種，清夜悠悠誰共？(〈桃源憶故人〉)
>
> 憑欄久，疏煙淡日，寂寞下蕪城。(〈滿庭芳〉)
>
> 陰風翻翠幔，雨澀燈花暗。畢竟不成眠，鴉啼金井寒。(〈菩薩蠻〉)
>
> 斜陽外，寒鴉萬點，流水遶孤村。(〈滿庭芳〉)
>
> 水邊沙外，城郭春寒退。花影亂，鶯聲碎。(〈千秋歲〉)
>
> 綠荷多少夕陽中，知為阿誰凝恨背西風？(〈虞美人〉)

文字是具體的，而感情卻屬於抽象，以具體表現抽象，原本就有「辭不達意」的困境；而含蓄的手法具有餘味不窮的作用，正好彌補言不

盡意的語言限制。以上諸詞，不論是沉默無語、無言嘆息，或是以問句帶出迷離之景，或者是以聲音襯托寂靜，都在淺淡的筆觸之下，產生優美深遠的意境，況周頤有所謂的「不盡之妙」〔註3〕，陳廷焯亦言秦觀「義蘊言中，韻流弦外」〔註4〕，都恰如其分地點出了秦觀含蓄手法運用得當所產生的效果。

愛情詞是秦觀婉約詞主要的創作重點；就各個類別來看，情詞的篇數及內容佔據著淮海詞極大的比例篇幅。而此類詞作的風格即在於情思柔媚，格調輕麗，至於淺詞用字，也多傾向柔婉清麗的詞風，符合所欲表現的情感氣氛。葉嘉瑩即曾評云：

> 秦少游的柔婉纖細是得之於心的，他有一種「詞心」。……
> 所謂「詞心」者，就是說，他內心的感受與詞的柔婉纖細
> 特別接近，這是天生如此的。而且，他這種「詞心」的感
> 受可以分為外在的與內在的兩方面：當他觀賞景物的時
> 候，他有柔婉纖細的感受；當他書寫他自己感情的時候，
> 他也有柔婉纖細的感受。〔註5〕

細膩含蓄的筆法，加以秦觀的淺語淡語，便在詞中產生清麗婉美的風格，使得意境與語言自然雅潔，不雕琢、不穠艷，有一種自然渾成的美。無論是寫景或抒情，秦觀都表現了柔婉纖細的特質，惟其如此，秦觀的作品特別能將情景作一結合，搭配得天衣無縫。茲以〈浣溪沙〉為例：

> 漠漠輕寒上小樓，曉陰無賴似窮秋，淡煙流水畫屏幽。
> 自在飛花輕似夢，無邊絲雨細如愁，寶簾閒挂小銀鉤。

〔註3〕況周頤《蕙風詞話》卷一云：「吾蒼茫獨立於寂寞無人之區，忽有匪夷所思之一念，自沉冥杳靄中來，吾於是乎有詞，洎吾詞成，則於頃者之一念若相屬若不相屬也。而此一念，方綿邈引演於吾詞之外，而吾詞不能殫陳，斯為不盡之妙。非有意為是不盡，如畫家所云無垂不縮，無往不復也。」

〔註4〕陳廷焯《白雨齋詞話》卷八載：「少游則義蘊言中，韻流弦外，得其貌者，如鼴鼠之飲河，以為果腹矣，而不知滄海之外，更有河源也。」

〔註5〕葉嘉瑩：《唐宋名家詞賞析》（台北：大安出版社，民國77年12月），第二冊，頁88。

此詞只寫季節、景色，無一字一語提及具體的人物，而主角深情的形象卻能立即在讀者腦海浮現出來，正是因爲秦觀細緻而準確地交代了特定的環境、渲染了氣氛，所以詞中所寫的春愁，是那麼輕微幽渺，難以捉摸，恐怕連秦觀本人都未能眞切了解此種閒愁所爲而來，所爲而去。末句「寶簾閒挂小銀鉤」輕點一筆，喚醒全篇詞意，則簾外之愁境與簾內之愁人層次判然分明也，意味含蓄不盡，乃秦觀詞柔媚蘊藉的最佳寫照。

　　秦觀措詞用語，往往選用輕、細、微、軟的字眼，與詞中描寫的情、愁、思、戀，互相調和，因而予人纏綿含蓄的感受〔註6〕；或許全篇沒有一處用重筆，卻並非泛泛地紀錄眼前事物，而是在平淡中蘊藏了極爲纖細敏銳的心靈，從細微輕柔的文字中，透露了特殊的美感。而這樣的寫作風格，也多由花間一路延承而來，溫庭筠、晏殊、晏幾道乃至歐陽脩，所作皆然。試以有關荷葉之作，舉四家與秦觀相較：

　　溫庭筠〈荷葉杯〉

　　　一點露珠凝冷。波影，滿池塘、綠莖紅豔兩相亂。腸斷，
　　　水風涼。

　　晏殊〈漁家傲〉

　　　越女採蓮江北岸，輕橈短棹隨風便。人貌與花香鬥艷，流
　　　水慢，時時照影看妝面。　　蓮葉層層張綠傘，蓮房個個
　　　垂金盞。一把藕絲牽不斷，紅日晚，回頭欲去心撩亂。

　　晏幾道〈蝶戀花〉

　　　笑艷秋蓮生綠浦。紅臉青腰，舊識凌波女。照影弄妝嬌欲
　　　語。西風豈是繁華主？　　可恨良辰天不與，才過斜陽，
　　　又是黃昏雨。朝落暮開空自許，竟無人解知心苦。

　　歐陽脩〈漁家傲〉

　　　荷葉田田青照水，孤舟挽在花陰底。昨夜蕭蕭疏雨墜，愁

<hr>

〔註6〕參楊海明：《淮海詞箋注・前言》（成都：四川人民出版社，1984年9月），頁16。

不寐，朝來又覺西風起。　　雨擺風搖金蕊碎，合歡枝上
香房翠。蓮子與人常厮類，無好意，年年苦在中心裡。

秦觀〈虞美人〉

行行信馬橫塘畔，煙水秋平岸。綠荷多少夕陽中，知爲阿
誰凝恨背西風？　　紅妝艇子來何處，蕩槳偷相顧。鴛鴦
驚起不無愁，柳外一雙飛去卻回頭。

溫詞以鮮明的色彩，點綴出「綠莖」、「紅艷」迎風搖曳的丰姿，在波
影滿池塘的描述中，亦不難想見荷花一枝凝冷的動人姿態；晏殊則把
採蓮女帶進人花競艷的圖畫裡，於是柔美的女子與芳香的荷花相輔相
成，織就了傍晚紅日下，採蓮女細細密密的心事；晏幾道的荷詞則添
加了濃厚的個人色彩，笑臉盈盈、舞姿娉婷的荷花彷彿舊識的凌波女
子，睹物思人，女子照影弄妝的嬌態似乎就在眼前，無奈上天不成人
之美，不肯交託良辰美景，只好在黃昏細雨時，獨自品嚐無人明瞭的
愁悶；歐陽脩筆下的荷雖不若晏幾道多情，卻一樣具有愁思，在西風
來時，幽幽靜靜地吐露心中愁苦……以上寫荷的形象，除卻晏幾道詞
加入了較多的擬人生動之姿，幾乎都以柔媚美艷爲主；秦觀繼承了這
項柔媚的詞風，然而寫荷之情態又比溫、晏動人。從秦觀這闋〈虞美
人〉，可以看到一位敏感的詞人，是如何捕捉河塘日暮一霎間的情景：
信馬隨行的遊人，經過池塘岸邊，而乘艇而來的採蓮女子偷眼看人，
充滿嬌癡情態。在夕陽斜照下，那株亭亭而立、丰神獨絕的綠荷，也
就更加別具姿態，似乎也飽含著無限的愁懷。此詞生動可喜，頗有民
歌風調，只是不若民歌活潑外放，情思較爲婉轉曲折。

晚唐五代的作品以小令爲盛，格調亦頗近民歌；檢視《花間集》，
全書充滿了艷情的色彩，而且題材十分深狹。不能否認的，後世讀者
並不能以《花間集》一書全面觀覽當時社會現實的場景，但是，卻可
以覺察人類內在幽隱情感的波動；它以深情優美的詞句，小巧精緻的
篇章贏得了人們的關注和憐愛，以特殊的風格在文學上佔有著特殊的
地位。而將秦觀的作品拿來與之相較，也可明瞭淮海詞所受沾染之

深，乃具體的表現在柔媚蘊藉此一重點上。

二、本質精純

就詞之本質來說，早期毫無個性的艷歌，除了在形式上提供了一種柔婉精微的特美之外，並無內容的深意可言。被譽爲花間鼻祖的溫庭筠，其詞雖以名物之精美引人產生託喻之想，但是，仍然少了一份作者眞摯深切的感動。稍後，與溫庭筠齊名的韋莊，其詞風格雖較溫詞清新明朗，也能表現爲眞切深摯的感動，卻又往往被一時一地的情事所侷限。至於馮延巳、李煜、大晏、歐陽脩之作，則在突破了一人一事的侷限之後，加入了個人的身世之感，或是家國、學養、襟抱……種種複雜的質素。

像這種情形，就詞之演進而言，雖各有其拓展的意義與價值，然而就詞之柔婉精微的醇正本質而言，卻也曾經造成了或多或少的增損和改變。而秦觀詞之特色，就在於他所回歸的乃是與以上諸家之增損改變都有所不同的一種更爲精純的詞之本質。〔註7〕馮煦在其《宋六十一家詞選・例言》中即云：「他人之詞，詞才也。少游，詞心也，得之於內，不可以傳。」其所以然者，葉嘉瑩以爲就在於秦觀擅於傳達心靈中一種最爲柔婉精微的感受，與他人之以辭采、情事，甚至於學問、修養取勝者，都有所不同的緣故。茲以一闋著名的〈畫堂春〉爲例：

> 東風吹柳日初長，雨餘芳草斜陽。杏花零落燕泥香，睡損
> 紅妝。寶篆煙銷鸞鳳，畫屏雲鎖瀟湘。暮寒微透薄羅裳，
> 無限思量。〔註8〕

〔註7〕參葉嘉瑩《唐宋詞名家論集・論秦觀詞》（台北：桂冠圖書股份有限公司，民國91年2月初版一刷），頁206。
〔註8〕汲古閣本注此闋云：「或刻山谷年十六作。」然而楊湜《古今詞話》云：「少游〈畫堂春〉『雨餘芳草斜陽，杏花零落燕泥香』之句，善於狀景物。至於『香篆暗銷鸞鳳，畫屏縈繞瀟湘』二句，便含蓄無限思量意思，此其有感而作也。」楊氏爲宋人，當有所據，此詞仍宜定爲秦作。

全詞寫一位春困思眠的女子，午睡醒來，鑪煙已銷，畫屏閑展，然而心中所繫之人也早已遠去，一如煙銷鸞鳳、雲鎖瀟湘；山迢水遙，如何得見？狀景懷人，微寒透過纖薄的羅裳襲來，更引人無限相思。詞中無一處使用重筆，表面看來，只是「東風吹柳」、「芳草斜陽」，只是「寶篆煙銷鸞鳳」、「畫屏雲鎖瀟湘」，實在是一個細緻幽微的感覺世界，然而這種幽微，卻並非浮泛地紀錄眼前景物而已。

　　外表看來雖極為平淡，在平淡之中，卻帶著作者極為纖細敏銳的心靈感受；像這樣的詞，看不到溫庭筠「玉鑪香，紅蠟淚，偏照畫堂秋思」（〈更漏子〉）的穠麗色調，也沒有韋莊「勸我早歸家，綠窗人似花」（〈菩薩蠻〉）那樣可以直指的情事，更加沒有馮延巳「日日花前常病酒」以及李煜「人生長恨水長東」的深摯強烈之情，也體會不出晏殊「無可奈何花落去，似曾相識燕歸來」的哲思式觀照，和歐陽脩詞裡「直須看盡洛城花，始共春風容易別」的遣玩豪興。〔註9〕然而其細緻幽微之處卻別具一種感人的力量，蘇籀《雙溪集》卷十一〈書三學士長短句新集後〉曾云：

> 秦校理詞，落盡畦畛，天心月脇，逸格超絕，妙中之妙；
> 議者為前無倫後無繼。

此評雖不免有過分稱賞之嫌，但卻點出了秦觀詞之特美，乃在「逸格超絕」，具有精微細膩的醇正之風。《中庸》有「喜怒哀樂之未發，謂之中；發而皆中節，謂之和」的說法，如果說他人之詞是喜怒哀樂已發之情，則秦觀的詞就是七情六慾未發之前「中」的狀態，晶瑩敏銳，充滿詞人善感的本質。其餘像〈浣溪沙〉「自在飛花輕似夢，無邊絲雨細如愁，寶簾閒挂小銀鉤」的描寫，或是另一闋〈畫堂春〉「落紅鋪徑水平池，弄晴小雨霏霏，杏園憔悴杜鵑啼，無奈春歸」的感觸，都是極盡細緻精微的描寫之能事。周濟在《宋四家詞選序論》言「少游最和婉醇正」，也就是這樣「如花初胎，意在含蓄」的如椽之筆，才能隱然含有一縷深幽而動人的哀感。

────────────

〔註9〕同註7，頁207。

　　「詞」之所以作爲的一種韻文形式，一開始便結合了女性化的柔婉精緻之美，足以喚醒讀者心中幽約深婉的情意，而秦觀這一類的詞，最能表達此種特質，像這種善於感發的特質，也正是一切美術與道德的根源。〔註10〕秦觀的婉約詞裡，沒有被今昔悲歡離合的某一個特定情事或人物所拘限，他所描寫的是內心深處細微的體會，所以能耐人尋味，也是秦觀之所以爲「詞心」的緣故。

　　詞體由中晚唐興起，經過五代宋初的茁壯、發展，原本滋生於歌筵酒席間的艷曲，柔婉的本質逐漸發生變化；尤其到了宋代豪放大家蘇東坡的手中，「詩化」的詞竟然成爲一個高峰！胡寅在題《酒邊詞》序時曾說：「眉山蘇軾，一洗綺羅香澤之態，擺脫綢繆宛轉之度，使人登高望遠，舉首高歌，逸懷浩氣，超乎塵垢之外。於是《花間》爲皀隸，而耆卿爲輿臺矣。」這也是後人對蘇軾卓越天才的贊揚。東坡是詞的革命者，他進一步衝破了晚唐五代以來專寫男女戀情、離愁別緒的舊框子，擴大詞的題材，提高詞的意境，把詩文革新運動擴展到詞的領域中去。舉凡懷古、感舊、記游、說理等向來詩人所慣用的題材，都能以詞來表達，達到「無意不可入，無事不可言」的境地。另外，他也不注重修飾和音律，不受形式束縛，隨意所至，想到便寫；詞到了東坡手上，內容開拓了，意境和風格也都提高了，而詞從此擺脫僅僅作爲樂曲的歌詞而存在的狀態，成爲可以獨立發展的新文體。

　　東坡在詞壇掀起一陣滔天巨浪，在這樣豪放新穎的詞風籠罩下，又身爲蘇門學士之一，秦觀卻堅持著婉約詞的本質，以纖細柔媚的質素，將東坡詩化的詞又拉回到傳統醇正的詞來──這是秦觀獨特的成就。

　　在北宋詞史的演進中，柳永無疑地在詞調形式上有了卓越的開拓，東坡則是在內容上突破舊有限制，展開了一片曠放爽朗的新意

〔註10〕參葉嘉瑩：《迦陵論詞叢稿‧後序》（台北：明文書局，民國70年9月），頁353～376。

境；至於秦觀，卻是貴在能夠發展詞的含蓄婉約，從正統的遺緒中，去發揮更細緻、更婉約的詞風。所以李煜詞裡「問君能有幾多愁」的情思，最後化爲「恰似一江春水向東流」的連綿不斷，而這樣的情感到了秦觀手中，卻變爲「暗隨流水到天涯」（〈望海潮〉）的蘊藉含蓄；尤其「暗隨」二字，實在表明了秦觀深沉的哀傷，只是無人了解，也無人可以訴說，只能將一片歸心，不知不覺地隨著流水流向無窮的天邊。

作爲「詞人之詞」，秦觀將詞之抒情寫志的「詩化」過程，重新拉回婉約詞風的正統道路，不再追隨東坡所開拓的高遠博大境界，而是逕自作爲傷春別怨之詞，在內容方面，實與《花間》、《尊前》更爲相近。在詞史之演變中，就秦觀詞未曾追隨蘇軾，反而遠祖溫韋來看，的確居於一種回流的地位；不過，秦觀詞並非一成不變的回歸，而是在回流中掌握了醇正精微的本色，具備了拓新婉約本質的作用，連帶地影響後世周邦彥、李清照等人。因此，陳廷焯在其《白雨齋詞話》卷一中乃云：「秦少游自是作手，近開美成，導其先路；遠祖溫韋，取其神不襲其貌。詞至是乃一變焉，然變而不失其正。」「變而不失其正」，此段評語正好爲秦詞下了一個極爲中肯的註腳。

值得注意的是，在秦觀之前，還有一個也屬於逆溯回流式的重要詞家，即是與其父並稱「大小晏」的晏幾道。不過，晏詞的回流現象，是因爲他並沒有如同晏殊、歐陽脩等前輩，在詞中融入了作者的胸襟與學養，反而由詩人之姿退回到花間詞的艷曲性質中，像是〈鷓鴣天〉裡「從別後，憶相逢，幾回魂夢與君同」，以及〈臨江仙〉「落花人獨立，微雨燕雙飛」的敘寫，情調都極爲婉麗，自有艷詞之風。陳振孫曾評小晏云：「其詞在諸名勝中，猶可追逼花間，高處或過之。」（《直齋書錄解題》卷二十一）即讚揚小晏詞在承襲花間之外，又能別開生面的特質。不過小晏專工小令，對於詞的婉約美質也缺乏了一些醇正精微的貢獻；唯有秦觀，憑恃著與眾不同的性格和修養，重新認定了詞之本質，所以「取花間之神而改其貌」，「變而不失其正」，

實具有引領後世詞風之作用。

第二節　拓展部分

　　秦觀在拓展詞風方面的風格特色，可分為以下三點加以論述。

　　首先是秦觀挾著音律天才為詞，不僅自創詞調，更能注重聲韻、聲情，以及詞牌、詞意的密切配合，故而呈現「情韻兼勝」的風貌，為北宋以後注重格律的詞家如周邦彥，拓展了一個新的局面。

　　其次，是情景交融的獨特成就。秦觀詞的藝術手法十分高明，以上一節已經討論過的「緣情設景」、「善用修辭」、「今昔錯落」、「空間轉換」、「令慢兼擅」幾項手法為詞，而能在寫「境」、寫「情」同時，展現獨到之處，以淒迷之景寫淒苦之情，且濃妝淡抹皆相宜；這是秦觀之前的詞家難以望其項背的。

　　另外，情調悽愴也是秦觀所拓展的特殊氣格。所謂「傷心人別具眼目」，秦觀以其身世遭遇、家國之思，發而為別樹一幟的氣質格調；然而又不是李煜詞裡純粹地國仇家恨而已，而是一種「消極的喟嘆」，此與東坡、山谷所發抒的豪曠之氣自然也大相逕庭。

一、情韻兼勝

　　秦觀專工音律，也曾自創詞調，如〈夢揚州〉、〈醉鄉春〉等〔註11〕，且萬樹《詞律》所選秦觀詞為範例者，亦有十八闋之多〔註12〕，入選比例相當高，可證秦觀對詞調格律的講究。李廌〈師友談記〉曾

〔註11〕《御製詞譜》卷二十六於〈夢揚州〉下云：「宋秦觀自製詞，取詞中結句為名。」卷七云：「宋惠洪《冷齋夜話》云：『少游在黃州，飲於海棠橋……題詞壁間。』按此則知此調創自秦觀，因後結有『醉鄉廣大人間小』，故名『醉鄉春』；又因前結有『春色又添多少』句，一名『添春色』。」

〔註12〕計有〈望海潮〉二闋、〈沁園春〉、〈八六子〉、〈夢揚州〉、〈雨中花慢〉、〈一叢花〉、〈促拍滿路花〉、〈迎春樂〉、〈鵲橋仙〉、〈河傳〉、〈如夢令〉、〈品令〉二闋、〈臨江仙〉、〈醉鄉春〉、〈南歌子〉、〈青門飲〉等十八闋。

記載秦觀對聲律的看法：

> 賦則一言一字必要聲律，凡所言語，須當用意，曲折斷磨，
> 須令協于調格，然後用之。不協律，義理雖是，無益也。……
> 夫作曲雖文章卓越，而不協于律，其聲不和。〔註13〕

秦觀塡詞對聲律極爲重視，雖今日無法得知確切的曲譜旋律，然而一再低詠吟誦，不然發現其聲韻的柔美婉轉，沉鬱迴蕩。在用韻方面，王保珍曾對《淮海集》的用韻現象加以歸納，以爲「淮海詞魚語韻與尤有韻用得最多，因此幽咽之情與盤旋（迴蕩）之情調也最多見，加上元阮韻之清新，支脂韻之纖細，形成淮海詞的主要特色。」〔註14〕聲韻與詞情關係必須密切，大抵平聲和暢，上去纏綿，入韻迫切，秦觀則因多用「尤有」韻之「愁」字爲韻，故情調確以盤旋迴蕩最爲突出，試看以下例句：

> 茂草荒臺，苧蘿村冷起閒愁。（〈望海潮〉）
> 江南遠，人何處？鷓鴣啼破春愁。（〈夢揚州〉）
> 擬待倩人說與，生怕人愁。（〈風流子〉）

這些都是顯著的證據，除了魚語幽咽，尤有盤旋，其他像元阮清新，支紙纖細〔註15〕，各具特色的韻腳，也構築了秦觀詞的基調，形成清麗纏綿的風格。

在宮調方面，作品的聲韻與情感必須相切合，聲情方能感人，以下舉二闋〈浣溪沙〉爲例：

> 漠漠輕寒上小樓，曉陰無賴似窮秋，淡煙流水畫屏幽。
> 自在飛花輕似夢，無邊絲雨細如愁，寶簾閒挂小銀鈎。
> 香靨凝羞一笑開，柳腰如醉暖相挨，日長春困下樓臺。
> 照水有情聊整鬢，倚欄無緒更兜鞋，眼邊牽繫懶歸來。

龍沐勛以爲〈浣溪沙〉的句式屬七言奇數，以三、五、七言句式構

〔註13〕張惠民編：《宋代詞學資料匯編》（汕頭：汕頭大學出版社，1993 年 11 月），頁 140。
〔註14〕王保珍：《淮海詞研究》（台北：學海出版社，民國 73 年 5 月），頁 23。
〔註15〕見王易：《詞曲史》（台北：廣文書局，民 49 年），頁 283。

成而又使用平韻的詞牌調，音節是最流美的。在同一曲調中，凡屬句句押韻的一段，聲情較為急促；隔句押韻者，即轉入緩和。〈浣溪沙〉上半闋句句押韻，情調較急；下半闋轉為兩個七言對句，隔句一協，便趨和緩。加上一個對稱的句子，便使得參差和整齊取得一種調劑，聲情流麗而諧婉。〔註16〕夏敬觀《詞調溯源》以〈浣溪沙〉屬「無射宮（俗呼黃鐘宮）」，聲情應為「富貴纏綿」，則上述二闋對於女性情態、外貌、動作、愁思的描繪，曲調聲情便十分相合。另外，〈江城子〉屬高平調，聲情為「條暢晃漾」，而〈臨江仙〉為仙呂調，注重「清新邈遠」，〈千秋歲〉為歇指調，聲情要「急併虛歇」，從各闋詞情加以參酌，秦觀的確都能作到聲情與曲調的緊密適應。

詞之句度長短，韻位疏密，必須與所用曲調的節拍恰相適應，歌詞所欲表達的喜、怒、哀、樂等起伏不同的情感，也必須與每一曲調的聲情互相諧會，這樣才能取得音樂與語言、內容與形式的緊密結合，使聽者受其感染，獲致「能移我情」的效果。〔註17〕沈括於《夢溪筆談》卷五之〈樂律〉也說：「哀聲而歌樂詞，樂聲而歌怨詞，故語雖切而不能感動人情，由聲與意不相諧故也。」聲須與意和，歌曲才能和諧動人，秦觀詞完全地具備了此項優點。

事實上，「情韻兼勝」一直是歷來詞論家評論淮海詞的重點之一，清、胡薇元《歲寒居詞話》即云：

> 《淮海詞》一卷，宋秦觀少游作，詞家正音也，故北宋惟少游樂府語工而入律。

「語工而入律」，是秦觀重視聲律的象徵，對秦觀來說，詞之「入律」極為重要，一言一字必須合律，而且用意也必須協於調格，才能使聲律與聲情配合得當。與秦觀同時的葉夢得也明確地指出：

> 秦觀少游亦善為樂府，語工而入律，知樂者謂之作家歌，

〔註16〕參龍沐勛：《倚聲學（詞學十講）》（台北：里仁書局，民國85年元月），
　　　　第三講「選調和選韻」，頁23。

〔註17〕同上註。

　　元豐間盛行於淮楚。(《避暑錄話》卷三)

善於自度曲的秦觀，除了少數詞調有重作之外，幾乎都是一調一詞，不拘熟調，可見其對詞樂的熟稔，而從葉氏的推崇，也不難發現其作品音調之優美，以及和諧可歌的特色。可見雖然曲調早已蕩失，然而秦觀對聲律的注重，以及情感與詞調整體的配合，的確作到「詞韻兼勝」的境地，正如《四庫全書總目提要》卷一九八《淮海詞》提要所云：「詩格不及蘇黃，而詞則情韻兼勝，在蘇黃之上。流傳雖少，要為倚聲家一作手。」

　　秦觀挾音律之才為詞，此已為傳統婉約詞派詞人所能及，遑論以「詩」為詞、不重聲律的東坡；也正因此，所以秦觀能「近開美成，導其先路」，審音諧律，清麗中不斷意脈，而開周邦彥格律一派的先聲。

二、情景淒迷

　　繆鉞曾評〈八六子〉一闋云：「寫離情並不直說，而是融情於景，以景襯情，……使人彷彿看到一幅幅的畫圖。」〔註18〕繆鉞所論，雖是單就〈八六子〉一詞而言，但實可作為秦詞的總評。茲就〈八六子〉為例：

　　　倚危亭，恨如芳草，萋萋剗盡還生。念柳外青驄別後，水
　　　邊紅袂分時，愴然暗驚。　　無端天與娉婷。夜月一簾幽
　　　夢，春風十里柔情。怎奈向、歡娛漸隨流水，素絃聲斷，
　　　翠綃香減；那堪片片飛花弄晚，濛濛殘雨籠晴。正銷凝，
　　　黃鸝又啼數聲。

張炎以為「離情當如此作，全在情景交煉，得言外意」(《詞源》)，王同書亦有相同的看法：「這以景襯情、以視覺形象表達內心激情的方法正是現代影視藝術『蒙太奇』的手法。」〔註19〕秦觀顯寫自己登臨

〔註18〕繆鉞：〈論杜牧與秦觀〈八六子〉詞〉，收錄於《靈谿詞說》(台北：
　　　　國文天地出版社，民國78年)，頁36。
〔註19〕王同書：〈秦觀詞散論〉，收錄於《江蘇教育學院學報》(社會科學版)，

送目，觸景生情，透過暮春之景，襯托作者的黯然銷魂，「夜月」、「春風」渲染歡愉之背景，深情濃愁於此盡出，讀之更感昔是今非。此種特殊的寫景技巧，給人相當深刻的視覺形象，尤其以聞鶯作結，韻味更深，寫盡了「倚危亭」時百無聊賴、感懷傷痛之情狀。洪邁《容齋四筆》謂此詞「語句清峭，爲名流所推激」，其實仍應歸因到秦觀融情入景的技法上，全詞以情語起，以景語結，誠謂情中有景，景中有情，而得「深遠之致」。

　　再者，時常登山臨水也往往帶給秦觀極大的啓發，有一類的作品便是因紀行賞景而抒懷，情思亦婉轉而細膩，如熙寧九年（1076年），秦觀由歷陽歸來，途經秦淮河，有感於秋水天色，遂作〈木蘭花慢〉：

> 過秦淮曠望，迥蕭灑，絕纖塵。愛清景風蛩，吟鞭醉帽，時度疏林。秋來政情味淡，更一重煙水一重雲。千古行人舊恨，盡應分付今人。　　漁村望斷衡門。蘆荻浦，雁先聞。對觸目淒涼，紅凋岸蓼，翠減汀蘋。憑高正千嶂黯，便無情、到此也銷魂。江月知人念遠，上樓來照黃昏。

時爲清秋，秦淮河也不復往常的浪漫胭脂色，而被一片寂寥淒清所取代了。面對此景，秦觀偏說「愛」煙雲風蛩，可見心情還算平和；延續著遊賞歷陽的心情，即使是蕭瑟秋景，秦觀倒還能泰然以觀。恣意醉飲，涉水度林，旅途中盡是豪宕之氣；然而秋水清冷，江面空闊，這種秋思感傷，自古以來少有文人純粹地坦然自適，於是在下片開頭，秦觀便很自然地抒發心中的愁緒。尤其登高望遠，夕陽在目，總予人「只是近黃昏」的惆悵，此時遙想伊人，卻只是感悟到再多的美好都不易挽留。其實這次遊玩之行一結束，秦觀就要啓程回到故鄉高郵，雖然那裡有著家人的殷殷望歸，不過也標明了即將到來的應制考試，未來現實的壓力與當下相比，可謂有若雲泥。由本闋可知，秦觀早年的詞作的確較晚期瀟灑自若，即使悲秋，情緒仍屬細膩婉約，並

1995 年 1 期，頁 42。

非十分淒絕愁苦;而一般學者皆謂秦詞學柳七〔註20〕,此詞與柳永〈八聲甘州〉(對瀟瀟暮雨灑江天)所描繪情景亦有類似,俱言「江」——「秋」——「登高」——「念遠」,且「紅凋岸蓼,翠減汀蘋」實化自「是處紅衰翠減,冉冉物華休」〔註21〕,由此可窺得秦觀確有學柳七之情事。好山好水,容易觸惹文人心中的閒情;登臨遊覽,眼前景致便常成為作者筆下的篇章,而心中細膩的情思一經轉化,便是王國維所說「一切景語皆情語」了。

王國維《人間詞話》云:「少游詞境最為淒婉。至『可堪孤館閉春寒,杜鵑聲裡斜陽暮』則變而淒厲也。」可知「淒婉」與「淒厲」是秦觀作品的兩大特色,就王氏自己的解釋,詞境指的不僅僅是景物而已,還得加上人心中的情感境界,如喜怒哀樂等,才能算得上是有境界。所以情景相融,即是一種真景物、真感情的抒發;就秦觀來說,「淒」偏向景物而言,而「婉」與「厲」則傾向感情言之,這是他獨特的詞作風格,也是秦觀人生經歷的變程與烙印。

自然,因為秦觀能夠「緣情設景」,並且「善用修辭」,在時空的安置上,也能注意到「今昔錯落」、「空間轉換」的細節,所以使得詞風具有「情景交融」的特點。然而古今以來,凡是好的詞章,無不借用自然山川、鳥獸蟲魚來狀寫心中之情,如李白〈菩薩蠻〉有「玉階空佇立,宿鳥歸飛急,何處是歸程?長亭連短亭。」溫庭筠〈更漏子〉也有「梧桐樹,三更雨,不道離愁正苦。一葉葉,一聲聲,空階滴到明。」藉景寓情實為詞人慣用筆法,何以說秦觀能拓展出新的境界?原因就在於秦觀善以淒迷之景,狀心中迷茫之情。

秦觀因為善於表現幽約的情境,所以他的「情景交融」,貴在「出

〔註20〕曾慥《高齋詩話》曾載東坡以少游詞學柳七一事:「少游自會稽入都,見東坡,東坡曰:『不意別後卻學柳七作詞。』少游曰:『某雖無學,亦不如是。』東坡曰:『「銷魂當此際」,非柳七語乎?』」見張惠民編《宋代詞學資料匯編》(汕頭:汕頭大學出版社,1993),頁158。

〔註21〕參楊秀慧《秦少游詞研究》(高雄:國立中山大學中國文學研究所碩士論文,民國88年6月),頁38。

以淒迷」。之前已經討論過，秦觀善用「落花」、「飛絮」、「煙靄」、「殘陽」等詞語，渲染出一片如煙似霧、如夢似幻的景致，而心中茫然失措、若即若離的愁思也就打入在這樣飄邈的圖畫之中。景語皆情語，乃是由於景因情而設，情因景而生，故情景互藏互見，妙合無垠。

所以，〈蝶戀花〉（曉日窺軒雙燕語）一闋，乃用「屈指艷陽」、「霎閒風雨」、「流水落花」、「飛雲冉冉」數語托出流光疾速之慨；〈阮郎歸〉（湘天風雨破寒初）則在首句就點出客居異地之景，無盡的思鄉之情一湧而出；〈千秋歲〉乃寫對舊情的懷念，而末句「春去也，飛紅萬點愁如海」，卻用景色來舖敘愁情，所以能令山谷為之傾倒。

這樣一致的「淒迷」之感，不論是出以淺淡有味的〈浣溪沙〉（漠漠輕寒上小樓），或是以淒苦沉悲的〈踏莎行〉（霧失樓台）為之，都能寫人不見人，人在飛花夢，情在絲雨愁，人在孤館春寒中，情在斜陽歸聲裡。〔註22〕可謂淡妝濃抹，皆能相宜，而意境益加淒清幽緲，淒苦之情全出。

多情如秦觀，寫景處總是蘊藏著他的情態與聲音容貌，他的風調是輕柔的、婉細的，充滿了愁人情懷，達到了「體製淡雅」、「咀嚼無滓，久而知味」（張炎《詞源》卷下）的境地。

三、情調悽愴

秦觀自是一位多情種子，落拓的仕途、羈旅的生活，和戀情的牽繫，使他成為一個「古之傷心人」〔註23〕，作品雖然清麗淡雅，卻也多蘊含著淒婉哀怨的情緒。試看秦觀於哲宗元符三年庚辰（1100年），在雷州所作的一闋〈江城子〉：

> 南來飛雁北歸鴻，偶相逢，慘愁容，綠鬢朱顏重見兩衰翁。
> 別後悠悠君莫問，無限事，不言中。　　小槽春酒滴珠紅，
> 莫匆匆，滿金鐘。飲散落花流水各西東。後會不知何處是，

〔註22〕同上註，頁 133。
〔註23〕見馮煦《宋六十一家詞選例言》：「淮海、小山，真古之傷心人也。其淡語皆有味，淺語皆有致。」

煙浪遠，暮雲重。

詞中所云「重見兩衰翁」者，蓋指東坡於海康與秦觀之重逢。時東坡年六十四，秦觀五十二，經過多年的流放生涯，師徒重逢，將有多少的波折過往、曲折心事欲互相傾訴呢？但詞人還是要求對方莫問，一切盡在不言中了。畢竟，言之又能如何？只怕一旦化爲言語，淚就要傾洩而下！未來既不可把握，相會不知何期，何必滯於前塵往事，徒增感傷？不如一醉泯千愁，把握這次的相聚。「悲莫悲兮生別離」，千年前，充滿憂思愁悶的楚辭早已爲人生別離留下傷心的註脚；加以古時書信交通往來不便，此地一爲別，孤蓬萬里征，下次相聚更待幾時？因此這次的重逢對秦觀而言，在喜悅之外其實包含了更多的傷感。正如同秦觀〈千秋歲〉所云「碧雲暮合空相對」，煙浪既遠，暮雲重重，未來無法逆料，兩個年邁的老翁，此時也只能相對無語了。正是這種「別時容易見時難」的沉重感慨，讓秦觀一路走來，備覺心酸，對人生已不多期待，詞作也因此多爲寄寓身世之感，含有充沛的閒情愁思。閒情，即閒愁，一種莫名其妙的感傷愁緒；秦觀晚年作品，總不脫愁味深長的離恨鄉情，詞調亦無比悽愴。

然而，就秦觀前後期的詞作來看，詞調的悽愴程度仍有差別；大致上，貶謫生涯對秦觀詞而言是一個很大的分水嶺，紹聖之前詞風淒婉，紹聖之後詞風淒厲，可見秦觀即使對政治上的風風雨雨產生消極退意，有「小艇漁翁」之思〔註24〕，至少他仍在京師或地方任上，故尚不至於極度淒苦；殆及紹聖元年坐黨籍，開始了連貶生涯，才眞正使得這位敏銳易感的詞人萬念俱灰。茲以作於元豐年間的早期作品

〔註24〕陳師道曾和〈題趙團練江干晚景四絕〉詩，冒廣生《後山詩集補箋》云：「後山此詩作於（元祐）六年，正少游不得意時，此少游所有小艇漁翁之思。」這種逃避官場的念頭，在秦觀詩文中屢屢出現，詞作則不多見。例如〈題趙團練江干晚景四絕〉其一：「本自江湖客，宦遊常苦心。看君小平遠，懷我舊登臨。」（《淮海集》卷十一）而〈題趙團練江干晚景四絕〉其四亦云：「煩加添小艇，畫我作漁翁。」（《淮海集》卷十一）兩首皆爲元祐爲官年間所作，由於對政治的灰心失望，往往透露著秦觀落寞不得志的感慨。

〈滿庭芳〉與晚期作品〈千秋歲〉互相比較：

> 山抹微雲，天粘衰草，畫角聲斷譙門。暫停征棹，聊共引離樽。多少蓬萊舊事，空回首、煙靄紛紛。斜陽外，寒鴉數點，流水繞孤村。　　銷魂，當此際、香囊暗解，羅帶輕分；謾贏得青樓，薄倖名存。此去何時見也？襟袖上、空惹啼痕。傷情處，高城望斷，燈火已黃昏。

> 水邊沙外，城郭春寒退，花影亂，鶯聲碎。飄零疏酒盞，離別寬衣帶。人不見，碧雲暮合空相對。　　憶昔西池會，鵷鷺同飛蓋。攜手處，今誰在？日邊清夢斷，鏡裏朱顏改。春去也，飛紅萬點愁如海。

〈滿庭芳〉在開頭即營造了一片蕭索凄苦的景象，征棹將發，別情依依，於是景、事、情三者便在秦觀筆下自然地融成一體。秦觀在慢詞的寫作上展開了一條景、事、情交融鋪陳的道路，尤其在關鍵處，插入含蓄優美的景語，使得感情表現極爲出色，具有清麗柔婉的特質。然而晚期所作的〈千秋歲〉卻展現了極度的哀傷，甚至連友人讀後，都驚恐其「殆不及於世」〔註25〕。詞中，「憶昔西池會，鵷鷺同飛蓋」實爲回憶昔日同僚遊賞京師之事，然而今時今景，入朝的好夢已斷，鏡裡紅顏也都改變了，當時攜手之地，還有誰留下呢？悲愴的語調，令人不忍卒讀，貶斥之後秦觀凄厲之心境當顯而可知。

　　不過，雖秦觀有此「凄婉」到「凄厲」之變，其情調悽愴仍爲一致，只是有前後期的程度輕重分別而已。然而在與其他詞人相較之下，會發現：秦觀詞的氣氛確實過於感傷。葉夢得《避暑錄話》卷三云：

> 蘇子瞻於四學士中最善少游，故他文未嘗不極口稱讚，豈

〔註25〕宋・曾敏行《獨醒雜志》：「少游謫古藤，意忽忽不樂，過衡陽，孔毅甫爲守，與之厚，延留待遇有加。一日飲於郡齋，少游作〈千秋歲〉詞。毅甫覽至『鏡裡朱顏改』之句，遽驚曰：『少游盛年，何爲言語悲愴如此？』遂廣其韻以解之。居數日別去。毅甫送之於郊，復相語終日，歸謂所親曰：『秦少游氣貌，大不類平時，殆不久於世矣。』未幾，果卒。」

> 特樂府？然猶以氣格爲病，故常戲云：「山抹微雲秦學士，
> 露花倒影柳屯田。」

葉夢得此語，乃在說明秦觀「以氣格爲病」，認爲他所缺失之處在於
與柳永詞風相近。事實上，秦觀雖然學習柳詞的纏綿情調，但是他的
作品卻能表現出凝重的情致（如〈水龍吟〉的詞調艷麗纏綿，但是末
尾「念多情」三句卻有凝重深遠之思），與柳永發揚顯露的風格畢竟
不同；評秦詞之失，或許應該著重在「情調悽愴」而言。

　　秦觀對時光的流逝、美好的不再，常常有著比其他人更加敏銳
的感觸，故眼前的山水草木都飽含愁思，悽愴的詞調憑添無限傷悲。
然而，同樣是面對官場打擊，同樣是連遭遷謫，甚至所貶之地遠比秦
觀更爲南荒，東坡卻能將其鬱鬱不得志的消極情感，昇華爲坦然自適
的曠放，較諸秦觀終日沉嘆寡歡，詞情更加令人激賞。試比較蘇、秦
兩人之作品：

> 夜飲東坡醒復醉，歸來髣髴三更。家童鼻息已雷鳴。敲門
> 都不應，倚杖聽江聲。　　長恨此生非我有，何時忘卻營
> 營。夜闌風靜縠紋平。小舟從此逝，江海寄餘生。（蘇軾〈臨
> 江仙〉）
> 霧失樓台，月迷津渡，桃源夢斷無尋處。可堪孤館閉春寒，
> 杜鵑聲裡斜陽暮。　　驛寄梅花，魚傳尺素，砌成此恨無
> 重數。郴江幸自繞郴山，爲誰流下瀟湘去？（秦觀〈踏莎
> 行〉）

醒醒醉醉，本就是貶謫黃州期間東坡典型的寫照，難言的隱痛、寂寞
盡在其中，「敲門不應」是現實又一次的挫折，東坡卻能在轉念之間
頓悟——何不「倚杖聽江聲」呢？此刻心境，已不復初臨黃州時的幽
憤嫉恨。夜色中，他清晰地思量這半世行路，外在形軀既不能自主，
向來汲汲營營的慮求，何時才能眞正放下？「長恨」二句，道盡了人
間不得自由的眞相。然而一旦領悟，所有的名疆利鎖、執著傷痛，都
在刹那間釋懷了！東坡忽有駕小舟「江海寄餘生」的念頭，足見他脫

悟之後曠逸而自適的遐想〔註26〕；然而秦觀並非如此。此闋〈踏莎行〉表達了一種憂患餘生的淒苦心情，孤臣孽子而有別離思歸之恨，渾厚的筆調中富含深沉的傷痛。東坡自信而積極地擔負未來，秦觀卻抑鬱而消沉地承受生活，兩人一豪曠一悽愴，所展現的詞情風采也就大不相同。

當然東坡個性超然曠逸，本為豪放派的詞人，其風流與秦觀之婉約自不可相提並論。然而就一般風格被歸入婉約的詞人來看，馮延巳「日日花前常病酒，不辭鏡裡朱顏瘦」，仍有一份對負荷生命熱情；晏殊「落花風雨更傷春，不如憐取眼前人」，則表現了一種了悟，勇於接受悲苦的現實；歐陽脩「直須看盡洛城花，始共春風容易別」，更是表達了一股豪宕之氣，有著欣賞悲苦人生的意興。這些區別與詞人們的生平閱歷、生命底蘊都有關係，而秦觀所展現的氣質格調則是比較幽約感傷的。馮煦稱其「一謫南荒，遽喪靈寶，故所為詞，寓慨身世」（《蒿庵論詞》），李易安則說秦觀「專主情致」，其實秦觀的愁緒大多並非起於具體事件，而是源自一種深廣的、莫名的悲傷與抑鬱，更大的原因則來自於他那纖細溫柔、敏銳多感的個性，所以其詞深具悲傷剔透的色彩，悽愴的詞調可見一斑。

像這樣的詞風，深於情致，而氣格柔弱，雖能完整地保留歌詞酒邊花下深情吟唱的婉約特性，未免失之於憔悴心酸，對未來的人生缺乏自信，而耽溺於悽愴情緒之中，故擴展不出曠放雄壯的境界。後人云「淮海秦郎天下士，一生懷抱百憂中」〔註27〕，秦觀耿耿於懷的，是無窮無盡的沉悲，所以生平所作的最後一闋〈江城子〉詞，看不到對友人昂揚的慰藉，而是展放了深切悲痛的人生體驗，表現為一片愁深似海的情感畛域。

〔註26〕參郭美美：《東坡在詞風上的繼承與創新》（台北：文津出版社，民國79年12月），頁145。

〔註27〕樓鑰〈黃太史書少游海康詩題跋〉載：「祭酒芮公賦鶯花亭詩，其中一絕云：『一言多枝亦多窮，隨意文章要底工。淮海秦郎天下士，一生懷抱百憂中。』嘗誦而悲之，醉臥古藤，誠可深惜。」

第三節　成就總論

　　溫庭筠爲花間鼻祖，他生活放蕩豪肆，出入於歌樓妓館，日與伶優歌伎來往，對她們的生活情感，能夠深刻地觀察和體會，所以溫詞主要是描寫妓女們的苦痛生活、追求眞誠的愛情，以及美好光明的願望，尤善於描寫女子們細緻曲折的心理變化。文字華艷，具有金碧輝煌的富貴氣和香澤濃烈的脂粉氣，這正是城市物質生活的反映。由於他大力作詞，在藝術手法上作了某些探索，使詩和詞明顯地分了家，奠定了婉約詞派的基本風格，對詞的發展起了一定的推動作用，爲晚唐五代詞的創新揭開了序幕。

　　而溫廷筠之後的韋莊，其詞感情眞摯，語言清爽自然，詞風清麗疏淡。他的〈菩薩蠻〉一共五闋，風格相近，上承白居易、劉禹錫的〈憶江南〉等詞，下啓南唐馮延己、李煜等詞家，可說是花間派詞人中的別調。

　　南唐後主李煜則開始用詞直接抒寫自己的生活感受。他善於運用白描手法和富有概括性的比喻，具體地刻劃抽象的內心情感；譬喻形象鮮明，貼切生動，語言明淨優美，並接近口語，李煜對於詞的發展起著不小的作用，在詞史上地位極高。在他以前，很多詞作內容多不脫女人、相思，題材和意境較爲狹窄。直至李煜，才使詞從狹窄、虛浮的「花間派」中突破出來，提高了詞的表現力、抒情力，並顯示了詞的發展潛力。馮延巳是南唐「中主」李璟的宰相，所寫之詞多爲官僚享樂生活，也不脫女子相思一類，但其作品貴在清麗多采，委婉深情，把從溫庭筠以來的婉約詞風更推前一步，並爲北宋的晏殊、歐陽脩等所繼承。

　　到了北宋初期，仍不脫五代詞的婉艷清麗的格調，體制以小令爲主。大多依聲傍腔，使用舊調，少有創製新曲者。詞人有晏殊、歐陽脩、張先、晏幾道、范仲淹等，至柳永則變小令爲慢詞，由塡寫詞調進而造新詞調，善用口語抒寫天涯浪客、風塵兒女等內容，詞藻綺麗而婉約。

　　柳永以後，詞風由婉約變爲豪放，蘇軾爲其中領袖人物。此外此時期尙有秦觀、黃庭堅等。感情豪邁奔放，胸懷坦率開朗，是蘇詞浪漫主義的基調，而聯想豐富，比喻新奇，結構變化莫測和自由揮灑的寫作態度，則是蘇詞浪漫主義藝術特徵。蘇軾爲詞開展了一個和傳統詞對立的豪放詞風，幾乎籠罩了從他以後所有詞人的作品，甚至，對南宋詞人陸游、辛棄疾、張孝祥、劉過等人都產生了極大的影響。然而東坡的成就並未被當時所共同承認，直至南宋李清照，仍以花間以來的「柔婉」爲正宗。

　　秦觀就是處在這樣的一種時代背景中。師友倡導「詩化」的聲浪如日中天，然而秦觀的心卻仍秉持著對傳統詞體的維護，並未跟隨東坡等人的腳步，兀自走回花間婉約柔美的本質。《花間集》的作品，其風格大多呈現香艷綺靡，秦觀雖然居於回流的地位，卻不是一成不變地模仿花間、尊前，而是在婉麗的艷詞中另闢蹊徑，注入作者精微眞摯的感受，並非一如晚唐五代以來，只注重雕飾華麗、春澤穠艷，表現出金碧輝煌的富貴氣和綺靡的脂粉氣。諸如〈浣溪沙〉「自在飛花輕似夢，無邊絲雨細如愁」、〈江城子〉「猶記多情、曾爲繫歸舟」、〈鵲橋仙〉「纖雲弄巧，飛星傳恨，銀漢迢迢暗度」等句，都使用了平易近人的語言，加上詞人本身精微、纖細、眞切的情感，讀之令人餘味無窮。

　　至於另一位固守婉約詞風的詞家晏幾道，他在長調盛行之際，仍痴心於小令的寫作，故基本仍以小令爲主。從表面看來，小晏的相思離情和花間詞人並無二致，然而他在詞中突破了娛賓遣興的藩籬，紀錄了自己的心路歷程，有著更多心靈的呼聲，展現其追求理想的固執，狷介而不合流俗的人格，以及故人舊緣的誠摯，自然也就在承襲花間之外，帶出一片拓展詞之意蘊的天地。只是就回流的情況來說，小晏的學養經歷雖與小詞的寫作有著重要的關聯，不過就詞的發展演變而言，顯然不及秦觀詞所拓展的境界遠大。

　　花間詞的作者擅長以明示或暗示的手法透露出哀愁，在穠麗細

膩的外在景物的烘托下，讓讀者自由豐富的想像，呈現出詞中獨特「要眇宜修」的審美特質。如薛昭蘊的〈離別難〉：

> 寶馬曉雕鞍，羅帷乍別情難。那堪春景媚，送君千萬里。
> 半妝珠翠落，露華寒。紅蠟燭，青絲曲，偏能勾引淚闌干。
> 　　良夜促，春塵綠，魂欲迷，檀眉半斂愁低。未別，心
> 先咽，欲語情難說出，芳草路東西。搖袖立，春風急，櫻
> 花楊柳雨淒淒。

此首詞的「場景」由「春景」、「閨房」、「闌干」……等多次轉換，而且共用五部韻，交互錯雜地押韻，明顯地展示了詞「要眇宜修」的特性，並表現了內心曲折感情的特殊韻味，也展現了一種對抒情內容的偏執。在花間詞眾多的作品中，可以發現詞人「以愁為美」的審美價值。此或因花間詞人處在一個混亂的時代背景，也或許是因為詞人不必背負「詩言志」的道德責任，而能對感情完全地抒發，這種「哀愁美」的偏嗜，實在是《花間集》所形成的獨特的審美價值。秦觀當然延續了這樣感時傷別的特質，所以特別具有柔媚的情致，他在藝術上繼承李煜、柳永而有所發展，語言流暢優美，能以特徵性景物表現內心的感受，而達到一種情景交融的境界。

　　就內容而言，秦觀詞表面上雖與《花間》的傳統有相近之處，然而在意境與藝術方面，卻實在又有其個人所獨具的特色與成就。劉熙載在其《藝概‧詞概》即云：「秦少游詞得《花間》、《尊前》遺韻，卻能自出清新。」況周頤於《蕙風詞話》卷二中也曾云：「有宋熙豐年間，詞學稱極勝。蘇長公提倡風雅，為一代山斗，黃山谷、秦少游、晁無咎皆長公之客也。山谷、無咎皆工倚聲，體格與長公為近。唯少游自闢蹊徑，卓然名家。蓋其天分高，故能抽密騁妍於尋常濡染之外。」以上二家深中肯綮地指出淮海詞自出機杼的特色，這些評語都不失為有見之言。秦觀就在這一脈清晰明朗的婉約詞影響下，攢承其緒，並且精心維護詞之為詞的醇正本質。

　　再者，柳、蘇之變，都不為時人首肯和詞壇認可。柳永的艷俗

之詞失於「不雅」，即李清照《詞論》所說的「詞語塵下」。蘇詞雅固
雅矣，但他「以詩爲詞」，和傳統之「雅」並非一路，況且又豪不就
律，因此，「雖極天下之工，要非本色。」據上所述，知時人對柳蘇
兩家各自有所不滿，秦觀的歷史使命正是要把詞重新納入傳統的「正
格」。從題材上來說，必須突出男女情事、傷春悲秋、離愁別恨，並
著重體現人物複雜而幽細的內心世界；從抒情方式而言，既不可如蘇
詞豪壯奔放，一洩千里，又不可如柳詞坦陳胸臆，直攄無遺；而是要
含蓄蘊藉，饒有情致。

　　秦觀在婉約詞的成就，正是爲傳統「本色」詞，拓展了一個更
爲柔媚、含蓄，且本質精純的正統道路。

　　而從拓展的一面來看，北宋中葉以後，儒學進入全面復興的時
期，文學理念和士大夫的文化人格漸趨成熟，文人開始以涵納百川的
胸襟對待一切知識和學術，也包含了佛、道，以及世俗文化，使之融
於以儒家爲主體的主流文化中。於是，尙「雅」形成了籠蓋四野的氣
候，士大夫們自覺地排斥柳永「向下一路」的俚俗之風，而依循詞的
雅化之途。〔註28〕當時詞壇之「變」，大抵有兩條發展：一是蘇軾以
詩爲詞，「指出向上一路」；一是秦觀承繼著傳統詞風，並在因循舊制
中悄乎其變。

　　陳廷焯言秦觀詞「變而不失其正」（《白雨齋詞話》），這種「變」，
即是相對著柳永與蘇軾而言；而「正」的內涵，指的是保留詞的體性，
導詞向「雅」的堅持。本章所論秦觀對詞風的拓展，主要就其「變」
來說；淮海詞之「變」，言情而不似柳永之「俗」，合「雅」又不比東
坡之豪放。秦觀的「改良」詞風，保守而婉轉，適度地調節了詞的傳
統體性與文人意緒之間的關係，故在詞風回流的同時，也連帶完成了
特有詞風的拓展。

　　從整個詞史的發展來看，柳永對詞的革新意義，在於首能打破

〔註28〕參任翌、鄭靜芳：〈秦觀變革詞風的轉捩點〉，收錄於《古典文學知
　　　識》第96期，2001年3月，頁51。

詞的狹小格局，拓展慢詞體製，且質量俱重，使詞的天地得以伸展、開闊。然而柳永不免有些淺近卑俗之作，「爲風月所使，而失雅正之音」﹝註29﹞。蘇軾對詞的革新意義，在於以士大夫的學養、識見以及審美趣味來提昇詞格，爲宋詞另闢一境，新天下人之耳目，然而正如陳師道在《後山詩話》裡所說：「退之以文爲詩，子瞻以詩爲詞，如教坊雷大使之舞，雖極天下之工，要非本色。」這種突破音律拘束的改革，並不被認爲是「本色」之詞。因此，秦觀之「變」，在當時更爲自然，而其對詞的革新，也更具影響。

　　至於風格方面，秦觀擅長以婉約之筆呈現個人感情，除了感情眞摯、移人至深，其獨到之處在於能兼詞格、詞韻，讓人吟誦之後餘味無窮，此其「情韻兼勝」也；在傳統的外貌下，秦詞注重的是聲情相符、詞韻諧和，而且語言清麗典雅，對仗形式亦要求工整，這種「語工而入律」的內涵本質，的確較五代以前的婉約詞更爲豐富。另外，情景交融也是秦觀詞的一大拓展，在濃淡皆宜的筆力之下，不論清新婉美或凄苦沉悲之作，都能自出機杼，與眾不同，使得景語即情語，將心中的思想感情，與自然景物互相配合、融入和表現，所謂「見景生情」、「情在景中」，兩者相得益彰；秦觀所特別處，還在於善以凄迷之景寫凄苦之情，這是花間、南唐，甚至是北宋詞人所未及，成爲秦觀獨有的詞境。「情調悽愴」則是秦觀詞風引人入勝處，是一份獨特的拓展，卻也正是氣格柔弱的缺憾所在。淮海詞達到了「雖不識字人，亦知是天生好言語」（《能改齋漫錄》記晁補之語）的俗賞，也贏得了文化修養較高的士大夫們的眾口交響；然而秦觀在政治上屢經挫折，遠謫南荒，性格軟弱，不像與之有著相同遭際的蘇軾、黃庭堅那樣倔強，故其晚年之作多絕望語，格調也由哀婉而入凄厲。像秦觀這樣悲劇型的婉約作家，雖多能爲眞摯之語，不過作品缺乏使人奮發向上的力量；詞風上或有拓展之功，但在詞格上實有所不足。

﹝註29﹞見張炎《詞源》卷下。

另外，秦觀詞尚有一些值得討論的典型之作。

有些作品，抒發了真摯深刻的情感，卻不似花間詞那般假借女子聲口代言，也並非吐露輕微朦朧的情思而已，而是把所面臨生命的困境懇切地表現出來，例如秦觀的自度曲〈金明池〉：

> 瓊苑金池，青門紫陌，似雪楊花滿路。雲日淡、天低晝永，過三點兩點細雨。好花枝、半出牆頭，似悵望、芳草王孫何處。更水繞人家，橋當門巷，燕燕鶯鶯飛舞。　　怎得東君長爲主？把綠鬢朱顏，一時留住。佳人唱、金衣莫惜，才子倒、玉山休訴。況春來、倍覺傷心，念故國情多，新年愁苦。縱寶馬嘶風，紅塵拂面，也則尋芳歸去。

秦觀精通音律，能自度曲，淮海詞中如〈揚州夢〉、〈畫堂春〉、〈醉鄉春〉、〈金明池〉等，皆由其自創調。元祐七年（1092 年），秦觀在京師，「上巳詔賜館閣官花酒，以中澣日游金明池、瓊林苑，又會於國夫人園，會者二十有六人。」〔註30〕金明池、瓊林苑均位於東京外城西牆的順天門外路北，始鑿於北宋初年，作爲訓練水軍之用，後隨太平盛世經北宋歷代王朝多次營建，各種設施逐漸完善，逐漸轉變爲水上娛樂表演和郊遊場所。秦觀作有〈西城宴集〉詩，紀宴集之盛；〈金明池〉應即作於其時。

此詞上半闋寫開封城的秀緻春景：楊花不禁風，化爲飛絮，如雪般鋪滿了京師的小徑，而雲日疏淡、天空低闊，加之兩三點濛濛細雨，更添春意。綠水周於舍下，平橋作爲門巷，佳時佳景，燕鶯飛舞，當下又爲宴遊之時，心情應再好不過了；然而一句「似悵望」，透露了作者的心思並未因景色而欣喜。究其所由，實在是因爲「綠鬢朱顏」無法挽留，對於「春來」「春去」的時光流逝之感，更是惆悵莫名、難以排遣啊！生活愈是安樂，愈怕美好的事物不能長久；享受當下的幸福，卻又怕下一刻即有變化；這種轉折微妙的心緒，本來就是人之常情。所以，敏感的秦觀在春遊之時，卻還是傷心著光陰一去不返的

〔註30〕《淮海集》卷九，〈西城宴集〉詩前序。

亙古定律。然而，生命若不是現在，那是何時？雖然秦觀有著難以排遣的春愁，還是要「縱寶馬嘶風，紅塵拂面，也則尋芳歸去」，盡情把握春天稍縱即逝的美景，及時行樂。

　　詞中寄寓了無限的感慨，並把對人生的遭遇體悟不時譜入詞中，足見抒發感懷的創作傾向，已更加直接且自然。這樣「言志」的作品標誌著詞體「雅化」的圓熟，在秦觀之前，雖有李煜、晏幾道融入個人家國感慨，或是「寓以詩人句法」〔註31〕，然而題材的突破仍要到蘇軾「無事不可入」，方才一新天下耳目。惟蘇軾引入的美感偏於剛性，加上稟性不拘小節，與詞體之音律特性呈現些許斷裂，是以後繼者不多；秦觀則以婉約之風進行修正，對詞的雅化提供一條可遵循之道，並在不違離詞體傳統的前提下，悄乎其變，故拓展了新的局面。大陸學者朱德才即認為：

> 按北宋的詞壇實際，詞至柳永一變，至蘇軾又一變，至秦觀再一變。這三變既互相牴牾，又互為因果。問題在於，沒有柳永的一變，就沒有蘇軾的二變，而沒有柳、蘇兩家之變，也就很難出現秦觀的三變。……當時柳、蘇之變之所以遭時人非議，毀譽參半，就在於他們之變近乎「突變」，超越了時代的社會心理和美學心理，違背了詞體的「漸變」規律。因此，秦觀的藝術魄力雖遜柳、蘇，但他的「復雅歸宗」之變，卻獲得了耐人尋味的成功。〔註32〕

朱氏的「復雅歸宗」說，其實乃針對柳、蘇之變而言；也就是說，秦觀雖以花間、南唐為宗，卻不只是簡單的回歸返祖，他在藝術上有獨特的創造，適應當日的時代潮流，展現了「漸變」的規律。此現象正好也符合詞體發展的型態，正如陳廷焯所言「詞至少游乃一變焉，然變而不失其正，遂令議者不病其變，而轉覺有不得不變者」（《白雨齋詞話》卷一）。比起蘇軾對詞風的陡然轉變，秦觀在婉約詞的庇蔭下，

〔註31〕見黃庭堅《小山詞‧序》：「寓以詩人之句法，清壯頓挫，能動搖人心。」
〔註32〕參朱德才：〈秦少游的「復雅歸宗」〉，收錄於《文史哲》1987年第1
　　　　期，頁56～60。

其詞風的悄乎其變似乎更能說服人心。

　　總而言之，秦觀對詞風的拓展意義，乃在於掌握詞幽微柔婉的前提之下，將個人懷抱志意帶入詞中；他以充滿象徵的意象撐托起生命主體的沉重，不再只是晏、歐等人片段哲思形式的生命觀照。秦觀確立了詞體「雅化」、「言志」的發展方向；蘇軾雖是將詞體「言志化」的關鍵人物，卻超逸了詞的矩度，要非本色。〔註33〕秦觀則予以詞體相當程度的修正，證明詞不但可以言志，且無須挪移套用詩或文的方式來表達個人情志懷抱，而是用「詞」本身特有的含蓄蘊藉的表現手法來抒發志意，奠定了詞體成爲主流文學的可行性，讓詞不再只是酒席花邊的遊戲之作，也拓展了詞的作用與內涵。

〔註33〕參吳旻旻：〈試由「愁」談秦觀、賀鑄詞─兼論二人在詞史上的承繼與超越〉，收錄於《中國文學研究》第15期，2001年6月，頁23。

第六章　秦觀詞的歷史意義

在前面三章中，已經分別就秦觀詞承繼、回流以及拓展的部分加以探述；事實上，這兩種特質並存於淮海詞中，並非對立的關係。合而言之，恰好是秦觀詞承繼到拓展的必經之途。秦觀詞回流的情況，或是爲詞體所拓展的內涵，不論是在題材內容、藝術技巧，或者是風格特色上，都已詳見前文；而秦觀所開拓的這一場毫不背離傳統的「變革」，究竟導致詞體在本質上發生了怎麼樣的變化？他所開創或增加的，對詞體的演進，又造成了何種程度的影響？尤其，在秦觀之後，許多格律詞或婉約詞依循著這條「悄然正變」的軌跡，各自發展不同的藝術內涵，更顯示了秦觀在詞史上的不凡地位。

本章所立節目，即是針對上述問題，在承創理念的觀照下，期予秦觀詞一個合理而完整的詮釋與定位。

第一節　以詞言志

從詞的源流來看，起初的民間雜曲與文人詞階段，題材廣泛而內容質樸；到了晚唐五代，花間派的「詩客曲子詞」蔚然成風，詞所承擔的文學內涵，繼承了齊梁宮體詩的傳統，純粹只就緣情的功能去發展，在其意識之中，並沒有要藉以抒寫情志的用心。可以說，花間時代的詞是爲應歌而作，它的主體風格也大抵成形，內容多以美女與

愛情爲主，完全脫除了倫理政教的約束；雖不免賤俗淫靡之病，但其
佳者往往也能具有一種詩所不能及的深情與遠韻〔註1〕。而到了南唐
君臣以及宋初士大夫的手中，可能是詩人文士們早已經習慣了詩學傳
統言志抒情的寫作方式，所以一點一滴的將自我生命情懷譜入詞中，
詞乃逐漸趨向於「詩化」；不過，這些作品，雖然有了「詩化」、「言
志」的作用，就其外表所敘寫的情事而言，大多爲傷春怨別之詞，其
所使用的詞牌，也大都仍是花間以來所沿用的短小令詞；所以就其脫
離艷歌、融入情志的方面來說，雖然可目之爲「詩化」，但就其傷春
怨別、婉約幽微這一方面的風格來說，仍舊保留了詞之源於艷歌的女
性化柔婉特質。

　　北宋初期，塡詞風氣大開，然而在士大夫保守的觀念中，卻仍
存鄙薄之心，動輒以「小道」目之，誠如胡寅〈酒邊詞序〉所言：「文
章豪放之士，鮮不寄意於此者；隨亦自掃其跡，曰謔浪遊戲而已也。」
這樣的情況，一直要到蘇軾出現，才使詞體本質開始發生轉變。蘇軾
使得詞之寫作脫離了歌筵酒席的艷曲性質，而進入詩化的高峰，張炎
說：「東坡詞清麗舒徐處，高出人表。」(《詞源》)蘇軾革新詞體的關
鍵即在於「以詩還詞」，也就是將作詩的才華用於作詞。

　　劉辰翁《辛稼軒詞序》曾云：「詞至東坡，傾蕩磊落，如詩如
文，如天地奇觀。」蘇軾有別於傳統的清曠詞風，引導了以詩爲詞
的風氣，不僅洗刷了晚唐五代詞的綺艷遺緒，也有別於當時盛行的
柳永「風味」，而形成了「自是一家」的風格，在宋詞發展史上有著
重要的地位。

　　首先是蘇軾開拓了詞體的題材領域，將詞作爲一種隨意抒情寫
景、無事不入的新詩體，表現了獨具個性的人生體驗和思想感情。他
現存的作品中，涉及到感舊懷古、抒情議論、記遊詠物、鄉村風物、
山水景色、朋友贈答諸多題材，完全突破了詞爲艷體的傳統界限。再

〔註 1〕參葉嘉瑩：《中國詞學的現代觀》（台北：大安出版社，民國 77 年 12
　　　　月），頁 7～8。

者，蘇詞也開創了清雋豪曠的詞格，讀其詞「使人登高望遠，舉首高歌，而逸懷浩風，超然乎塵垢之外」（胡寅〈酒邊詞序〉）。

　　蘇詞的豐富題材和獨特風格是相互聯繫的，他善於藉景寓理，表現深沈複雜的人生感慨，從而形成了清空曠達的詞風。當然蘇軾也有描寫男女情感、風格婉約的詞作，如悼念妻子的〈江城子〉即為代表。此外蘇軾也是最早把農村生活題材引入詞體的開創者，描寫鄉村風俗的五闋〈浣溪沙〉，清新淳樸，別具一格。

　　蘇軾風格多樣，自是一家的詞作，在當時詞壇引起了廣泛回響。蘇門文人雖批評蘇軾「以詩為詞」，不合「本色」，卻也不同程度地受到蘇詞的影響。龍沐勛以為：

> 假社會流行之新興體制，以抒寫作者之浩氣逸懷，音律漸疏，而內容日趨充實，疆宇益見擴大，作者之性情抱負，得充分表現於「曲子詞」中，詞體日尊，而距原始曲情益遠。〔註2〕

作者透過作品，自覺地觀照自我，反映自我生活感受、理想和情趣，這是所謂的「主體意識」。蘇軾將這份自我觀照正式引入詞中，使得詞在傳統的緣情功能之外，又吸收了「言志」的要素，成為可以抒懷寫志的文學體裁，掀起了一陣「以詞言志」的革新風氣。然而蘇軾的「以詞言志」，形式上雖為詞的面貌，內容上卻是把詩的寫作方式帶入詞中，說理論道，有意地移詩筆寫詞，故應稱為詞的「詩化」，讓詞「緣情」的特質，拓展到更朗闊、更深摯的層面去。〔註3〕秦觀的「以詞言志」卻不然。

　　秦觀以詞描寫愁懷，不僅在題材與技巧上有所承繼與突破，有些詞作別出蹊徑，可謂開創了寫愁的新境界。以這闋〈踏莎行〉為例：

〔註2〕龍沐勛：〈兩宋詞風轉變論〉，收錄於《詞學季刊》（台北：學生書局，民國56年景印本），第二卷第1號，頁1～23。

〔註3〕參郭美美：《東坡在詞風上的承繼與創新》（台北：文津出版社，民國79年12月），第五章第一節「『以詞言志』與『以詩為詞』」，頁177～184。

> 霧失樓台，月迷津渡，桃源望斷無尋處。可堪孤館閉春寒，
> 杜鵑聲裡斜陽暮。　　驛寄梅花，魚傳尺素，砌成此恨無
> 重數。郴江幸自繞郴山，爲誰流下瀟湘去？

葉嘉瑩先生以爲開首三句並非實景，而是「象喻性」的寫法，以假想的形象代表崇高境界與人生出路的失落迷茫，表現出一種內心美好追尋落空後的沉痛絕望。〔註4〕姑且不論秦觀此詞是否與陶淵明美好桃源的追求，或者瀟湘乃屈原自沉之所有關，單就字面來看，首兩句透露出迷離恍惚的意味，再接上「桃源望斷無尋處」，茫然失所的落寞向人席捲而來，不管是寫生、造景或象喻，它都明確地帶給讀者「迷失」這個訊息。在這裡，秦觀並未使用本事或喻體，而是以更加隱晦的手法，表達暗夜迷徑、理想的失落，乃至生命主體的無所掛搭；並在下兩句以「孤館」、「斜陽」典型融景入情的意象，象徵孤獨與凄涼。再者，「閉春寒」的「閉」字也把所有的哀傷沉痛緊緊鎖住，不肯釋放，凝結出強大的情感張力。〔註5〕下片「驛寄梅花，魚傳尺素」典出《荊州記》以及〈飲馬長城窟行〉，以古人古事點出相思卻不得相見的苦楚〔註6〕，故云「砌成此恨無重數」，讓人感覺：這恨意，是一點一滴、逐字逐句地堆積起來的！這苦心造詣的悲凄，讓上片所鋪排的景語已經足夠撐起整個情境，故無須遵循溫庭筠、晏幾道詞中情語所扮演「一語點破，通體靈光」的角色，而以精湛的藝術方式讓場景背後的情感意義益顯鮮明。至於最後兩句導致蘇軾、王國維褒貶迴異的句子，事實上乃是一句沉苦無比的對天而問，透過地理實際狀況，叩問郴江歸屬與誰？因何離去？對

〔註4〕參葉嘉瑩：《唐宋名家詞賞析》（台北：大安出版社，民國77年12月），第二冊，頁127～143。

〔註5〕吳旻旻：〈試由「愁」談秦觀、賀鑄詞─兼論二人在詞史上的承繼與超越〉，收錄於《中國文學研究》第15期，2001年6月，頁16。

〔註6〕宋時，陸凱從江南寄送給住在長安的好朋友范尉宗，還附了一首詩：「折花逢驛使，寄與隴頭人，江南無所有，聊贈一枝春。」這便是家喻戶曉的驛寄梅花故事。詳見本文第四章第一節的第二點「羈旅感懷」中之相關論述。

比於首三句的淒迷，使得情感產生集中，讓全詞衝向一個高峰。

　　此闋詞的寫作技巧如羚羊掛角，自然無痕，且蘊含了豐富的情感，通篇緊繫而完整，秦觀鍛鍊意象的技巧可說已經超越前賢。然而從中也可發現，秦觀與蘇軾截然不同處，乃在於他是以體制內的革命──也就是「詞」的作法，來表現文人理想追尋而生命失落絕望的主題。以純粹的「詞」來抒發感懷，這顯然與蘇軾的以詩為詞有著很大的不同。

　　再以淮海詞中大量的情詞來看，秦觀早期科舉不第已流露懷才不遇之悲感，殆及遭受黨爭的迫害，接二連三的貶謫，給予他的衝擊尤其強烈，所以所作的愛情詞，更蒙上一層極為深沉暗鬱的色彩。試看以下這闋〈鼓笛慢〉：

　　亂花叢裡曾攜手，窮艷景，迷歡賞。到如今，誰把雕鞍鎖定，阻游人來往。好夢隨春遠，從前事、不堪思想。念香閨正杳，佳歡未偶，難留戀、空惆悵。　　永夜嬋娟未滿，嘆玉樓、幾時重上。那堪萬里，卻尋歸路，指陽關孤唱。苦恨東流水，桃源路、欲回雙槳。仗何人，細與丁寧問呵，我如今怎向。

全詞表面寫懷念舊歡往事，但詞中所謂「到如今，誰把雕鞍鎖定，阻游人來往」，似乎沉痛地指出因為黨爭迫害，被貶遠荒而無法相聚。下片「那堪萬里，卻尋歸路，指陽關孤唱」，又很清楚地說明謫地之遙遠，與謫居生活之孤獨。故此詞不論是否藉著懷念舊歡表現對朝廷的眷戀，秦觀遭貶的痛苦哀傷卻很明顯地混合在愛情內容中反映出來，這是無庸置疑的。秦觀詞以愛情為表面主體，雖嫌單調了一點，但是他也將自己政治上的失意，以及貶謫之後的困苦滲透入詞，使得情詞變得非常沉鬱有味。在內容上，就秦觀深化情詞這點來看，無疑地對詞體作出了極大的貢獻。

　　秦觀強志盛氣，好大而奇，不能在自己所投身的環境中隨遇而

安，又不肯隨波逐流，只好將自己孤立起來。〔註7〕他的早期作品取材自兒女柔情或時序感慨，作風嫵媚清麗；後期抒寫貶謫之感的作品，則對傳統詞的狹窄題材有所突破，情感思想轉爲沉著深刻，情調也淪入淒清哀厲，表現出「將身世之感，打并入艷情」的特點，婉轉曲折地將情志懷抱表達出來。然而不論是客路感懷，或是懷古念舊，抑或是感嘆時光流逝……秦觀皆恪盡詞體傳統，以婉約詞風爲主，專心致力於此一模式的抒發；即連言志之作，也不脫傳統詞風的範疇，洵可謂「純乎詞人之詞」。而蘇軾在宋代「詩言志、詞言情」的不成文律則下，將可以說理論道的「詩」，化入承載情韻的「詞」裡，卻成爲了「詩人之詞」的象徵；在同將「緣情」與「言志」打成一片的成就拓展下，秦觀與蘇軾實在是判然有別的。比較蘇秦二人的詞，可以更爲清楚地明瞭此一差異：

> 島邊天外，未老身先退。珠淚濺，丹衷碎。聲搖蒼玉佩，
> 色重黃金帶。一萬里，斜陽正與長安對。　道遠誰云會？
> 罪大天能蓋。君命重，臣節在。新恩猶可覬，舊學終難改。
> 吾已矣，乘桴且恁浮於海。（蘇軾〈千秋歲〉）
> 水邊沙外，城郭春寒退。花影亂，鶯聲碎。飄零疏酒盞，
> 離別寬衣帶。人不見，碧雲暮合空相對。　憶昔西池會，
> 鵷鷺同飛蓋，攜手處，今誰在？日邊清夢斷，鏡裡朱顏改。
> 春去也！飛紅萬點愁如海。（秦觀〈千秋歲〉）

詞牌同爲〈千秋歲〉，蘇軾乃就一己處境實寫，自言爲萬里遙隔的海外逐客，丹衷雖碎，卻知「舊學難改」，對朝廷仍抱感念之恩以及可爲之望〔註8〕；而秦觀卻處處描寫自己被徙放之後棲遲冷落的苦痛，以詞筆表達一種絕望的呼喊。所謂的「人不見」，並非只是泛泛地寫當下無人共賞春景，而是想到當年曾經攜手遊春之人，蘇東坡、黃庭

〔註7〕參南婷：〈我讀淮海詞〉，收錄於《文藝月刊》，民國76年3月號，第213期，頁68。

〔註8〕此闋〈千秋歲〉爲蘇軾於元符二年於儋耳所作，時東坡年六十四，卻見其平生志意未曾稍改，聲調凝重，乃晚年披肝瀝膽之作。

堅……如今早已被貶，同伴相繼潦倒，連個有能力伸出援手的人都沒有，這種真真實實生命坎坷的痛處，令人如何不悲觀？朱顏老去，雄心壯志也隨著青春流逝，所有的美好希望都走了，於是徒留一地零落的殘紅，和像海一般深而不見底的哀愁。

蘇軾的筆調清俊高朗，寫作婉約卻絕不纖弱，不管文字措詞、表現手法，都明顯的以詩筆行之，呈現剛健雄放的特色，益與傳統背道而馳；在「言志」的同時，雖尚能保持詞的「緣情」特質，也並未泯滅詩詞的藝術個性和領域，不過他大力革新詞體，使詩人不再把填詞當作筆墨遊戲，畢竟造成宋以後詩化的必然趨勢，「詞」不論合樂與否，都已經是一種「詩化」的詞了。而秦觀卻適當地把詞體本質重新導回「正途」，除了維護傳統的「緣情」特色，並以純粹的詞體「言志」，把生命的困境確切實在地表達出來，使得蘇軾之後偏於剛性的詞風，以及呈現音律斷裂特性的詞體，能夠回流到精純幽微的詞之本質。

陳廷焯云：「秦少游自是作手，近開美成，導其先路；遠祖溫韋，取其神而不襲其貌。詞至是乃一變焉，然變而不失其正。」（《白雨齋詞話》卷一）秦觀的詞，未曾追隨蘇軾而遠祖溫、韋，不僅在蘇軾之後對詞的醇正本質重新加以認定，並且就此本質加以拓新，以詞言志，將詞由「詩人之詞」拉回「詞人之詞」，這是秦觀在詞史上一項獨特的展現。也因此，秦觀之後，賀鑄、周邦彥兩位北宋後期重要的詞人，並未跟隨蘇軾的變革的腳步，反而是追隨秦觀的詞風繼續延承下去的。

中國文學相當重視文人的志意，純粹形式美或者客觀敘事的創作雖有零星可觀者，卻始終無法成為文學殿堂上為世人認可的價值主流。就詞體的發展而言，秦觀的創新意義乃在於：掌握了詞幽微柔婉的氛圍與情韻，並將個人感情與思想融入詞中，以含蓄蘊藉的手法來抒發志意，奠定了詞體成為主流文學的可行性，並正式的融入中國古典文學言志的傳統當中。

第二節　本色的堅持

　　大抵詞體以婉約爲正宗，而以豪放爲變調，此說在詞學上十分
盛行。就「詞別是一家」的觀點來看〔註9〕，秦觀重振了詞之本色，
對傳統詞體有維護之功。何謂「詞之本色」？朱德才曾作過一番論述：

> 至於詞之本色，其內涵則應包括：入律合樂，抒發精美幽
> 深之情，體現陰柔之美等。質言之，即指能否於詩之外，
> 自有特色，獨立爲體。正如近人王國維所言：「詞之爲體，
> 要眇宜修。能言詩之所不能言，而不能盡言詩之所能言。
> 詩之境闊，詞之言長。」〔註10〕

所謂「本色」，當指文體的基本特徵，它體現著思想內容與藝術特徵
的有機統一，並以此區別於其他文體而獨自成體。〔註11〕故詞之本
色，即相應於傳統婉約詞的特色而言，與變調的豪放詞相對，風格狹
深婉曲，具有協律合樂、緣情典雅的特質，其含蓄韻藉亦與直快爽朗
的詩體大不相同。

　　宋人論詞，其實早已顯露「正」、「變」之分，像是「少游詩似
小詞，東坡詞似小詩」、「子瞻以詩爲詞，要非本色」（《能改齋漫錄》
卷十六引晁補之語）等批評，就隱隱存有詞之「本色」與「非本色」、
「當行」與「非當行」的區別〔註12〕；到了李清照，更是明確主張詞
「別是一家」，許多論家皆從之，以爲「小詞似詩」或「以詩爲詞」
的作品不符合詞之本色。

　　到了明代，張綖首先提出詞分婉約與豪放二體的說法：「詞體大

〔註9〕見胡仔《苕溪漁隱叢話後集》卷三十三引李清照《詞論》：「乃知詞別
　　　　是一家，知之者少。後晏叔原、賀方回、秦少游、黃魯直出，始能知
　　　　之。」

〔註10〕朱德才：〈秦少游的「復雅歸宗」〉，收錄於《文史哲》，1987 年第一期，
　　　　頁 55。

〔註11〕楊燕：〈北宋詞之「本色」與淮海詞〉，收錄於《山東大學學報》哲學社
　　　　會版，1989 年 3 月，頁 83～87。

〔註12〕參楊海明：《唐宋詞美學》（南京：江蘇教育出版社，1998 年 6 月），
　　　　頁 340。

略有二，一體婉約，一體豪放。婉約者欲其詞調蘊藉，豪放者欲其氣象恢宏。……如秦少游之作，多是婉約；蘇子瞻之作，多是豪放。大約詞體以婉約爲正。」(《詩餘圖譜‧凡例》)所以秦觀被稱爲「今之作手」，而蘇軾「如教坊雷大使舞，雖極天下之工，要非本色」；可以說從張綖開始，已經將婉約奉爲「正宗」的詞風。

　　再回過頭來看詞體的發展，詞至北宋晏歐，主要仍是晚唐五代詞風的延續，並無顯著的改變；然而柳永變雅爲俗，蘇軾變婉爲豪，都頗受詞壇微詞。秦觀重新把詞納入傳統正格，循序漸變，更能符合詞壇要求，所以淮海詞乃是本色的表現；尤其在蘇軾大膽地對詞的內容與形式進行革新的背景下，身爲門下學士的秦觀，仍執著地汲取花間、尊前遺韻，未走蘇軾的改革之路，更突顯了他在詞體上所秉持的觀念。況周頤《蕙風詞話》正編卷二云：

> 有宋熙豐間，詞學稱極盛。蘇長公提倡風雅，爲一代山斗。黃山谷、秦少游、晁無咎皆長公之客也。山谷、無咎皆工倚聲，體格於長公爲近。唯少游自闢蹊徑，卓然名家。蓋其天分高，故能抽祕騁妍於尋常濡染之外，而其所以契合長公者獨深。

相對於蘇軾的清俊雄放，秦觀的確是依個人的稟賦修養爲詞，故能堅持婉約之路，自成一家；雖曾遭致蘇軾學柳七作詞之譏〔註13〕，不過東坡自己也無可諱言地極爲欣賞秦觀詞。蓋稟賦不同，所學各異，秦觀以其所長，出以眞性情，維護了詞體的本色以及獨立性，實應得以在詞史上受到注目。

　　作家的審美特色由藝術個性決定。作家的藝術個性並非抽象，除屬於作家個人的種種因素外，還受歷史繼承和時代審美意識的影響。秦觀詞的特色大抵爲五代、北宋一般婉約詞所共有；但是秦觀的

〔註13〕葉夢得《避暑錄話》卷三載：「蘇子瞻於四學士中最善少游，故他文未嘗不極口稱善，豈特樂府？然猶以氣格爲病，故常戲云：『山抹微雲秦學士，露花倒影柳屯田。』」可知蘇軾對秦觀學柳永頗有微詞。

天性更近於詞，身世的坎坷悲慘深化了他的感情，加上又從前代和同時代詞人身上汲取了養料。比起別人，秦觀從更多的自然性情出發，作品也更為深婉而富有風韻；秦觀詞的審美特色，其實也是唐五代北宋婉約詞發展到北宋後期達到最為成熟的一個標誌。〔註14〕而在本色的婉約詞與非本色的豪放詞之間，主要可以由三方面的標準，來看秦觀對本色詞的堅持：

一、美學風格

宋詞以嫵媚婉約為本色當行，乃在於它聲情渾然一體的藝術形式的功用是用來飲酒取樂，聊佐清歡，包括了音樂的「要妙含蘊婉轉嬌軟」，和歌詞的「剪紅刻翠風花雪月」，而形成詞體清麗明艷的婉約之美。〔註15〕秦觀堅持詞的本性特徵，抒發個體情感，追求審美價值，以「淒切婉麗」為主要風格，這就延續了婉約詞的命脈，不致偏離正軌；而蘇軾所創造的「指出向上一路」的豪放詞風卻是想要打破詩詞的界線，與傳統詞風形成對抗，故也就偏離了詞之本色，興起了另一種有意識的詩化傾向。

二、協音合律

詞原本就是一種隨著隋唐的清樂、燕樂而興盛的文學〔註16〕，其婉約的抒情基調亦是由音樂所賦予；因此，倚聲填詞，恪守音律便成為本色詞人共同的主張與創作的原則。北宋末年，李清照〈詞論〉

〔註14〕參錢鴻瑛：〈媚春幽花，自成馨逸－秦觀詞的審美特色〉，收錄於《文學遺產》，1987年第一期，頁80。

〔註15〕參黃雅莉：《宋詞雅化的發展與遞嬗－以柳、周、姜、吳為探究中心》（台北：文津出版社，民國91年6月），頁4。

〔註16〕沈括《夢溪筆談》卷五載：「自唐天寶十三載，始詔法曲與胡部合作，自此樂奏全失古法。以先王之樂為雅樂，前世新聲為清樂、合胡部者為宴樂。」中國樂學，洎自唐代，有所謂雅樂、清樂、燕樂三種。雅樂是三代古曲，已亡絕於晉，與詞體之興關涉不大；清樂肇始於兩漢，盛行於魏晉，為漢魏六朝樂府遺聲，至隋唐而餘音繞樑，故涉及詞體之興；宴樂即燕樂，即雜採隋唐胡華風格的俗樂，非純出一端，實為詞體興起之主要音樂背景。

的主要論點之一便是詞應嚴格地合樂守律，強調本色詞的音樂特性〔註17〕；就此觀點論之，柳永詞雖然「詞語塵下」，卻能「變舊聲作新聲」、「協音律」，因而「大得聲稱於世」，而歐陽脩、蘇軾等人雖為文壇泰斗，「學際天人」，但他們的詞往往不協音律，故而流為「句讀不葺之詩」，有其名而無其實，洵非當行本色。其實，詞應合於音律以被樂歌唱，早在歐陽炯為《花間集》作序時就已提出，而後張耒序賀鑄《東山詞》也說：「大抵倚聲而為之詞，皆可歌也。」然而李清照對詞律的要求遠比前人嚴格，有著一整套具體且細緻的衡量方式，不僅「曲子中縛不住」的蘇軾不合要求，就連身為「北宋倚聲家初祖」的晏殊也不合規矩〔註18〕。而秦觀精通音律，又能自度曲，對詞韻、聲情、宮調等音樂性能加以留心，故有「作家歌」之美譽。賀裳即云秦觀「能為曼聲以合律」（《皺水軒詞筌》），樓敬思亦以為「淮海詞風骨自高，如紅梅作花，能以韻勝」（見《詞林紀事》引），皆從秦觀精於樂律的角度出發，為其堅持本色詞提出強而有力的支持。

三、緣情婉曲

詞之本色受到抒情婉約的風格規範，這是因為詞產生於士大夫花間尊前的伎樂活動之中，有著重女聲、尚軟媚的審美情趣，王炎《雙溪詩餘‧自序》曾云：「長短句名曰曲，取其曲盡人情，惟婉轉嫵媚為善」〔註19〕。蓋詞與詩之別，即在於詞出於詩而異於詩，是一種最善於言情的體式，能適切地表現出個人的感情世界。從抒情的優勢上討論本色，看似詞在本色規範上的「退步」，實則卻是詞之本色內涵

〔註17〕〈詞論〉提出了詞要「合樂」、「分五音」、「分五聲」、「辨六律」、「分清濁輕重」等原則，此「合樂守律」說另可參楊海明《唐宋詞美學》（南京：江蘇教育出版社，1998年6月），第四章第一節「詞分『正』、『變』：『變體』詞的判別標準」，頁338～359。

〔註18〕參方智范等著：《中國詞學批評史》（北京：中國社會科學出版社，1994年7月），頁61。

〔註19〕《宋六十名家詞》本趙師秀〈題坦菴詞〉，引自《唐宋詞集序跋匯編》（台北：台灣商務印書館，民國82年2月），頁198。

上的「進步」；這種表現爲深長細膩，以及豐富多層的情思意蘊，正
是詞體表現本色綺麗與婉轉的兩大特點。秦觀善於以景寫情，情景相
融而呈現出清麗婉美的詞風，加以語言各方面的凝鍊，的確把婉約詞
推向更成熟的新階段。尤其許多委婉纏綿的作品，以淡語吐深情，而
能「自出清新」，兼有綺麗與含蓄之美，一如陳廷焯《雲韶集》所言：
「清麗詞句，開人先路，風致自勝。情景兼到，最是少游制勝處。」
大抵秦觀之詞作，多爲抒發自己內心深處最爲細膩的感情，然而又並
非純爲塗抹艷色或娛樂抒情，而是將「自我」融入其中，重在主觀情
感的抒發，帶有強烈的個人色彩。像這樣，層層渲染出豐富而複雜的
心靈世界，拓展了詞的情感領域，也使得詞更富有個性。秦觀保存了
本色詞最鮮明的緣情婉曲風格，並注入言志寫心的含吐，自然能「變
而不失其正」的將本色詞沿傳下來。

　　不同的題材、不同的天性，原本就會相應出作家不同的風格。
在詞體的創作上，秦觀堅持本色婉約一路，就其詞作的美學風格、審
音合律，以及緣情婉曲的特質看來，他的確也實踐了這項文學生命。
然而，秦觀雖秉持著本色的傳統，卻也將詞的重心向「抒情」與「言
志」兼具的方向轉移，不若蘇軾純然地「以詩爲詞」，而是在婉約緣
情的詞風下，興發一己的身世境況、情事際遇，不復往昔那種充分化
綺思閨怨的習套，而具備著強烈的主體性與獨特性。

第三節　爲格律詞的先導

　　秦觀以文字精密、格律工細見長，清麗中不斷意脈，這種先聲
風格開啓了後來周邦彥一派的路徑，所以《白雨齋詞話》說他「近開
美成，導其先路」。

　　其實從柳永、秦觀到周邦彥，一脈相承的傾向很明顯，那就是：
文人詞所走的道路愈來愈形式格律化。而周邦彥正是以高度形式格律
化，而被稱爲「集大成」（周濟《宋四家詞選序論》）的詞人。周邦彥

於徽宗朝提舉大晟，對於北宋詞的搜求、審定和考正有著相當大的貢獻；他的特點是精於詞法，在寫作技巧上有所提高。過去柳永的詞以平鋪直敘為主，結構還是不免較為簡單；秦觀加入了層次曲折、情思婉轉的經營，使用了較多的修辭技巧、情景鋪排與時空筆法，拓展了詞在形式及內容上的豐富性；周邦彥則承繼秦觀，在鋪敘的基礎上進一步講求曲折、迴環，變化更為多元；尤其周邦彥在言情體物上也比前人更為工巧，開啟了以長調詠物的風氣。最重要者，他延續了秦觀精於音律的特殊才華，辨析入微，在詞律方面起了規範作用。

據《四書全書總目提要》指出，周邦彥「所著諸調，非獨音之平仄宜遵，即仄字中上、去、入三音，亦不容相混」；此種工於音律的要求，從南宋詞人方千里、楊澤安的作品竟全和周詞，且「字字奉為標準」，便可窺見全貌。周邦彥的語言風格由俚俗趨向典雅、含蓄，這也是他承繼秦觀，超越柳永，而能博得更多上層文人的賞鑑，成為詞壇泰斗的原因之一。

但是，周邦彥這些藝術技巧上的成就卻無法淹蓋其作品內容的空虛與貧弱。他是北宋破滅前夕被舉為大晟府的供奉文人，在音律和文學上主要致力於粉飾宣和年間表面的繁榮景象，以滿足在上位者和中上層市民聲色上的需要。豔情與羈愁幾乎占了《清真詞》的全部內容，包括那些詠物或詠節令的詞在內；這些作品既流露了作者自己的生活情趣，也迎合那個腐朽的時代裡，縱情聲色的士大夫們的胃口。

由於內容的單薄與無聊，周邦彥就只能在藝術技巧上爭勝；這就致使得周詞必須脫離現實，較為缺乏思想內容，而注重形式格律的追求。然而周詞的優點或在於：遣詞造句上，他融貫了唐五代以來詩歌優美的質素，加之精通音律，善自度曲〔註20〕，可說一身兼具過去

〔註20〕如〈六醜〉、〈蘭陵王〉、〈西河〉、〈少年遊〉等皆為其自度曲，其中〈六醜〉甚至極為難歌。所謂「六醜」者，即指「犯六調」，也就是將六首不同的樂曲，各攫取其中最精采的部份，重新組合成一首新曲；唯

許多詞家的長處。周邦彥的詞風集北宋柳永、秦觀、賀鑄等人的風貌，換句話說，就是柳永的慢詞與鋪敘，給予他一個強大的骨幹；賀鑄的豔麗、秦觀的柔媚，又帶給他一種外部的烘染，且本身又兼採花間和晏、歐的些許神髓，遂造就了周邦彥個人一種圓融美豔、鍛鍊修琢的文士之詞。〔註21〕不論如何，秦觀仍對周邦彥有著極為顯著的影響，除了音律，也可以在內涵、形式上得到證明，試看以下這一闋周邦彥的〈瑞龍吟〉：

> 章台路，還見褪粉梅梢，試花桃樹。愔愔坊陌人家，定巢燕子，歸來舊處。黯凝佇，因記個人痴小，乍窺門戶，侵晨淺約宮黃，障風映袖，盈盈笑語。　　前度劉郎重到，訪鄰尋里，同時歌舞，惟有舊家謝娘，聲價如故。吟箋賦筆，猶記燕台句。知誰伴、名園露飲，東城閑步？事與孤鴻去，探春盡是，傷離意緒。官柳低金縷，歸騎晚，纖纖池塘飛雨。斷腸院落，一簾風絮。

此闋詞的主旨，不過寫傷離別緒，詞語淺白，但周邦彥寫來卻迂迴反覆，無一直筆，極盡頓挫沉鬱之能事，造語亦工艷婉麗，與秦觀〈水龍吟〉、〈沁園春〉、〈滿庭芳〉等詞，風格極為相似，由此不難明瞭秦觀對格律詞之沾溉，以及身為先導之功。

　　北宋詞壇的正宗，是以秦觀開始，由周邦彥集大成的格律詞派。在表面上，格律派是刻劃與寫實重於意象與神韻；以畫來比擬，則是重工筆而輕寫意，彷如筆筆勾勒，字字刻劃，句句鍛鍊，並喜用故實來增加作品的典雅氣。而其內容，多為寫景詠物之作，是以表現藝術技巧為主的作品。為了配合音律，周詞不僅講平仄，有時還嚴守四聲。在詞調的創制上，周邦彥也有他的貢獻，如〈拜新月慢〉、〈荔支香近〉、〈玲瓏四犯〉等，就是他的創調，此與秦觀自創

其既為集曲，宮調則必須一致，否則至少也要相近，由此可見周邦彥音律之高明。

〔註21〕參謝武雄：〈淮海詞研究〉，收錄於《台中師專學報》第 11 期，民國71 年 6 月，頁 110。

新曲的先導地位不能說沒有直接關聯。

　　事實上，南宋工細精麗的詞風，已然開始於北宋，在周邦彥之後，南宋中葉以降爲偏安朝廷點綴昇平的姜夔、吳文英等格律詞派的應時形成，他們的影響甚至遠及清初的浙西詞派和清末民初的封建遺老。這些變化，或有一部份得歸因於秦、周的成功導向；在詞史漫長的演變遞嬗中，秦觀先於周邦彥注重詞作音律的要求，可謂居於格律派發展的奠基點上，貢獻良多。

第四節　對婉約詞的影響

　　詞，本是民間一種音樂文學形式，創立伊始，被貶於正統文學的殿堂之外，無所謂雅俗之別。宋詞的雅、俗之辨，實肇因於柳永，這也代表了一種文人詞與市民詞的分野。作爲民間勾欄瓦舍供歌伎演唱的市民詞，乃是一種屬於市井民眾的聽覺藝術，許多細緻的寫景刻劃根本是多餘的，只有故事的情節才有其存在價值。然而文人詞注重的是含有意象的文字內涵，寫景抒情都有其美學上的意蘊，需要抉幽發微，思索安排，呈顯出含蓄空靈的興味，自然與演唱文學極不相同。秦觀詞翩翩如少年公子〔註22〕，不論小令或慢詞，均有卓越的表現，又精於樂律，深於運思，在北宋詞壇上，可說是婉約詞派的大家，後來的詞人如李清照，便受到相當深長的沾染。

　　清照是宋朝傑出的女詞人，雖詞作迄今僅存四、五十闋，但其卓異聰慧的天才，卻如雨後春雷，震鑠了詞壇，使人激賞不已。她的詞幽媚柔婉而流暢，機杼天成而具有女性的柔美，故遠非時輩所能企及；也因此，清照對前於自己的作家多有不平之鳴，其著名的〈詞論〉即從「倚聲需協律、鋪敘、典重、主情致、尚故實」等觀點，大膽地批評了柳永、張先、晏殊、歐陽脩、蘇軾、黃庭堅、秦觀、賀鑄……

〔註22〕秦觀與南唐李煜，以及晏幾道被稱爲詞中的「三位美少年」，雖詞風不盡相同，卻皆有流麗婉轉之故也。

等人〔註23〕，蓋其時李清照尚年輕，故免不了具有少年的銳氣和較強烈的批判精神，所以在措辭上免不了較爲尖銳，而在批評前輩詞作時也是直指其病，不加修飾。不過，清照平生得力之處，亦從歐陽脩、秦觀，與南唐李煜而來；若將清照一生詞品細加尋繹，即知其風格由此三家脫胎而出，大抵清照得後主之深，得永叔之鬱，得少游之婉秀。〔註24〕其中，秦觀對她的影響，還在婉約詞的風格內涵上。尤其秦觀屢經貶竄，詞境悲婉深沉，乃由肺腑中自然流露，最能感人心曲，而清照從小即生長於文學家庭，後又伉儷情深，一旦遭國破家亡、夫死膝空之痛，便很容易地被別情離緒所縈繞，而致其纏綿相思，以及凄厲愁苦之情。這種不勝抑鬱的感情，無可諱言是來自秦觀的。

試以其〈醉花陰〉與秦觀〈如夢令〉相比：

薄霧濃雲愁永晝，瑞腦消金獸。佳節又重陽，玉枕紗幮，半夜涼初透。　　東籬把酒黃昏後，有暗香盈袖。莫道不銷魂，簾捲西風，人比黃花瘦。（李清照〈醉花陰〉）

鶯嘴啄花紅溜，燕尾點波綠皺。指冷玉笙寒，吹徹小梅春透。依舊，依舊，人與楊柳俱瘦。（秦觀〈如夢令〉）

〔註23〕見《苕溪漁隱叢話》後集卷三十三引〈詞論〉云：「逮至本朝，禮樂文武大備。又涵養百餘年，始有柳屯田永者，變舊聲作新聲，出《樂章集》，大得聲稱於世；雖協音律，而詞語塵下。又有張子野、宋子京兄弟、沈唐、元絳、晁次膺輩繼出，雖時時有妙語，然破碎何足名家。至晏元獻、歐陽永叔、蘇子瞻，學際天人，作爲小歌詞，直如酌蠡水於大海，然皆句讀不齊之詩爾；又往往不協音律者，何邪？蓋詩文分平側，而歌詞分五音，又分五聲，又分六律，又分清濁輕重，且如近世所謂〈聲聲慢〉、〈雨中花〉、〈喜遷鶯〉，既押平聲韻、又押入聲韻；〈玉樓春〉本押平聲韻，又押上去聲，又押入聲。本押仄聲韻，如押上聲則協，如押入聲，則不可歌矣。王介甫、曾子固，文章似西漢，若作一小歌詞，則人必絕倒，不可讀也。乃知詞別是一家，知之者少。後晏叔原、賀方回、秦少游、黃魯直出，始能知之。又晏苦無鋪敘。賀苦少典重。秦則專主情致而少故實，譬如貧家美女，雖極妍麗豐逸，而終乏富貴態。黃則尚故實而多疵病，譬如良玉有瑕，價自減半矣。」

〔註24〕參謝武雄：〈淮海詞研究〉，收錄於《台中師專學報》，民國 71 年 6 月第 11 期，頁 111。

清照這闋詞與秦觀有許多相似處，諸如清冷情境的刻劃描寫，以及遣字用詞的精緻經營等，尤其結尾一句，簡直與秦觀口吻如出一轍，摹習之姿十分明顯。另如〈一翦梅〉「紅藕香殘玉簟秋」與秦觀〈江城子〉「西城楊柳弄春柔」，以及〈鳳凰台上憶吹簫〉「香冷金猊」〔註25〕與秦觀的〈滿庭芳〉「山抹微雲」一闋，風格與創作手法都極爲相近，不難看出秦觀在婉約詞的內涵上對李清照的啓發。

　　值得注意者，李清照曾論秦觀「專主情致而少故實，譬如貧家美女，雖極妍麗丰逸，而終乏富貴態」，但經過細品追探，發現秦觀雖氣格不高，纖巧無力，但是善於刻畫，文字細密，以情韻見長，的確符合王灼、張炎、清照等人所論「主情韻」、「極妍麗丰姿」〔註26〕；唯不知清照「少故實」之意何在？洪邁言：「秦少游〈八六子〉詞云：『片片飛花弄晚，濛濛殘雨籠晴。正銷凝，黃鸝又啼數聲。』語句清峭，爲名流推激。余家舊有建本《蘭畹曲集》，載杜牧之一詞，但記末句云：『正銷魂，梧桐又移翠陰。』秦公蓋效之，似差不及也。」（《容齋隨筆》卷廿三）；葉夢得云：「秦觀少游亦善爲樂府，語工而入律，知樂者謂之作家歌。元豐間，盛行於淮、楚。『寒鴉千萬點，流水繞孤村』，本隋煬帝詩也，少游取以爲《滿庭芳》詞。」（《避暑詩話》卷三）。由此觀之，秦觀詞中不僅不是「少故實」，而且還很能運用「故實」，《詞論》在此之議論未公允。

　　李清照的詞主要繼承了婉約派詞家的道路發展，由於她一生經歷比晏幾道、秦觀等更艱苦曲折，又對藝術的力求專精〔註27〕，在文

〔註25〕〈鳳凰台上憶吹簫〉詞云：「香冷金猊，被翻紅浪，起來慵自梳頭。但寶奩塵滿，日上簾金勾。生怕離懷別苦，多少事欲説還休。新來瘦，非干病酒，不是悲秋。　休休！這回去也，千萬遍陽關也則難留。念武陵人遠，煙鎖秦樓。惟有樓前流水，應念我終日凝眸。凝眸處，從今又添一段新愁。」

〔註26〕王灼評云：「秦少游，俊逸精妙。」（《碧雞漫志》卷二）。張炎也説：「秦少游詞，體製淡雅，氣骨不衰，清麗中不斷意脈，咀嚼無滓，久而知味。」（《詞源》卷下）。

〔註27〕李清照《打馬圖經‧序》：「專則精，精則無所不妙。」

學創作上多才多藝，詞的成就一般來說也超過了前人；加上清照後期的詞有部分還兼有豪放派之長，使她能夠在兩宋詞壇上獨樹一幟，對後世的影響也較大，陳廷焯《白雨齋詞話》即云清照「深情苦調，元人詞曲往往宗之」。然而從秦觀到李清照，自然有一條脈絡清楚的繼承之跡，當後人在探討李清照詞的廣大迴響時，實應追溯秦觀對婉約詞的維護之功。

在詞史上，秦觀詞既清且麗，卓然自成一派，除了李清照，後來的詞人也不斷地受著他的影響；如清代詞人納蘭容若〔註28〕，前人即評其多言情調傷感，氣氛悲涼；顧貞觀以為「容若詞一種悽惋處，不忍卒讀」（《詞苑萃評》），陳維崧則說他「哀感頑艷，得南唐二主之遺」（《陳迦陵文集》）。清初詞壇，陽羨派崇蘇軾、辛棄疾之豪放；浙西派尊姜夔、張炎之醇雅；惟容若獨推南唐李後主、北宋晏幾道、秦觀，故其詞風趨向婉麗清淒，悱惻芬芳，被王國維譽為「北宋以來，一人而已」（《人間詞話》）。

納蘭容若自傷多情，表現對世間一切美好的事物、美好的感情的追求和珍惜，所以他的詞作中有大量寫情；從其最受矚目的悼亡詞來看，即受到秦觀婉約而感情豐沛的風格影響。像是其名篇〈蝶戀花〉（辛苦最憐天上月），回憶當初與妻子的生活，上片以月起興，「辛苦最憐天上月，一昔如環，昔昔都成玦」，以喻聚少離多，下片以雙飛蝶，設想妻魂孤墳獨處的情景，「唱罷秋墳愁未歇，春叢認取雙飛蝶」，當中心境的淒涼，盡現紙上。另外一闋〈河傳〉，詞中的詩情畫意像一張張飛躍的畫面在讀者眼前展現：

〔註28〕納蘭性德（1654～1685），原名成德，後避太子嫌，改名性德。字容若，號楞伽山人，滿洲正黃旗人。其父明珠，字端範，累官大學士、太傅，為朝廷顯貴。容若天資聰慧，過目成誦，數歲即習騎射，十三歲已通六藝，十九歲舉進士，二十二歲授三等侍衛，再遷至一等。出入扈從，應對稱旨，極得康熙帝之青睞，所賜金牌、彩緞、袍帽、鞍馬、弧弓、字帖、香扇之類甚夥。後病卒，年止卅一歲。遺著《詞林正略》、《通志堂集》等，尤以《通志堂集》中所收諸詞作最為人稱誦。

　　春淺，紅怨。掩雙環，微雨花間，畫閒。無言暗將紅淚彈，
　　闌珊，香銷輕夢還。　　斜倚畫屏思往事，皆不是，空作
　　相思字。記當時，垂柳絲，花枝，滿庭蝴蝶兒。

容若在妻盧氏死後，寫下〈青衫濕遍〉，以悼早死的妻子；全詞寫來
一字一淚，充滿回憶感情，可與蘇軾〈江城子〉及陸游〈釵頭鳳〉並
讀，然其幽微淒婉的風格顯然是走秦觀、李清照這一派婉約的路子。
〈采桑子〉一闋更能明白看出此點：

　　誰翻樂府淒涼曲？風也蕭蕭。雨也蕭蕭，瘦盡燈花又一宵。
　　不知何事縈懷抱，醒也無聊。醉也無聊，夢也何曾到謝橋！

首先由語言的運用來看，通篇清空如話，不著一字穠麗，其所流露的
是一種化濃情為淡語，從而刻意稀釋離恨的悲感。此詞不僅遣詞自然
平淺，在疊句的形式上，顯是效李易安體；蓋自花間、北宋以來，詞
譜〈采桑子〉上下片的第三句，原不必重疊上句。自從李清照〈添字
采桑子〉創出疊句的變體，別樹一格之後，於是不少詞人也摹擬李清
照的形式，將原本不須疊句的上下片第三句重疊前句。以下引錄李詞
之〈添字采桑子〉：

　　窗前誰種芭蕉樹？陰滿中庭。陰滿中庭，葉葉心心，舒卷
　　有餘情。　　傷心枕上三更雨，點滴淒清。點滴淒清，愁
　　損離人，不慣起來聽。

其中「陰滿中庭」與「點滴淒清」是為疊句，如此可起節拍複沓、舒
徐動聽的效果與情韻，後人也效此手法以增添詞情。

　　大體來說，自李清照以後的詞人雖仿效秦觀婉約一路，但是多
從內容風格上入手，不復周邦彥那樣地遵守音律，如清代納蘭性德、
王士禛、毛其齡、顧貞觀、彭孫遹……等，多不重聲律，不著意於修
辭典故，而以平易白描的手法直抒性情心境。在婉約詞的發展中，這
些作家雖遙奉秦觀詞，仿其詞風，事實上已能展現新機，具有另一番
獨特姿態。

　　除了詞風的餘韻所及，關於秦觀的事跡，更是不斷地流傳於民
間。如宋鍾將之有〈長沙義娼傳〉，元鮑天祐有〈王妙妙死哭秦少游〉

雜劇，明代《今古奇觀》中也有〈蘇小妹三難新郎〉的小說，清李玉還有〈眉山秀〉的傳奇，雖所述未必合乎事實，但可以說明人民對他喜愛的情況﹝註29﹞，其人風範可謂餘波蕩漾，流傳久遠。宋、蔡伯世言：「蘇東坡辭勝乎情，柳耆卿情勝乎辭，辭情兼稱者，唯秦少游而已。」（乾道二年高郵孫兢《竹坡詞序》引）此語雖有過譽之嫌，然而關於婉約詞風的維護與影響，秦觀實扮演著此流派中重要的角色。

　　詞的成長，一面是與唐代音樂的關係，更重要的，是由於商業城市的社會生活基礎。或取之民間歌曲，或表文人心志，在唱和之間，活絡了生命的真實，這種現象引發更多更寬宏的詞曲領域，從娛樂片斷的音域，到詞人表現情思的文藝作品，其演化的過程，實與社會意識發展有關；而探究秦觀詞，其歷史意義也正在於此。

　　綜觀淮海詞，多抒寫身世坎坷的悲哀，漂泊異鄉的愁緒，深得婉悠綿麗的丰姿；不僅在詞壇豪放呼聲極熾的環境下，以獨立之姿自開婉約本色之門戶，維護了詞體傳統，更使得北宋以降的婉約詞有跡可尋，可謂居於詞史回流與拓新的樞紐點上。其雅詞能以韻勝，兼飄逸與妍麗為一體；雖如幽花媚春，然風骨不失，卓然自絕。惟其俚詞氣格不高，要為時代風氣使然；就詞史發展而言，秦觀乃達婉約之極致，開格律之先導，影響後世深且遠矣。

﹝註29﹞唐圭璋《詞學論叢・秦觀》（台北：鼎文書局，民國90年5月），頁947。

第七章　結　論

　　本論文以秦觀在詞風上的回流與拓新為主題，乃欲透過承創的觀點探究秦觀詞在詞史上的正確地位。經由外緣背景、內在因素，以及秦觀詞風的分析，茲將所得綜論於下：

　　自「時代趨勢」與「詞的階段」兩條外緣線索加以考察，發現秦觀居於北宋中期蘇軾諸人改革詞風的背景中；但是卻能卓然自守，以一己之力堅守本色門戶，既與時代脈動相抗衡，又能自出清新，維護了詞自花間以來的婉約風氣。而詞體自北宋中期之後，漸能反映士大夫的生活與精神，蘇軾乃視詞為獨立文學的第一人，將詞於抒情之外，納入了言志的功能；然而他「以詩為詞」，遂使得詞體逐漸脫離原始本色，雖在書寫空間與精神內涵上有所革新，不過終究有一部份違離了詞的本來面貌。秦觀在緣情的傳統下，也添加了詞言志的功能，不過仍舊純然的「以詞為詞」，以含蓄蘊藉的特質從事創作。不論就哪一方面而言，秦觀確實是有所承繼，也有所拓展的。

　　在傳統詞風的承繼上，秦觀從花間、尊前，以及柳永、晏歐，以及當時宋代的民間樂曲中得到浸染，熟諳相思離別的情詞之作，另有詠物、詠事、題畫等題材的發揮，頗能展現自我特色。藝術手法上則以前人作品為啟發，將柳永詞的通俗與文人詞的雅緻打成一片，具有雅俗兼濟的特質；加以詞風平易近人，雖時常化用故實，卻能渾然

天成、不著斧鑿之痕，並且常使用中國古典文學以悲語作結的方式，具備了婉約含蓄的美感。在風格特色上，「本質精微」是秦觀詞最大的成就，並從悲哀中開拓出一種意境，柔媚而蘊藉，所以被後人譽爲「詞心」，其淒婉沉悲，自然非一般「詞才」可與之比擬。

　　秦觀所致力於題材的拓展、意境的更新，的確也爲傳統婉約詞拓展出新的風貌。在題材方面，懷古、閒適、游仙都有不錯的成績，唯數量過少，不足以爲典型；而大量寄寓身世的情詞以及晚期羈旅感懷之作，是秦觀最顯著卓越的代表作，蓋因其晚年遭遇黨禍而被貶謫，生活境遇發生了很大變化，詞作也多爲抒發政治失意後的悲涼心緒，或以深化情詞爲主，將身世「打并入艷情」，風格轉爲淒厲深婉。這類詞繼承了李煜以來士大夫之詞自抒懷抱的傳統，又以特定的身世感慨，突破花間抒情的狹隘格局，修正柳永部分引人詬病的卑靡風格，更擴大了婉約詞的感情深度和思想境界，成就非凡。在藝術技巧上，則以緣情設景、善用修辭、今昔錯落、空間轉換，以及令慢兼擅爲其擅場；秦觀善於運用情景交融的筆法，工於設問、擬人、誇飾等修辭技巧，在時間與空間的轉換上又能自出機杼，以今昔對比或遠近空間的鋪排，加深情感的張力，尤其善以淒迷之景寫淒苦之情，洵爲其餘詞家所未及。另外，秦觀不僅嘗試了多種詞牌，更以其擅長的小令，以及從柳永處獲得灌溉的慢詞作爲調和，將雅化的詞融鑄到通俗的柳詞中，作風淺淡卻高雅，此兼擅令慢的優點亦有獨到之處。再者，秦觀挾著音律天才入詞，自創詞調，注重聲韻、聲情的緊密關係，故而呈現「情韻兼勝」的風貌；而高明的藝術手法，亦使得秦觀能在寫「景」「情」的同時，展現情景交融的況味，令讀者陷入蒼茫無所歸的情境之中，感人至深；因而秦觀也表現了情調悽愴的特殊氣格，文弱而情深，氣質趨於抑鬱哀婉。自然，敏感的文人容易對景物的變遷、生命的流逝、無法規避的別離，以及身世的不順遂產生傷嘆之感，不過秦觀的確是比境遇更爲艱苦的蘇軾、黃庭堅，還要來得柔弱傷感。正所謂「傷心人別具眼目」，這種純情的表現，除了學養的累積，其

實也來自於秦觀纖細溫柔的個性；然而畢竟不是超然豪曠的千古風流，秦觀此格，難免遭致後世「一生懷抱百憂」之評。秦詞走不出瀟灑豪宕的境界，而兀自耽溺於生命愁懷的無限感慨裡，一朝被貶逐無法重新振作，就人格生命的樹立來說，實在是極為可惜的。

再就詞史的地位與意義來看，秦觀卻有幾個方面的優秀展現。首先是純粹地「以詞言志」，包括觀念上視詞為獨立詞體、並以婉約的筆法為詞；在詞體由士大夫手中走向雅化的過程裡，秦觀扮演著極為重要的堅守「詞人之詞」的堡壘角色。再來，則是對本色詞的堅持，秦觀之功當然不在承繼唐末五代花間餘緒而已，他是婉約派最工的作手，在蘇軾創新詞風的同時，將蘇軾的「詩人之詞」的開拓重新拉回柔婉的詞來，更襯顯出秦觀的不凡。而他在詞的格律上精思熟慮，將柳永詞的通俗、蘇軾的不合音律等詞作一筆丟開，不僅要求宮調聲情的一致、詞牌詞意的配合，也把這項符合本色的要求傳諸後代，影響了周邦彥、李清照等人，並在風格內涵上給予這些詞人極為深遠的影響，直到清代的納蘭容若等，都還可以見到秦觀餘波的流傳。秦觀以文字精密、格律工細見長，藝術成就亦極高，後世詞家雖非直接取材於秦觀，但在填詞的格律、題材、手法、格調或精神上，秦觀實居相當程度的先導地位，其貢獻不容小覷！

當然淮海詞也並非毫無瑕疵可言。除了上述所說的情調過於悽愴，氣格稍微柔弱之外，由於秦觀對文體所持的觀念，使得他的作品數量並不多，僅僅八十餘闋，且其中亦有俚俗卑下之作，加之一些特殊題材所呈現的例外風格，使得秦觀稱得上婉約本色的作品又更為少些，因此集大成之譽，不得不讓給周邦彥。尤其以他文學成就極為卓犖的成績，卻無法在生命上獲得更為超曠豪逸的展現，僅能偶有一二閒適瀟灑的作品呈顯；在詞作數量以及詞情滋傷這二點上，秦觀的表現無法避免地要惹人詬病。

一言以蔽之，政壇上被排擠的秦觀，把自己的命運與相思離情聯繫起來，吐露為詞，仍然具有一定的現實意義。只是，秦觀往往只

停留在消極的感歎上，不能激勵人們衝破黑暗前進；比起清俊豪放，
能達觀自適、超脫物外的蘇東坡，終究是差了一著。

　　整體而言，在整個北宋詞壇受到東坡「以詩爲詞」的強力影響
之際，秦觀仍能自出機杼，堅持婉約風格的創作，並注入個人遭遇，
留下許多扣人心弦的作品，足見秦觀詞筆之細，才情之高；尤其高明
的音律才華與藝術技巧，更成爲後世爭相仿效的對象。在婉約詞的創
作上，秦觀有其回流與拓新的二重內涵層次，也賦予了詞史多采多姿
的一面，今之中國文學史多將秦觀略而不談，或是僅以短小篇幅呈
現，實在是滄海遺珠，殊爲遺憾。

參考與引用書目

壹、專書部分

一、秦觀研究

1. 《蘇門四學士》，周義敢（上海：上海古籍出版社，1982 年）。
2. 《秦觀傳記資料》，朱傳譽主編（台北：學海出版社，民國 73 年）。
3. 《淮海詞研究》，王保珍（台北：學海出版社，民國 73 年 5 月）。
4. 《淮海詞箋注》，楊世明（成都：四川人民出版社，1984 年 9 月）。
5. 《秦少游研究》，王保珍（台北：學海出版社，民國 75 年 5 月）。
6. 《秦少游家譜學術資料選輯校注》，秦子卿編選（揚州：廣陵古籍刻印社，1991 年）。
7. 《秦觀淮南詔獄疑案》，郭乃屏（台北：文景出版社，民國 82 年 12 月）。
8. 《淮海集箋注》，徐培均（上海：上海古籍出版社，1994 年）。

二、詞叢刻、選集

1. 《淮海居士長短句》，饒宗頤編校（香港：龍門書店，1965 年）。
2. 《淮海集》，秦觀（台北：臺灣商務印書館，民國 68 年）。
3. 《蘇門四學士詞校注》，龍榆生校注（台北：世界書局，民國 71 年）。
4. 《淮海居士長短句》，徐培均校注（上海：上海古籍出版社，1985 年）。

   （以上為秦觀相關詞集，以下依出版年月順序排列）

5. 《詞選》，胡雲翼選輯（台北：昌文書局，民國 42 年 12 月）。
6. 《宋六十名家詞》，明・毛晉編（台北：台灣商務印書館，民國 57

年）。

7. 《全宋詞》，唐圭璋編（台北：明倫書局，民國 59 年）。

8. 《唐宋元明百家詞》，明‧吳訥編（台北：廣文書局，民國 60 年）。

9. 《花間集評注》，李冰若注，《宋紹興本花間集附校注》本，楊家駱編（台北：鼎文書局，民國 63 年）。

10. 《全唐詩》，清聖祖御製（北京：中華書局，1985 年）。

11. 《全唐五代詞》，張璋、黃畬編（台北：文史哲出版社，民國 75 年）。

12. 《秦觀》，張淑瓊主編（台北：地球出版社，民國 79 年元月）。

13. 《歐陽修、秦觀詞選》，王鈞明、陳泚齋選注（台北：遠流出版社，民國 80 年 11 月）。

14. 《唐宋名家詞選》，龍榆生編選（上海：上海古籍出版社，1992 年 5 月）。

15. 《唐宋詞鑑賞舉隅》，蔡厚示（北京：紫禁城出版社，1997 年 2 月）。

16. 《詞曲選注》，王熙元等編（台北：台灣學生書局，民國 87 年 8 月）。

三、詩文集、詩文評

1. 《白氏長慶集》，白居易（台北：藝文印書館，民國 60 年）。

2. 《蘇文忠公詩編註集成》，王文誥輯訂（台北：台灣學生書局，民國 56 年）。

3. 《后山集》，陳師道（台北：臺灣商務印書館，民國 57 年）。

4. 《山谷詩內外集》，任淵、史容等注（台北：學海出版社，民國 68 年）。

5. 《蘇東坡全集》，黃篤書編（台北：國際村出版社，民國 84 年）。

6. 《蘇東坡全集》，王宗稷編（台北：世界書局，民國 85 年）。

7. 《詩人玉屑》，宋‧魏慶之（台北：台灣商務印書館，民國 58 年）。

8. 《中國文化新論》，吳炎塗（台北：聯經出版社，民國 71 年）。

9. 《中國文學史》，葉慶炳（台北：台灣學生書局，民國 76 年）。

10. 《中國詩律研究》，王力（台北：文津出版社，民國 76 年 8 月）。

11. 《新編中國文學史》，韋鳳娟、陶天鵬等編（北京：人民教育出版社，1989 年）。

12. 《宋文紀事》，曾棗莊、李凱等編（成都：四川大學出版社，1995 年）。

13. 《古典詩的形式結構》，張夢機（台北：學欣出版社，民國 86 年）。

14. 《宋代文學通論》，王水照（高雄：復文圖書出版社，2000 年 6 月）。

15. 《中國文學概論》，黃麗貞先生（台北：三民書局，民國 91 年 1 月）。

四、詞話、詞論、詞史

1. 《人間詞話》 王國維著、徐調孚注（香港：中華書局，1961 年）。

2. 《詞曲史》，王易（台北：廣文書局，民國 49 年）。

3. 《迦陵談詞》，葉嘉瑩（台北：純文學出版社，民國 59 年）。

4. 《景午叢編》，鄭騫（台北：台灣中華書局，民國 61 年 6 月）。

5. 《歷代詞話敘錄》，王熙元（台北：中華書局，民國 62 年）。

6. 《迦陵論詞叢稿》，葉嘉瑩（台北：明文書局，民國 70 年）。

7. 《詞律探源》，張夢機（台北：文史哲出版社，民國 70 年）。

8. 《宋詞通論》，薛礪若（台北：台灣開明書店，民國 71 年 4 月台 8 版）。

9. 《詞學發微》，徐信義（台北：華正書局，民國 74 年）。

10. 《北宋六大詞家》，劉若愚著、王貴苓譯（台北：幼獅文化事業公司，民國 75 年）。

11. 《唐宋詞的風格學》，楊海明（台北：木鐸出版社，民國 76 年 6 月）。

12. 《唐宋詞史》，楊海明（南京：江蘇古籍出版社，1987 年 12 月）。

13. 《中國詞學的現代觀》，葉嘉瑩（台北：大安出版社，民國 77 年 12 月）。

14. 《唐宋名家詞賞析》，葉嘉瑩（台北：大安出版社，民國 77 年 12 月）。

15. 《靈谿詞說》，繆鉞、葉嘉瑩合撰（台北：國文天地出版社，民國 78 年）。

16. 《詞的審美特性》，孫立（台北：文津出版社，民國 84 年 2 月）。

17. 《宋詞研究》，胡雲翼（成都：巴蜀書社，1989 年）。

18. 《東坡在詞風上的承繼與創新》，郭美美（台北：文津出版社，民國 79 年 12 月）。

19. 《柳永和他的詞》，曾大興（廣州：中山大學出版社，1990 年）。

20. 《詞學今論》，陳夕治（台北：文津出版社，民國 80 年）。

21. 《中國詩詞演進史》，嵇哲（台北：華嚴出版社，民國 82 年 9 月重版）。

22. 《詞話叢編》 唐圭璋編（北京：中華書局，1993 年 12 月）。

23. 《詩詞新論》，陳滿銘先生（台北：萬卷樓圖書股份有限公司，民國 83 年）。

24. 《中國詞學批評史》，方智范等主編（北京：中國社會科學出版社，1994 年 7 月）。

25. 《詞學論稿》，沈家庄（桂林：廣西師範大學出版社，1994 年 9 月）。

26. 《倚聲學（詞學十講）》，龍沐勛（台北：里仁書局，民國 85 年元月）。

27. 《北宋十大詞家研究》，黃文吉（台北：文史哲出版社，民國 85 年）。

28. 《唐宋詞美學》，楊海明（南京：江蘇教育出版社，1998 年 6 月）。

29. 《唐宋詞通論》，吳熊和（杭州：浙江古籍出版社，1999 年 12 月二版 6 刷）。

30. 《詞林散步──唐宋詞結構分析》，陳滿銘先生（台北：萬卷樓圖書股份有限公司，民國 89 年元月）。

31. 《唐宋詞十七講》，葉嘉瑩（台北：桂冠圖書股份有限公司，2000 年 2 月二版）。

32. 《詞學新詮》，葉嘉瑩（台北：桂冠圖書股份有限公司，2000 年 2 月）。

33. 《迦陵說詞講稿》，葉嘉瑩（台北：桂冠圖書股份有限公司，2000 年 6 月）。

34. 《詞學論叢》，唐圭璋（台北：鼎文書局，民國 90 年 5 月）。

35. 《柳永、蘇軾、秦觀與宋代文化》，黎活仁等主編（台北：大安出版社，民國 90 年 10 月）。

36. 《唐宋詞名家論集》，葉嘉瑩（台北：桂冠圖書股份有限公司，民國 91 年 2 月）。

37. 《宋詞雅化的發展與嬗變──以柳、周、姜、吳為探究中心》，黃雅莉（台北：文津出版社，民國 91 年 6 月）。

五、史書、子書

1. 《漢書》，漢·班固撰，楊家駱主編。

2. 《後漢書》，宋·范曄撰，楊家駱主編。

3. 《宋史》，元·脫脫等撰。

   （以上三本為《新校本二十五史》，台北：鼎文書局，民國 64 年）

4. 《五朝名臣言行錄》，《四庫叢刊正編》本（台北：台灣商務印書館，

民國 68 年臺一版）。

5. 《續資治通鑑長編》，宋、李燾著（台北：世界書局，民國 50 年）。

6. 《宋史記事本末》，馮琦原（台北：台灣商務印書館，民國 45 年）。

7. 《宋元通鑑》，明・薛應旂，《景印岫廬現藏罕傳善本叢刊》（台北：台灣商務印書館，民國 62 年）。

8. 《續資治通鑑》，清、畢沅（上海：上海古籍出版社，1991 年初版六刷）。

9. 《國史大綱》，錢穆（台北：台灣商務印書館，民國 69 年修訂七版）。

10. 《中國哲學史》，勞思光（香港：香港中文大學崇基學院，1980 年）。

11. 《世說新語》，劉義慶撰、張艷雲校點（瀋陽：遼寧教育出版社，1997 年）。

12. 《避暑錄話》，葉夢得，《叢書集成初編》本，王雲五編（上海：上海商務印書館，民 28 年）。

13. 《夢梁錄》，吳自牧（台北：台灣商務印書館，民 28 年 12 月）。

14. 《夢溪筆談》，沈括著、劉尚榮校點（瀋陽：遼寧教育出版社，1997 年）。

15. 《能改齋漫錄》，吳曾（台北：木鐸出版社，民國 71 年）。

16. 《獨醒雜志》，宋、曾敏行（台北：台灣商務印書館，民 25 年）。

17. 《五總志》，宋、吳炯（台北：台灣商務印書館，民 25 年）。

18. 《美的歷程》，李澤厚（台北：古鳳出版社，民國 76 年）。

六、工具書

1. 《御製詞譜》，聞汝賢自印本，民國 53 年。

2. 《宋人傳記資料索引》，昌彼得等編（台北：鼎文書局，民國 64 年 3 月）。

3. 《唐宋詞鑑賞辭典》，唐圭璋、鍾振振合著（上海：上海辭書出版社，1988 年）。

4. 《唐宋詞集序跋匯編》，金啓華等編（台北：台灣商務印書館，民國 82 年 2 月）。

5. 《宋代詞學資料匯編》，張惠民（廣東：汕頭大學出版社，1993 年 11 月）。

6. 《蘇軾資料彙編》，四川大學中文系唐宋文學研究室編（北京：中華書局，1994 年）。

7. 《詞學論著總目》，林玫儀主編（台北：中研院文哲所，民國 84 年）。

貳、論文部分

一、學位論文

1. 《淮海詞研究》，王初蓉，政治大學中國文學研究所碩士論文，民國56年。

2. 《淮海詩注附詞校注》，徐文助，台灣師範大學國文研究所碩士論文，民國56年。

3. 《蘇東坡與秦少游》，何金蘭，台灣大學中國文學研究所碩士論文，民國60年。

4. 《淮海居士長短句箋釋》，包根弟，輔仁大學中國文學研究所碩士論文，台北：嘉新水泥公司文化基金會，民國61年10月。

5. 《蘇門四學士詞研究》，李居取，台灣師範大學國文研究所碩士論文，民國62年。

6. 《秦觀詩研究》，呂玟靜，台灣大學中國文學研究所碩士論文，民國81年1月。

7. 《秦少游詞研究》，楊秀慧，中山大學中國文學研究所碩士論文，民國88年6月。

8. 《晏幾道與秦觀詞之比較研究》，黃玟娟，彰化師範大學國文教育研究所碩士論文，民國88年6月。

二、期刊論文、報紙

1. 〈宋詞之流派與歌唱〉，勞思光，《文學世界》第六卷第四期，頁10～24。

2. 〈宋詞概說〉，何敬群，《文學世界》第六卷第四期，頁1～11。

3. 〈兩宋詞風轉變論〉，龍沐勛，《詞學季刊》，台北：學生書局，民國56年景印本第二卷第1號，頁1～23。

4. 〈秦少游先生年譜〉，王初蓉，《中華學苑》第2期，民國57年7月，頁136～168。

5. 〈柳永的詞情與生命〉，吳炎塗，《鵝湖》月刊第2卷第11期，民國66年5月，頁22～33。

6. 〈清麗婉約，含蓄蘊藉——試析秦觀詞的藝術特色〉，周念先，《名作欣賞》，1982年，頁39～42。

7. 〈秦觀〈滿庭芳〉詞考辨〉，徐培均，《學術月刊》，1982年2月，頁80。

8. 〈淮海詞研究〉，謝武雄，《台中師專學報》第11期，民國71年6

月，頁 93～114。

9. 〈略論淮海詞的抒情藝術〉，崔海正，《曲阜師院學報》（齊魯學刊），1983 年第 1 期，頁 72～75。

10. 〈試論秦觀歌妓詞的思想意義〉，趙義山，《中國古代近代文學研究》，1983 年 10 月，頁 145～152。

11. 〈秦觀淮海詞的思想及藝術成就初探〉，朱淡文，《揚州師院學報》（哲社版）1984 年第 3 期，頁 15～21。

12. 〈論秦少游詞〉，楊海明，《文學遺產》，1984 年 3 月，頁 36～44。

13. 〈秦觀的卒年和張耒的籍貫、生卒年——《宋詩選注》獻疑二則〉，黃震雲，《青海師範大學學報》（哲社版），1984 年第 4 期，頁 160。

14. 〈說秦觀以詩詞同題〉，金啓華，《中國古代近代文學研究》，1984 年 7 月，頁 158。

15. 〈淮海詞的抒情技巧〉，蕭瑞峰，上海《光明日報》，1984 年 7 月 31 日第三版。

16. 〈簡論淮海詞〉，葉元章，《中國古代近代文學研究》，1985 年 2 月，頁 49～55。

17. 〈秦少游的「復雅歸宗」〉，朱德才，《文史哲》1987 年第 1 期，頁 55～60。

18. 〈媚春幽花，自成馨逸——秦觀詞的審美特色〉，錢鴻瑛，《文學遺產》1987 年第 1 期，頁 80。

19. 〈篇末言悲，曲終奏雅〉，王文，《延安大學學報》（社科版），1987 年第 3 期，頁 74 ～80。

20. 〈我讀淮海詞〉，南婷，《文藝月刊》民國 76 年 3 月號第 213 期，頁 67～74。

21. 〈秦觀詞的情與韻〉，萬雲駿，《華東師範大學學報》（哲社版），1987 年 5 月，頁 87～91。

22. 〈從蘇軾、秦觀詞看詞與詩的分合趨向——兼論蘇詞革新和傳統的關係〉，王水照，《復旦學報》（社科版），1988 年第 1 期，頁 74～82。

23. 〈秦觀淮海詞論辨〉，陳祖美，《中國古代近代文學研究》，1988 年 3 月，頁 177～180。

24. 〈北宋詞之「本色」與淮海詞〉，楊燕，《山東大學學報》（哲社版），1989 年 3 月，頁 83～87。

25. 〈秦少游李清照的心理特質與詞作風格〉，李娜，《杭州大學學報》（哲社版），1991 年 3 月，頁 83～87。

26. 〈秦李詞在藝術上的比較〉，張支林，《貴州師範大學學報》（社科版），1992 年 2 月，頁 49～50。

27. 〈秦觀「女郎詩」辨〉，吳蓓，《江海學刊》，1993 年 1 月，頁 170。

28. 〈古藤陰下遷客夢——秦觀詞〈好事近・夢中作〉賞析〉，鍾尚鈞，《語文月刊》，1993 年 7 月，頁 17。

29. 〈脫盡兒女態，昂藏一丈夫——讀秦觀〈望海潮・廣陵懷古〉詞〉，朱蘇權，《語文月刊》第 153 期，1994 年 12 月，頁 21～22。

30. 〈秦觀詞散論〉，王同書，《江蘇教育學院學報》（社科版），1995 年 1 期，頁 42。

31. 〈兩個冬夜，一種情懷——讀秦觀小令二首〉，王英志，《語文月刊》第 156 期，1995 年 3 月，頁 19～20。

32. 〈秦淮海先生年譜〉，顧毓秀，《中國文哲研究通訊》，民國 86 年 12 月，頁 15～30。

33. 〈蘇軾、秦觀的詞與宋人的尊體意識〉，王珏，《河南大學學報》（社科版），1999 年 1 月，頁 43～46。

34. 〈秦觀詞評析〉，沈謙，《中國語文》第 499 期，民國 88 年 1 月，頁 40～47。

35. 〈論秦觀的政治態度和湖湘貶謫詩詞〉，羅敏中，《中國文學研究》，2001 年第 2 期，頁 30～34。

36. 〈秦觀變革詞風的轉捩點〉，任翌、鄭靜芳，《古典文學知識》2001 年 3 月第 96 期，頁 51～56。

37. 〈秦觀詞情韻兼勝的藝術特色〉，黃雅莉，《鵝湖》月刊第 26 卷第 8 期，民國 90 年 2 月，頁 34～45。

38. 〈「醉臥古藤陰下，了不知南北」——論秦觀詞的悲愴情調〉，黃淑貞，《中國語文》第 526 期，民國 90 年 4 月，頁 36～52。

39. 〈試由「愁」談秦觀、賀鑄詞——兼論二人在詞史上的承繼與超越〉，吳旻旻，《中國文學研究》第 15 期，2001 年 6 月，頁 16～23。

40. 〈從淮海詞看——秦觀的心境與情史〉，王鐿容，《歷史月刊》第 167 期，2001 年 12 月，頁 116～121。

淮海詞版本系統表

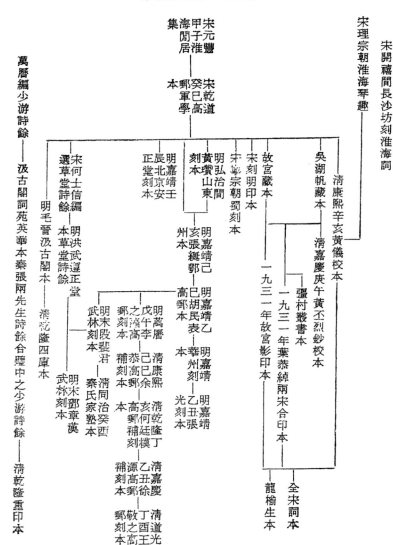

引自徐培均校注《淮海居士長短句》
（上海：上海古籍出版社，1985 年 8 月）

明喜靖己亥張鄂州刻本

秦少游先生淮海集序

同郡後學張綖撰

綖每進見搢紳先生未有不詢及秦公者流風
遺韻隱然如高山巨川人皆識其為一鄉之望
迺知地以人而勝也然公沒已數百年而盛名
不泯亦以文之有傳焉耳此監舊有集板歲久
漫漶近日山東新刻不全予迺以二集相校刻
之郡齋序曰凡古人之文有緒餘有精華有源
本得其源本則精華悉舉之矣況緒餘乎今夫
江河之水東流入於海而岷陽崑崙則其發源

吳湖帆藏宋乾道高郵軍學本

秦少游先生淮海集序

同郡後學張縱撰

縱每進見搢紳先生未有不詢及秦公者流風
遺韻隱然如高山巨川人皆識其為一鄉之望
迺知地以人而勝也然公沒已數百年而盛名
不泯亦以文之有傳焉耳此監舊有集板歲久
漫滅近日山東新刻不全予迺以二集相校刻
之郡齋序曰凡古人之文有緒餘有精華有源
本得其源本則精華悉舉之矣況緒餘乎今夫
江河之水東流入於海而岷陽崛崙則其發源

淮海集

日本內閣文庫藏宋乾道高郵軍學本（一）

淮海居士長短句目錄

卷上

望海潮四首　　沁園春

水龍吟　　　　八六子

風流子　　　　夢揚州

雨中花　　　　一叢花

皷笛慢　　　　促拍滿路花

長相思　　　　滿庭芳三首

江城子三首　　滿園花

卷中

淺草文庫

日本內閣文庫藏宋乾道高郵軍學本（一）

日本內閣文庫藏宋乾道高郵軍學本（二）

林機景度叙　癸巳正月望日左朝奉大夫試給事中兼　侍講三山　王公以菁馥於後將彌億載而愈光又何其莘耶乾道　不偶竟不如志一何不幸至其為文有蘇公以主盟於前　之序矣嗚呼士有窮而榮達而拙者公平生仕進奇爽　十九卷被置郡庠使一鄉善士其則不遠可謂知設教　咀華涉源一字不苟校集成編總七百二十篇釐為四　揄科於遠夫下之大弊以公之文易於於式搜訪道達　牧是邦割裁豐暇開學校以先士類謂拾匭石之園而　高郵荐更兵火棄喪善本訛外失真里人王公淀國之